SIN
VERDAD

SIN VERDAD

ARMANDO TAPIA GARCIA

ola
PUBLISHING
INTERNACIONAL

Hola Publishing Internacional
Eugenio Sue 79, int. 4, Col. Polanco
Miguel Hidalgo, C.P. 11550
Ciudad de México, México

Primera edición, septiembre 2025
ISBN: 978-1-63765-833-8

Al matrimonio de la ciencia y la imaginación

Padre nuestro que estás en el cielo...

ÍNDICE

Introducción

Nada más cercano a la realidad. ¡Cómo podría saber que muchos de los cuentos e historias que escuché de niño en voz de mis padres, abuelos y gente mayor, son en su mayoría verdad.

Lo que yo pensaba que eran:

Cuentos: los relatos de gigantes y guerras entre ángeles, la lucha entre el bien (que era Dios) y el mal (Lucifer), los héroes como Hércules, dioses míticos, fuegos caídos del cielo, carruajes prendidos en llamas, etc.

Historias: sobre profetas y elegidos para transmitir la palabra de Dios e incluso el hijo de Él, que vino a la tierra hecho hombre para que el mismo ser humano lo asesinara; el diluvio, las plagas, el mar abriéndose, etc.

¡Cómo siquiera imaginar que lo que nuestras madres decían era la clave para vivir en paz y armonía! La frase "pórtate bien que nada te cuesta", así de simple, encierra una gran sabiduría. Y si todos hiciéramos caso...

¿Cómo salir de este engaño en el que estamos sumidos la mayoría de nosotros? Llegar a comprender que no existe un cielo sino varios. ¿Cómo es esto posible? Inconcebible tratar de explicarlo. ¿Cómo, con nuestras limitaciones, podríamos llegar a comprender la verdad? Una verdad que solo se entiende observando y sintiendo; encontrar la sabiduría y vivir por la verdad era la misión que estaba por aceptar.

Para esto fue necesario conocer la fe. Tener fe es el primer paso para entender. La fe se explica en la palabra escrita en la Biblia:

> *…para que sometida a prueba vuestra fe, mucho más*
> *preciosa que el oro, el cual aunque perecedero se prueba*
> *con fuego, sea hallada en alabanza, gloria y honra*
> *cuando sea manifestado Jesucristo…*

1 Pedro 1:7

Así es, la fe es más valiosa que el oro porque el oro se puede destruir mientras que la fe que resiste la prueba merece gloria y sabiduría. La fe mueve montañas y no perderla es una batalla de cada día. Ten la certeza de que, siempre que mantengas la fe, todo saldrá bien.

Es mi fe recién adquirida, pues, la que está a prueba para entender esta verdad que me fue conferida. Aún no comprendo por qué a mí. ¿Por qué yo? ¿En verdad soy digno de conocer esta verdad?

Es, pues, la fe, la certeza de lo que se espera, la convicción de lo que no se ve. Tener fe es solo la primera parte, el principio, lo difícil es entender (y aceptar) quién creó la humanidad, cuál fue la finalidad y cómo fue corrompida. Increíble cómo siempre estuvo a la vista y sin la mínima intención de esconderse. Debí saberlo cuando leí esto en Genesis 1:26:

> *Entonces dijo Dios: Hagamos al hombre a nuestra*
> *imagen, conforme a nuestra semejanza; y señoree en los*
> *peces del mar, en las aves de los cielos, en las bestias, en*

toda la tierra, y en todo animal que se
arrastra sobre la tierra.

Escrito está en plural. ¡Y no!, no eran ángeles, como algunos "religiosos" nos quieren hacer creer. Ahora está claro que el hombre fue creado, y que Adán y Eva no son lo que creíamos, y que, por supuesto, no era un solo dios, sino que muchos. Hay sabiduría en la palabra escrita, y ahí escrito, escondido a la vista, lo dice:

Por la *fe entendemos haber sido constituido el universo por la palabra de Dios, de modo que lo que se ve fue hecho de lo que no se veía.*

Hebreos 11:3

Lo que no se ve claramente habla de átomos y partículas, que son el principio de la creación de todo lo que conocemos, y es así que entonces Dios es *creación*, y los *creadores* son dioses.

Me mostraron que Adán y Eva no son los primeros hombres sino los sentimientos masculinos y femeninos que nos introdujeron cuando nos dieron conciencia, la razón por la cual estamos aquí; esta explicación vino directamente de quienes nos crearon. Ahora sé que el paraíso no era un huerto de árboles frutales sino el inicio de los sentimientos y valores del ser humano, ya que este se manejaba por instinto de supervivencia y ahí era casi imposible la convivencia. Ahí convivían el Amor (principalmente), el Libre Albedrío, la Libertad, la Alegría, la Gratitud, la Esperanza, la Ternura, el Servilismo, la Compasión, la Empatía, y todas las características que, según la palabra escrita, son sentimientos agradables para los creadores que, en teoría, funcionarían para evitar que el ser humano terminara aniquilándose a sí mismo.

Una prueba, sí, una primer prueba.

Pero... como en todo lo que toca el ser humano, como todo en la vida, como en todo lo que existe, siempre hay *algo* que sale mal. De alguna forma la Maldad entró, o tal vez, solo tal vez, alguno de los creadores la introdujo intencionalmente en el ser humano, sin ser invitada. Entonces el humano tiene todos los sentimientos que afloran dependiendo su comodidad, conveniencia o pérdida de ella.

Como es sabido, las historias bíblicas nos llevan a intolerancias entre hermanos, a envidias por necesidad de más amor o atención, a engaños y frutas prohibidas, a guerras y asesinatos poniendo a Dios como excusa, por fanatismo religioso y la necesidad de más poder. El ser humano está continuamente dividido entre la existencia o la extinción definitiva, entre la eterna discusión de los grupos de creadores por odiar y aniquilar a la humanidad, unos por amor a sí mismos, o por la esperanza de que al final el Amor triunfe sobre la maldad y la autodestrucción. Otros, por la total eliminación, y eso sin contar los creadores que influyen en nosotros para que vayamos eliminándonos poco a poco. La verdad es que el ser humano fue creado para estabilizar su energía y conservar su consciencia e inmortalidad, también se les dio el poder de señorear el mundo, con todo a su disposición, ya sea en el mar o la tierra e inclusive en el aire. El objetivo era un mundo perfecto, sin tiempo, sin dinero, sin posesiones, sin líderes, sin amos ni esclavos, un lugar donde hubiera espacio suficiente para todos y alimento para todos, sin fronteras, sin racismos, sin ambición y, lo más importante, sin Maldad.

Ahora sé que la fruta prohibida no es más que la Maldad que entra en la consciencia de la humanidad. ¡Cómo explicar que fuimos creados por varios dioses y no solo por uno, omnipresente y omnipotente!

En el Viejo Testamento existen varias pistas que nos dicen parte de la verdad: "Hagamos al hombre a *nuestra* semejanza". Repetido en las escrituras: "Profetas hablando con *mensajeros* del cielo". Elías voló al cielo en carruajes de fuego, Ezequiel y sus visiones, columnas de humo de día y fuego de noche. ¡Pobre Ezequiel, quien los miró de frente! Y Moisés y Noé y Enoc.

Los humanos manipulados estaban en el lado oscuro de la luna, y bajo los océanos, y desde ahí ellos a su vez manipulaban la existencia del resto de la humanidad, ¡inclusive los milagros!, toda esta tecnología inspirada por los creadores y usada por los seres humanos… Y aquí empiezan los recuerdos que tengo de cómo empezó esta historia.

Capítulo 1
El comienzo

Los sesenta, la década en que nací. Fue entonces cuando sucedió.

No recuerdo exactamente el día, pero sí sé que fue en 1969. Alrededor de esa fecha ingresaron a mi localidad, Ciudad Madero, Tamaulipas, naves extraterrestres de características y movimientos similares: todas blancas con una línea azul, en forma de proyectil, con punta enfrente y detrás. Alrededor de estas naves corrían, tratando de esconderse inútilmente, las personas y unas lagartijas verdes que llamaban "coroneles". Eran muchas, y recuerdo que corrían con las patas traseras, erguidas, y tenían una altura de más de medio metro. No recuerdo haber visto otros animales, ni ladridos de perro ni el cantar de las aves. Tenía yo nueve años, y lo que vi pudo haber sido mi imaginación.

La naves bajaron en línea recta hacia la tierra y, a unos centímetros de tocar tierra, se elevaron de nuevo. No había muchas casas alrededor, o al menos no recuerdo haber visto muchas, ni tampoco edificios.

¿Eran miles de naves? ¿Millones? ¿En todo el mundo se vivió el mismo suceso? No lo sé.

Los adultos se reunieron en las esquinas de las calles, alrededor de radios de baterías, tratando de sintonizar alguna estación externa con la esperanza de que mencionaran algo parecido, pero sin resultados; la noticia más sonada después de este suceso fue la llegada del hombre a la luna. Fue hasta después que en otros países se empezó a escuchar la noticia de las naves. En algunos países incluso se contaba que se habían estrellado contra el suelo.

En las calles reinaba el caos: gente corriendo y gritando, y las lagartijas detrás, a dos patas. Pero lo más impresionante fue la total oscuridad a pleno mediodía, como en un eclipse total de sol. La luz volvió solo al atardecer para volver a oscurecerse a la llegada de la noche.

Miedo, sí, era miedo lo que sentía. Y lo que más recuerdo además del polvo, el ruido, y después la calma.

Pasaron dos o tres días, no recuerdo exactamente, para que la mayoría de las personas dejaran de hablar de lo sucedido. Se olvidó, así como años atrás se había olvidado la inundación causada por el huracán Inés, en 1966, cuando yo cumplía seis años. Y antes de este el huracán Hilda, en 1955.

Era así mi pueblo natal, mi Ciudad Madero. Ante la adversidad natural, éramos muy unidos y nos ayudábamos siempre, aunque no conociéramos a las personas que lo necesitaban, y así también recibíamos mucha ayuda cuando era uno quien la necesitaba. Entre la desgracia, nosotros como niños disfrutábamos esos pequeños paseos en lancha para salir de las colonias a terreno seco. Pero la vida continúa, y tiempo después, y como si nos pusiéramos de acuerdo, nadie volvió a hablar más del asunto. Sólo limpiar y reconstruir.

Meses después, todo volvió a la normalidad. No conozco a nadie que haya platicado conmigo de lo sucedido después de esos meses que le siguieron. De la misma manera, mis amigos y yo solo pensábamos en jugar, lo que no significa que no escucháramos, de repente y a hurtadillas, pláticas aisladas de lo que había pasado. Sobre todo se comentaba la desaparición de algunos pobladores: se habían ido sin dejar rastro y jamás encontraron sus cuerpos.

¿Acaso era imponernos un nuevo sentimiento?, ¿un reinicio? ¿Era esta una distracción para ocultarnos algo mayor? Lo cierto es que de aquí en adelante hubo un gran auge en la tecnología.

Llegaron los ochenta y yo vivía la mejor etapa de mi vida: mi primera novia, mi primer gol, mi primer pleito y mis primeras lágrimas de decepción, que me llevaron, por supuesto, al alcohol, a las drogas, y a mis primeras peleas. El futbol lo jugábamos en las calles y sobre el pavimento, así que las caídas que tuve repercutirían en mis vertebras años después, y las cicatrices no dejaron ni mi cuerpo ni mi cara. ¡Pero en ese momento todo lo que viví era perfecto!, y sobre todo la música. En mi opinión, la mejor de todas las épocas.

Teníamos un equipo compartido, el Tampico-Madero, y el estadio dividido por la mitad que pertenecía a Ciudad Madero y la otra mitad a Tampico, quienes desataban esa pasión por el futbol. Todos queríamos ser futbolistas y jugar ahí algún día, pero los sueños que teníamos duraban poco, pues el hambre nos hacía olvidar, el hambre que nos obligó a trabajar desde muy pequeños, y así nuestros sueños fueron muriendo poco a poco sin que lo notáramos.

Siempre me gustó la escuela, pero estudiar se convirtió en algo casi imposible por la situación económica del momento. Sólo cursé hasta la secundaria y tuve que empezar a trabajar: éramos muchos en casa, y todos comíamos. Éramos seis hermanos en total, yo el tercero. La más pequeña era la única niña, y siempre creí que mi padre buscaba la niña para parar la producción, pues los cinco primeros fuimos varones.

En esos años tuve muchos trabajos eventuales. El último me llevó a la capital del país.

Capítulo 2
El regreso

Necesito más tiras reactivas para checarme el azúcar, terminé con la última. ¡Já! Qué bien por mí, ya cumplí doce años sin ninguna medicina para la diabetes. No puedo creer que manejo 93mg/dL cuando despierto y 128mg/dL máximo dos horas después de comer. Qué bueno que ya me van a dar mi pensión de adulto mayor, es mejor de lo que pensé y mucho mejor porque trabajé muchos años sin cotizar, pues no sabía que tenía derecho a cotizar para una jubilación. Y ahora, gracias a este gobierno, se está dando una pensión universal a los mayores de sesenta y cinco años. Sin eso no sabría qué hacer, pues el problema de mi espalda y la artritis degenerativa, fracturas mal atendidas en mi brazo izquierdo y los dos tobillos que tengo ya no me dejan trabajar… Y ya entrando este 2025 cumplo los sesenta y cinco, a solo meses de la pensión. Todos los años que trabajé no los reconoce el Seguro Social por el simple hecho de que los patrones nunca nos dieron de alta, y la culpa es de nosotros por no saber nuestros derechos. Como dicen, "el que no sabe es como el que no ve".

Estos y otros pensamientos pasaban por mi mente mientras manejaba mi vochito con rumbo a playa Miramar. Manejar tanto en el tráfico de la Ciudad de México me había hecho añorar la provincia, o un lugar que tuviera playa. Y el lugar que me vino a la mente fue mi tierra, Ciudad Madero. ¿Cómo llegué hasta aquí? ¿Qué caminos tuve que tomar?

Acababa de pasar mi cumpleaños sesenta y cuatro, algo solitario, y si me apuran, algo triste también, y hacía poco más de seis meses que había terminado una relación si no tóxica sí cargada de mentiras y falsas ilusiones. Aunque siempre, después de mi matrimonio fracasado, yo mismo había saboteado mis relaciones por no sentirme merecedor de felicidad en la vida. Me autocastigaba por sonreír, por sentirme bien, y por tener a alguien a mi lado que se preocupara por mí. Y así pasaron en mi vida innumerables relaciones que duraban desde un par de semanas hasta un par de años.

Pasé el entronque de la autopista de Veracruz a Tamaulipas: estaba más cerca de mi destino. Resolví conmigo mismo no volver a tener a alguien a mi lado, trataría de estar bien así, solo, disfrutar, o al menos tratar de disfrutar el último tramo de vida que me quedaba.

Llegué después de muchas horas y muchos descansos. Ya Diana me esperaba con una comida deliciosa, camarones, filete de pescado y un caldo de mariscos que en verdad le quedaba exquisito. Entre comidas, risas y recuerdos nos pasó la tarde y la noche.

No tenía dónde llegar aparte de la casa de Diana, mi hermana. Me pidió que me quedara con ella ahora que sus hijos estaban grandes. A los tres años de fallecido su esposo, se sentía sola, a pesar de que mis sobrinos la visitaban seguido con los nietos, y el entrar y salir de las vecinas.

Acepté quedarme, con el agrado de ella. La casa que le dejó mi cuñado era grande, de dos pisos y una pequeña terraza: más que suficiente para mi expectativa de vivienda.

Después de ponernos al día, entre risas y lágrimas, recordando aquellos años cuando éramos felices y no sabíamos cuán poco iban a durar, me dijo:

—No he visto que tomes ninguna medicina. ¿Como va tú diabetes? ¿Y la presión?

—Ya no tomo nada para el azúcar —le dije con un dejo de orgullo—, solo para la presión. Llevo ya más de dieciséis años con diabetes, y apenas encontré una forma de controlar mi azúcar sin usar medicinas.

—¿Cómo? —preguntó asombrada—. ¿Te operaste?

—¡Nombre! Sólo cambié mi forma de comer—. Continué—: Yo no tuve la oportunidad de estudiar como tú, ninguno de los hermanos la tuvimos. Nosotros teníamos que trabajar. Nadie me dijo que los desórdenes alimenticios me iban a hacer tanto daño.

"Cometí muchos errores en mi alimentación a través de mi vida. No fue hasta después que descubrí, y con después me refiero a que tuvo que darme diabetes, que habían sido errores. Me enfermé a tal grado que empecé a pensar en mi vida, en mi salud, y me puse a cuestionar a todas las personas con diabetes que conocía. Varios de ellos ya tenían amputada alguna extremidad. Me dijeron, 'Tú come lo que quieras, al final nos vamos a morir de todos modos'. Otros me dijeron que tomaban metformina o glibenclamida diario, juraban que eso era lo más sano. Conocí también gente que se inyectaba insulina todos los días.

"El común denominador entre ellos era que tomaban medicina, aunque se sabe que causa infartos, más en hombres que en mujeres. Afortunadamente llegó a mi celular un video de unas personas que decían que lo que enferma al cuerpo humano es lo que comes. Entendí que estaba enfermo no solo por mala suerte o herencia: solo comía cuando tenía mucha hambre, y tomaba muchos líquidos: jugos de frutas con poca azúcar y refrescos de dieta. Cada dos semanas que tenía el día libre iba a la farmacia para que me checaran el azúcar. Me pinchaban un dedo y, como siempre, tenía alta el azúcar. Y ni hablar del dinero que gastaba cada vez que iba.

"Opté por comprarme un glucómetro y aprender a usarlo. Era la única forma de ahorrar un poco mientras investigaba qué me hacía daño. Me tardé en aprender, pero aun así no entendía que no era lo mismo saber cómo usarlo que saber cuándo usarlo.

"Fui con el doctor y pensé, *esta es la última vez que vengo aquí, es mucho lo que gasto y debe de haber una manera de controlar el azúcar sin tanto medicamento.* Afortunadamente, el doctor me explicó cómo y cuándo debía usar el glucómetro. Tenía que checarme antes de mi primer alimento o bebida, y dos horas después de comer, que es lo mismo que pincharse el dedo seis veces diarias. Así es como se mide el azúcar en un diabético controlado por medicamentos.

"No me funcionó las primeras dos semanas: siempre que me checaba, el azúcar salía alta, no importaba lo que comiera o dónde comiera, es más, no importaba si comía o no. En una plática con un amigo que había perdido a su esposa por precisamente la diabetes, él me dijo: '¿Por qué no pruebas checarte comiendo sólo una cosa a la vez?'

"'¡No inventes!', contesté. '¿Sabes cuánto dinero y tiempo gastaría en tiras para el aparato ese?'

"'Bueno, tal vez es más barato que caer en el hospital y que te corten una pierna'. *Es verdad*, pensé, así que resolví hacerlo y empecé a checarme con cada bebida y cada alimento que ingería. Fueron varios años entre que empezaba y lo suspendía, ¡pero por fin eliminé todo lo que me hacía daño!

"Debo confesar que empecé muy mal, pues pensaba que solo eliminar el azúcar en la dieta era más que suficiente, así, comía pan de sal y seguí con el azúcar alta.

"Me costó mucho trabajo, pues las tiras reactivas que ocupaba, seis diarias, eran muy caras, y por eso tardé mucho tiempo en entender y saber exactamente los alimentos que me hacían daño.

"Empecé comiendo huevo sin sal, sin nada, solo huevo. Ese fue mi punto de partida, mi alimento de control, pues sabía de antemano que los diabéticos podíamos comer huevo sin alterar el azúcar en la sangre. Me tomé el azúcar antes de comer, al recién despertar, y tenía 270mg/dL. Recuerdo que era un domingo que no trabajé, pues trabajaba un domingo sí y un domingo no, y eran las nueve de la mañana.

"Después de comer tres huevos revueltos y tomar solo agua, esperé dos horas para volver a checarme y estaba seguro de que no se debería de mover mucho la medición anterior. Mi sorpresa fue que al checarme traía 375mg/dL.

"Inmediatamente me tomé dos metforminas".

—¿Qué pasó?

—No quería ir al médico de nuevo, así que ese día me quedé sin comer.

"En la noche me chequé de nuevo y traía 284mg/dL. Salí de casa a la tienda que me quedaba a media cuadra. Frente a esta había una farmacia que no tenía consultorio médico. Ahí pedí que me orientara sobre algo que pudiera tomar, ya que era diabético y estaba cansado de tomar agua.

"Me mostró un refrigerador donde había botellas de yogurt y varias bebidas de sabores. Me explicó que no tenían azúcar, que era lo que los diabéticos tomaban y que incluso salía en la tv. No pude ocultar mi alegría al ver la cantidad de sabores y opté por comprar todos. Antes de tomarlos me chequé y seguía en 284mg/dL. Me tomé tres, pues tenía hambre, pero no quería comer, ya que todo me hacía daño y ya estaba demasiado descontrolado. Casi dos horas después tenía 396mg/dL. Esa noche no hice más; traté de dormir.

"Mis días transcurrían así, era una rutina, y casi pierdo mi trabajo por tantas veces que tenía que ir al baño. Tomaba poquita agua y casi de inmediato salía al baño a orinar, y mi vista estaba cada vez más borrosa, mi boca demasiado seca y todo el tiempo con sueño. Me sentía desesperado y muy frustrado. No tenía ganas de nada, sólo tomaba agua y orinaba. No podía dormir más de dos horas seguidas, pues las ganas de orinar me despertaban más seguido cada vez. Mi hambre había aumentado: entre comer, tomar agua y orinar, se me iban los días.

"Me di por vencido esa vez, y deprimido y decepcionado una vez más empecé a comer comida chatarra, pues decía, *si el huevo me sube el azúcar, pues ya qué más puedo hacer.*

"En esos días tomé medicinas excesivamente, eran tres pastillas diarias de metformina, que me hacía sentir muy débil y sudoroso, pero me permitía comer y tomar todo lo que quería, pues ya no me checaba y dejó de importarme checarme, sólo tomaba por inercia una metformina antes de cada alimento.

"Tiempo después, precisamente un domingo que no trabajé, fui con unos amigos a comprar carnitas y unas cervezas para comer, y uno de ellos dijo, 'De esto sí puedes comer, Diego. Mi esposa es diabética y escuchó con un especialista que sigue en los videos que ve en el celular que podía comer carnitas y manteca de puerco'.

"'¿Cómo que manteca de puerco? Pero es cerdo, ¡y siempre nos han dicho que es malo!'

"'Pues ella solo cocina con manteca y ya no se le sube el azúcar como antes'.

"Ahí me vino a la mente eliminar el aceite vegetal que usaba a diario. Inicié de nuevo con mi alimento de control, el huevo, solo que esta vez usé manteca de puerco en vez de aceite vegetal. Me tomé el azúcar antes y estaba en 285mg/dL y dos horas después de comer estaba en 162mg/dL. '¡Já!', grité de alegría mientras lágrimas escurrían de mis ojos. Llorando le di gracias a Dios, pues era la primera vez en años que mi azúcar había bajado a menos de 200mg/dL. Por fin había encontrado algo que no me hacía daño. El aceite vegetal, por supuesto, lo eliminé de inmediato.

"Después, al ver a mi amigo, me preguntó, '¿Te checaste? ¿Sí te funcionó la manteca?' 'Por supuesto', le dije. 'Muchas gracias, eso era lo que me estaba dañando'. Ya a esta altura, y cuatro años después e infinidad de piquetes en los dedos, al igual que el aceite vegetal salieron de mis alimentos diarios arroz, pan, harinas, sal refinada, azúcar, todo tipo de refrescos, dietéticos o no, pastas, salchichas, jamón, queso amarillo, leche, pan de caja, cereales azucarados, obvio también pizza, hamburguesas, papas fritas y la mayoría de las frutas tales como sandia, plátano, melón, piña, mango, la mayoría de las verduras, legumbres, semillas, y, lo más importante, la metformina. Y así es como ahora al despertar me checo el azúcar y estoy entre 86mg/dL y 96mg/dL, y máximo a 128mg/dL dos horas después de comer.

"Sigo checándome casi todos los días como control, pero ahora solo al despertar. Me di cuenta también, gracias al doctor que empezó a checarme por primera vez con un glucómetro y que me dio muchísima información al respecto, que el azúcar causa muchísimas de las enfermedades y afecciones que hay en nuestro cuerpo. Y gracias a él y los libros que me regaló, y otros que conseguí, me di cuenta de lo peligroso que es tener un desorden alimenticio.

"El exceso de azúcar en el cerebro se llama TDAH en los jóvenes y ocasiona demencia senil o Alzheimer en los adultos como yo. También causa glaucoma en los ojos, sin contar la caries en los dientes de los niños y adultos. El descontrol de dextrosa en la sangre te puede causar…. no, te causa insomnio, dolores como punzadas que se llaman neuropatías y estas pueden ser muy dolorosas e incluso te pueden llevar a la muerte. El descontrol del azúcar causa envejecimiento, quistes, problemas renales por un proceso llamado glicación, que es cuando el exceso de glucosa tapa los poros que existen en los riñones y también causa hígado graso, cáncer, y muchas enfermedades más, pues el azúcar en la sangre es el principal alimento de algunos hongos, causantes de infinidad de enfermedades por la inflamación que causa.

"Y no solo es el exceso de glucosa que es el principal problema, sino que empieza con la resistencia a la insulina, y el aumento de carbohidratos que ya de por sí son producidos normalmente en el hígado por la neoglucogénesis y aumentamos el consumo de vegetales y legumbres sin incluir las proteínas y los aminoácidos esenciales que hay en las carnes. Esto me llevó a preguntar qué son los azúcares.

"El azúcar es el combustible de las células del cuerpo humano, un combustible necesario que nos permite realizar nuestras actividades diarias. También le dicen "glucosa", y esta fuente de energía ingresa al cuerpo a través de los alimentos y el intestino delgado se encarga de absorber esta azúcar que viaja por toda la sangre hacia las células para proporcionarles energía. La mayoría de los alimentos que consumimos a diario se convierten en azúcar o glucosa en la sangre, que se utiliza como energía para alimentar nuestro cerebro, corazón y músculos.

"La glucosa la contienen los alimentos y también es producida por el hígado como hidratos de carbono que le dan el sabor dulce a los alimentos. Estos se clasifican en: monosacáridos: azúcares simples como la glucosa, fructosa y galactosa; disacáridos: azúcares dobles como la maltosa, sacarosa y la lactosa; trisacáridos, que es cuando se unen tres monosacáridos como la maltotriosa, utilizada para la elaboración de la cerveza; rafinosa, que no puede ser digerida por el cuerpo y se fermenta por bacterias, produciendo gases, como las encontradas en algunos vegetales y granos como los frijoles.

"El páncreas es el órgano regulador del proceso y control del nivel de azúcar en la sangre a través de la hormona insulina. Esto en un organismo sano, pero cuando hay exceso de producción de azúcares y carbohidratos, el páncreas ya no será suficiente para mantener el control de los niveles de azúcar en sangre, produciendo una resistencia a la insulina, y esta resistencia es la que puede llevar a una diabetes tipo II.

"Los carbohidratos, grasas y proteínas hacen la función básica del movimiento y funcionamiento del cuerpo. Los carbohidratos no son esenciales como algunos aminoácidos y grasas esenciales, así que entre menos consumas es mejor.

"Existen dos tipos de polisacáridos, los que se dan en los vegetales, que son los almidones, y los que se dan en los animales, que es el glucógeno. Estos son los carbohidratos refinados, que al ser despojados de su fibra y nutrientes pueden tener efectos dañinos en la salud, como inflamación, picos altos de glucosa, problemas cardiovasculares, aumento de peso que ocasiona obesidad, resistencia a la insulina, entre otros.

"Y aquí tomo de ejemplo a personas que viven en terrenos extremos donde no hay cosecha y sí mucho frío, y la dieta es básicamente proteína, carnes y grasas. Ahora, si comes muchos carbohidratos, más los que produce normalmente tu hígado, tendrás un exceso: hígado graso, triglicéridos elevados y el comienzo de nuevos síntomas en el cuerpo, aumento de peso, problemas de presión, circulación, problemas renales, y un largo etcétera que los médicos no van a solucionar, sino que controlarán los síntomas con una receta. Este exceso de medicamentos hace que las personas, si bien mejoran sus síntomas, a la larga puedan morir sin saber exactamente lo que les ocasionó la muerte.

"Para una azúcar elevada te recetan metformina, glibenclamida etc., uso de lentes o cirugía para visión borrosa, paracetamol para el dolor, estatinas para eliminar grasas, y metoprolol para tratar las infecciones renales. Pasa exactamente como el chiste que escuché en la Ciudad de México con un compañero, el chiste de don Pancho:

"Don Pancho se encontraba bien de salud pero su mujer lo mandó, a insistencias de sus amigas, a hacerse un chequeo médico de rutina. Así, después de un tiempo negándose, por fin fue al doctor, quien le mandó a hacerse unos análisis generales.

"A los quince días el médico le dijo que estaba todo bien pero que había unos valores en los estudios que había que mejorar, entonces le recetó atorvastatina en cápsulas para el colesterol, losartán para el corazón y la hipertensión, metformina para prevenir la diabetes, unos multivitamínicos para aumentar las defensas, y una loratadina para alergias.

"Ahora, cuando don Pancho le comentó a su médico que se le hacían muchos medicamentos y que si habría problema con su estómago, el médico, diciéndole que no se preocupara, pues estaba en buenas manos, le recetó omeprazol y un diu-rético para los edemas.

"Al tiempo, y después de gastar un buen de dinero por todos los medicamentos que tomaba diario y mes tras mes, regresó con el médico para que le dijera si debía seguir o suspender algunas. El médico continuó con los mismos medi-camentos y aparte le recetó bromazepam para que pudiera dormir mejor y relajarse, pues lo notó un poco tenso.

"Ahora don Pancho cada vez se sentía peor. Ya no salía de su casa, pues estaba pendiente de las horas en las que debía de tomar los medicamentos. Por el cambio de clima en su pueblo y lo mal que se sentía, don Pancho tuvo la desgracia de contraer gripe. Su mujer lo acostó, y en vez de darle lo de siempre, que son tecitos y medicina casera, llamó al doctor, y este le dijo que no se preocupara, que eran gripes estacio-nales. Le recetó Tabcín y efedrina, uno de día y otro de noche, y desgraciadamente le dio taquicardia por estos antigripales, así que el médico le recetó un betabloqueador y un antibió-tico de amoxicilina de un gramo cada doce horas por diez días. Antes de los diez días, al pobre don Pancho le salieron hongos y el doctor le mandó a comprar fluconazol para que tomara por tres días.

"Don Pancho, preocupado, se puso a leer las letras chi-quitas de los medicamentos y se dio cuenta de todos los efectos adversos y secundarios que podían causar los medicamentos, desde una simple arritmia hasta la muerte, pasando por insuficiencia renal, náuseas, alergias y un larguísimo etcé-tera. Cuando le llamó a su doctor para darle estas nuevas noticias, este le dijo, 'Tranquilo, don Pancho, esas letritas las ponen los laboratorios solo porque están obligados, pero no siempre es así y no todos los medicamentos tienen los mismos efectos colaterales. Usted tiene que estar tranquilo para que se recupere pronto y vuelva a hacer su vida normal. Le voy a mandar un nueva receta con Rivotril y un antidepresivo de cien miligramos'. Como al pobre don Pancho ya le dolían también las articulaciones, le recetó diclofenaco con vitaminas.

"Sólo un par de meses después, don Pancho murió, y su esposa, toda triste, le dijo a sus amigas, 'Qué bueno que mandé a mi Pancho al doctor a tiempo, porque, si no, de seguro se hubiera muerto antes'.

"Y así podemos seguir enumerando un sinnúmero de casos en los que la mayoría de los doctores solo atacan los síntomas y recetan a discreción medicamentos que sirven solo para tratarlos, no para llegar a la raíz del problema. Los síntomas atenuados por medicamentos no curan el principal problema, lo esconden, y es cuestión de tiempo para que la bomba estalle y se produzca una enfermedad crónica".

Mi hermana y algunos vecinos que se unieron sin que me diera cuenta a mi explicación, se quedaron sin decir nada, solo después de segundos que parecieron eternos don Matías, esposo de una vecina, dijo:

—¡Diana, tu hermano es doctor!

Y después de aclararles que ni siquiera a la secundaria había asistido, me pidieron compartir mi método para dejar de tomar medicina y tener una diabetes controlada y no medicada; ¿cómo revertirla?, ¿cuál es el secreto o la medicina milagrosa?

—Si tus problemas empezaron con tu manera de comer, terminarán con tu manera de comer…

"La verdad es que la mayoría de las personas tenemos la idea de que todo lo que entra al estómago es digerido por el ácido que ahí se produce y pasa al intestino donde se absorben todos los nutrientes y lo que no sirve se deshecha, pero la realidad es que por cada alimento tenemos una enzima para digerirlo. Hasta aquí es perfecto: comida y enzimas digestivas. ¿Pero qué pasa en realidad?

"Lo pongo en un ejemplo: comer un pedazo de carne con papas, que es lo mismo que combinar carbohidratos con proteínas en una comida rutinaria. Las papas son los carbohidratos y la carne es la proteína. Los carbohidratos empiezan la digestión en la boca, por la ptialina, que es una enzima que se libera a través de la saliva que envuelve a los carbohidratos y así recorre hasta el estómago para seguir su digestión. Es necesario un ambiente alcalino para su digestión, y no ácido, como existe en el estómago.

"Aquí, la proteína ya entra al estómago, que es un ambiente ácido, y libera una enzima llamada pepsina, que es una enzima digestiva para las proteínas. ¿Qué pasa aquí? Pues la enzima pepsina inhibe inmediatamente a la enzima ptialina, lo que significa que los carbohidratos no se van a digerir, tienen en contra la temperatura del estómago y en vez de digerirse se fermenta, liberando almidones. Estos almidones inmediatamente envuelven la Enzima Pepsina, que es la encargada de la digestión de las proteínas, dando como resultado que ni las proteínas ni los carbohidratos se digieran correctamente.

"Esta inhibición de la digestión da lugar a muchos procesos secundarios entre los que encontramos la fermentación, que lleva a la producción de alcohol, ácido y amoniaco. Estos entran en el duodeno y de ahí pasan al intestino, destruyendo la flora intestinal, dando lugar al proceso más peligroso de una mala digestión y una peor dieta alimenticia: la permeabilidad intestinal, que da lugar al paso de estos y más venenos al torrente sanguíneo. Y el ácido, el amoniaco y el alcohol van a los órganos, articulaciones, huesos, músculos, células…

adonde la sangre llegue, y es que la sangre llega a todo tu cuerpo y estos con el tiempo causan patologías, inflamaciones, dolores y enfermedades que a veces los médicos no entienden y, por supuesto, no curan, solo tratan los síntomas, sin saber que la raíz de la mayoría de los problemas es una mala alimentación".

Capítulo 3
El accidente

Después de unos días en casa de mi hermana decidí cenar fuera e ir un rato a la playa para distraerme.

Me di un baño reparador y al observarme en el espejo noté que mi rostro ya reflejaba el paso del tiempo, mi cara redonda ya no conserva nada de la jovialidad de hace poco menos de cuarenta años, y la tristeza era aparente en mi mirada. Mis ojos, hundidos y rodeados de bolsas, apenas si conservaban un pequeño brillo, tal vez por los desvelos sin razón que había tenido. Mi espalda ligeramente encorvada se acentuaba cuando no llevaba puesta la camisa, y mi andar era lento y medido.

Observé los surcos de mi frente que se unían a los ríos de mis mejillas, formando un mapa donde se escondían mis historias y batallas pasadas; luego la nariz redonda que fue el tema de muchos apodos y comparaciones. Mi barba, bigote y cabello, ahora canosos, enmarcaban mi rostro, dándome un aspecto mucho mayor a la edad que tenía. Mi rostro reflejaba lo vivido, amado, perdido y aprendido, tal vez a las malas, aunque la tristeza que llevaba no era de amargura sino de una melancolía reflexiva, comprendiendo la fragilidad de la vida. Mis brazos, mis manos y mi cuerpo eran el vivo reflejo de mi cara. Sonreí, ya no tenía tiempo para arrepentirme de lo que había hecho mal, o de lo que no había hecho. *El pasado jamás lo podrás cambiar,* pensé, *pero el futuro puede ser un poco más tolerable si vas día a día tratando de mejorar contigo y con los demás.*

Me reconfortaba el hecho de pasar mis últimos días de vida cerca del mar. Sí, playa Miramar de Ciudad Madero. Había un pleito entre dos pueblos que se autoproclamaban dueños del nombre de la playa con fines turísticos, pero claro, era solo de palabras y a través redes sociales, y jamás vi a dos personas discutiendo cara a cara y mucho menos llegando a los golpes. Así, playa Miramar está en Ciudad Madero, Tamaulipas y es el destino turístico de miles de personas en Semana Santa, la mayoría de estos provenientes del estado de Nuevo León. Los demás se dividían entre los otros estados en menor cantidad.

Hay una tradición que empezó por allá a mediados o finales de los noventa, el "playazo" de Ciudad Madero, que ahora recibe a más de cien mil turistas en Semana Santa. En este mes santo existe una derrama económica y de basura que año tras año inunda la ciudad. Aquí, en cuestión de limpieza, Tampico y sus habitantes jamás discutían con Ciudad Madero como lo hacían con el nombre, y es que es Ciudad Madero y su gente quienes invertían e invierten tiempo y dinero en la limpieza de la playa cuando los turistas terminan su periodo vacacional.

Era una noche normal, poco viento, noche estrellada en el pequeño malecón de mi ciudad natal. Dejé estacionado mi vochito cerca de las escolleras y me dispuse a caminar un rato. Caminando por la escollera despacio y disfrutando de la playa, y a un par de meses del caos que provocaba la Semana Santa en la ciudad, vi por primera vez algo extraño, y es que ahí se cuentan historias diversas de objetos voladores, ovnis, entrando y saliendo del mar, y de hecho se habla sobre una base extraterrestre que incluso tenía nombre: Amupac, una base submarina que según expertos pertenece a la quinta dimensión. La base protege desde los años sesenta a Ciudad Madero, Tampico y Altamira de los huracanes, o ciclones, como aquí les decimos, y por supuesto que ésta leyenda urbana ha atraído a más turistas cada año.

Disfrutaba de cada paso que daba en el malecón, y llegando a la orilla de la playa, como es obligado, me quité el calzado para sentir la arena suave y el agua, que aunque era invierno, no estaba fría.

Por supuesto es muy difícil que la playa esté vacía, y esa noche no fue la excepción, había mucha gente caminando, disfrutando del anochecer fresco, familias, parejas y también personas como yo, solas. Miré a lo lejos los barcos y sus luces. Ahora que era de noche iban de salida o de regreso a través del río Pánuco, que desemboca directo en el mar. De repente vi una luz, algo redondo, brillante como el sol pero no irradiaba luz, no como una lámpara, la luz no era cegadora, pues pude mantener los ojos sobre el objeto, que, difícil de explicar, fue solo por un instante. De lo que estoy seguro es de que estaba frente a mí, o esa era mi perspectiva, como observándome antes de que desapareciera en un parpadeo. Escuché:

—¡Mira! —y ya había desaparecido.

Al voltear vi a un par de parejas que encimaban las voces, hablando emocionadamente de los sucedido.

Supe después que era verdad lo que vi... lo que vi por primera vez. Dos días después sucedió de nuevo.

Meses después, ya instalado en casa de mi hermana, salí a probar la vieja bicicleta de mis sobrinos alrededor de la cuadra, una bicicleta verde de carreras que me recordaba a una que tuve de adolescente, ahora ya rayaba en los sesenta y cinco años. Cambié las llantas, cámaras, la cadena y los frenos que eran los que a simple vista se veían muy dañados, y con un poco de temor de que se fuera a romper el cuadro con mi peso, me aventuré a usarla a casi tres semanas después de empezar a resucitarla.

Traté de hacerme a la idea de que podía dar esos paseos en bicicleta una vez más, como hace años, a pesar de mi edad y de los dolores de espalda que tenía, y de rodillas y brazos. Empecé alrededor de la cuadra para tomar confianza, a veces montado pedaleando, y la mayoría de las veces caminando al lado de la bicicleta. Era como sacarla a pasear, como a una mascota; aún no me atrevía a dar un paseo por toda la ciudad sobre ella.

Después de unos días de práctica me decidí a dar un largo recorrido sin sospechar siquiera que sería la última vez que me montaría en una. Mi preocupación actual era cómo sobrevivir, en qué trabajar, cómo ganar dinero, aunque mi hermana me dijo que no me preocupara por eso, ya que tenía algo de dinero ahorrado, más lo poco que había ahorrado yo, y la promesa de la pensión universal que ya estaba a semanas de recibir, no dejaba de estresarme la situación.

Decidido, salí a dar un paseo en esa tarde fresca. Al principio sólo caminé y con la mano izquierda guie la bici a un lado mío, hasta que tomé confianza después de ver a las personas que pasaban pedaleando. Me detuve al lado de una banqueta y me monté con el pie izquierdo en el pedal y el derecho en la banqueta. Mirando el camino y recordando cuando era joven y paseaba horas rodando con mis hermanos y amigos, encontré el valor de empezar de nuevo a rodar.

Dejé pasar tal vez una media hora para ver cuántos autos pasaban, y al no ver ninguno, me decidí por fin, convencido de la experiencia adquirida en mi juventud.

Me encontré una curva hermosa en una bajada prominente. No era tan tarde, así que, al no haber tráfico, me impulsé con toda la fuerza que tenía. Y vi una luz, un ruido, gritos. Rodé. Traté de aferrarme al pavimento con las manos para detenerme al mismo tiempo que escuchaba llantas frenando, gente gritando, golpes, luces, un caos.

En el consultorio de una farmacia me dijeron que me había atropellado, en plena curva, una camioneta roja que venía a exceso de velocidad. Al parecer mi frente pegó contra la defensa de la camioneta y la bicicleta quedó echa bola debajo de la misma, aunque de verdad que ni un chichón tenía en ningún lugar de la cabeza.

Después de pasar una luz por mis ojos, el doctor me preguntó si llamaría a la policía, ya que era un adulto mayor atropellado y tenía que hacerme estudios. Habló de un TAC y RX, ya que la pareja que me llevó le habló de cómo me había golpeado la cabeza. Dijo que no había ninguna señal visible de golpe en ninguna parte de mi cuerpo, por eso prefería que me hiciera el estudio; solo por las palmas de las manos, que traía todas raspadas y llenas de sangre y sentía que me quemaban, y el pantalón rasgado en las rodillas, que me dolían un poco, era aparente que había estado en un accidente.

El doctor me puso agua, o algo que pensé que era agua, para limpiarme las manos, y encima me pegó una gasa con cinta. Me recetó unas medicinas y una pomada en un papel que perdí. A lo de dar parte a la policía le dije que no, que me sentía bien y que quería irme a buscar mi bicicleta antes de que me la robaran, a lo que me dijeron que la bici estaba inservible, que ellos me comprarían otra y que por supuesto se harían cargo de todos los gastos y medicamentos. Así que me ocupé de que estuviera todo pagado para irme, les dije que no se preocuparan, que estaba bien y que no era necesario llamar o dar parte a la policía, pero se ofrecieron a llevarme y comprarme la medicina, y reiteraron lo de comprarme una bicicleta nueva.

Me negué a todo. Con una media sonrisa a la pareja para que ella se tranquilizara y dejara de llorar, les dije que ¡jamás! me volvería a subir a una bici y por eso no era necesario que gastaran en comprar una. Sin embargo, acepté que me llevaran a casa de mi hermana, quien al verme se sorprendió y solo acertó a preguntarme por la bici. Antes de contestar, la muchachita, que todavía no dejaba de llorar, le contó lo sucedido.

Cuando por fin se fueron, me preguntó:

—¿Cómo te sientes? ¿Te llevo a un hospital? La verdad es que no se te ve ningún golpe… ¿de verdad te atropellaron?

Le pedí que no se preocupara. En realidad no recordaba la mayoría de lo que había pasado y que estaba bien, solo con mucho sueño. Sin saberlo, fue la última plática que tuve con mi hermana. Para mí fue irme a dormir después de darme un baño y cenar ligero. Lo cuento así porque esto ya pasó, o acaba de pasar, o va a volver a pasar. ¡Dios! No sé cómo explicarlo.

CAPÍTULO 4
El cielo

Despierto.

Estaba tan profundamente dormido que al abrir los ojos me lastimó la luz que había de la habitación. No reconocí nada, estaba en otro lugar. Voces y ruidos que iban aumentando de decibeles poco a poco empezaron a llegar a mi cerebro; estaba confundido. De repente sentí que alguien tomaba mi brazo izquierdo e instintivamente voltee.

—¡Espera! Tranquilo. Ya estás aquí, estás a salvo.

—¿Quién eres? ¿Qué pasó? —pregunté—. Dónde est... —es lo último que recuerdo. Me duermo.

Soñé que caía, o que tenía un accidente, y en mi caída... no sé, es confuso, tal vez era el accidente de la bicicleta.

No sé cuánto tiempo pasó, ni si estaba dormido o drogado o algo que no comprendía, pero desperté nuevamente.

—¡Hola! ¡Hola ahí! ¿Cómo estás? ¿Cómo te sientes? —Era la voz que había escuchado anteriormente, una voz femenina.

—¿Quién eres? ¿Qué pasó? ¿Dónde estoy? ¿Y mi hermana?

—Tranquilo, te daré respuestas —dijo ella—, pero primero toma un poco de esto, por favor.

Era un vaso muy pesado, de metal o aluminio, y dentro había un líquido blancuzco; difícil de explicar su sabor a nada y todo.

—Aún no sabemos cómo llegaste —dijo—. Fue un error de alineación de átomos —continuó—. Nunca habíamos tenido problemas en estas misiones. Estamos investigando qué pasó exactamente y por qué sigues vivo—. No tengo idea de la expresión que traía en la cara, pero, al mirarme, dijo—: Entiendo, te dejaré solo un momento. Iré a ver a Jack.

Sueño, estoy soñando, pensé, *a mi edad y con ese golpe en la cabeza debo de tener alguna alucinación.* Cerré los ojos con todas mis fuerzas y me di un par de golpes en las mejillas, pero seguía en el mismo lugar. La habitación donde estaba Jack estaba junto a la mía y no tenía puerta. Logré darme la vuelta para sentarme a ir hacia ellos.

Lo vi, estaba recostado en un soporte en forma de sillón, medio dormido. Ella, María Mora, que es su compañera de vida, le preguntó:

—¿Cómo estás? ¿Lograste recordar algo?

—No exactamente. Tengo vagos recuerdos. ¿Había alguien conmigo a mi regreso?

Ella asintió.

—Vino contigo y desapareció casi de inmediato… y volvió a aparecer después. Está aquí, en la otra habitación. Estoy segura de que nos escucha.

—¿Cómo llego aquí sin morir, sin descubrir la verdad, sin despertar?

—No lo sé. Es un ser humano peculiar, sin estudios, con la energía contaminada y sin despertar espiritual, pero hizo dos viajes imposibles. Sigue vivo y con su consciencia.

Para ser una broma, ya llegó muy lejos. Y para ser un sueño…

—¿Qué está pasando? —grité—. Explíquenme. ¿Es un sueño? ¿Estoy muerto? ¿Me están haciendo una broma?

"Acabó de tener un accidente, y sí, tal vez me pegué muy fuerte, pero esto es demasiado".

Sin notarlo, a la vez que vociferaba me acercaba cada vez más a ellos. Fue entonces cuando vi de frente a Jack (se me dijo de forma muy clara que nunca revelara su nombre, así que me dirijo hacia él como Señor Jack), un tipo alto, de más o menos dos metros, recio, mandíbula cuadrada. Sus ojos observaban con odio y ternura simultáneos. No supe si me explicaría con palabras o con golpes. Me asusté.

—¡Espera! Perdón. ¿Llegué contigo? ¿Tú me trajiste? —Hice una pausa—. Mira, tuve un accidente ayer y creo que mi cabeza esta más dañada de lo que pensaba. Si esto es un delirio, un sueño… es un sueño de lo más extraño y realista. Mis manos están sanas, no tengo señal de los raspones de ayer…

No supe más, solo recuerdo que apreté los dientes y un segundo después abrí los ojos y estaba de nuevo en la cama, solo.

CAPÍTULO 5
Explicación

No sentía hambre ni sed, y no sabía cuánto tiempo había estado ahí, ni siquiera estaba atado, pero no podía moverme, ni siquiera parpadear. Busqué con la mirada algo familiar, un reloj, una ventana, un espejo… No había visto mi rostro desde el accidente y no sabía qué tan golpeado estaba. Intenté gritar el nombre de mi hermana para que ella, o alguien, quien fuese, me ayudara, pero no salía ningún sonido de mi boca y, por supuesto, no obtuve respuestas.

Repasaba lo que había escuchado de la pareja que conocí recién y nada de lo que hablaron me resultaba lógico. Entonces reparé en las paredes: cambiaban de color y no sabía por qué. Eran blancas y brillantes cuando desperté, ahora eran grises, más obscuras. No duraba mucho y volvían a ser blancas, después brillantes. Estaba así, concentrado en este concierto de luces, tanto que no veía ni la cama donde convalecía ni mis pies, cuando de repente escuché su voz:

—Hola.

Lo miré a los ojos, era el Señor Jack vestido con un traje gris de cuerpo entero y muy ajustado. Era más alto de lo que me había parecido al principio.

—Sé que tienes preguntas. Trataré de contestar tus dudas, pero antes déjame decirte que existen reglas que no puedes romper, una de ellas es nunca revelar mi nombre. La otra es que está prohibido que te aproveches de la información que obtendrás de aquí en adelante—. Tan pronto como me habló sentí que me liberaba de las ataduras invisibles que me impedían moverme. Por primera vez en muchísimos años me sentí feliz, alegre, optimista, con ganas de platicar y escuchar y salir y caminar y correr como cuando era un niño y jugaba entre los vagones del tren.

—Está bien… —creo que eso dije.

—No verás una multitud aquí, ni tecnología, equipos, nada de lo que estás acostumbrado a ver en el mundo como lo conoces.

—*Aquí* es… ¿real? —pregunté

—Sí—. Hizo una pausa antes de continuar—: Y sí, tuviste un accidente mortal, pero no fue ayer, y no moriste—. Al ver mi cara de asombro prosiguió con un tono más amable—: Déjame explicarte. Estamos tratando de erradicar el sentimiento de maldad en ustedes para que no se sigan esclavizando y aniquilando el uno al otro, el sentimiento que está provocando la extinción de los humanos, que está provocando odio, guerras, enfermedades, intolerancia y muerte antinatural.

"No soy el único que ama a la humanidad y quiere salvarla. Y esta no es la única manera. *Aquí* no es el mundo que conoces o recuerdas. No te puedo explicar exactamente cómo funciona, no entenderías, y perdón, no es por menospreciar tu inteligencia. Para ponerte en perspectiva: por ejemplo, imagina que todo el conocimiento que tienes y el que podrías tener en toda una vida como profesional, leyendo libros y actualizándote muy seguido, sería solamente para aprender todas las mentiras que algunos seres humanos han inventado para distraerlos de la verdad.

"Para entender la realidad y la verdad, la humanidad tendría que dejar su cuerpo biológico y transformarse en lo que realmente son, energía pura. Recordar su origen es la única forma de conocer la verdad, solo así lo entenderás".

—¿Transformarme? ¿Cómo?

—Debes conocer la verdad, debes vencer al mundo, llevar una vida sin odio ni maldad, vivir con sabiduría, recordar el origen, encontrar el equilibrio entre tú y tus hermanos, entre ustedes y los animales, entre todos y el mundo que habitan. Sólo así podré mostrarte parte de la verdad.

"Nosotros influimos energéticamente en ustedes desde la primer destrucción humana. La gran inundación y el arca de Noé no ha sido la única posible destrucción total, ha habido más de que las que puedas imaginar o llegar a comprender. En estos casos no eliminamos a toda la humanidad y empezamos de cero, eliminamos a solo una parte".

"Los primeros reinicios hicieron al hombre más fuerte, destructivo. No sabemos aún por qué, solo sabemos que se volvía obligatorio otro reinicio. Optamos por cambiar la mentalidad, hacer consciencia e introducir la bondad en su corazón y en sus pensamientos. Nos dimos cuenta de que el problema era el nuevo sentimiento de maldad que tenían y que este había evolucionado a diferentes sentimientos como el egoísmo, la envidia, el odio, la venganza, la crueldad, el miedo, la tristeza, la ira, la vergüenza, la culpa, la desesperanza, el aislamiento, la depresión, la ansiedad, el apego, el deseo, el poder, la ignorancia, y muchas más que se desarrollan en el ser humano, hombre y mujer. Esto hace que no sean capaces de perdonar y mucho menos de tolerar vivir en armonía y paz. Lo que lleva a que sean fácilmente vulnerables a pensamientos de destrucción. Y, así como el ser humano se dividió, nosotros también".

—No soy tan inteligente —interrumpí.

—No es mi intención que comprendas todo lo que te digo —respondió—. Debes volver a aprender todo, poco a poco, vaciar tu mente y volver a llenarla, observando y sintiendo. Es así como encontrarás la sabiduría y el conocimiento.

"Nuestra finalidad es que el hombre ya no sea autodestructivo, que deje su maldad y ambición, que pueda coexistir con sí mismo y el medio ambiente, y, lo más importante, que recuerde su origen. Para ello debemos hacer estos viajes, para que lo entiendan, para cambiar el corazón de la humanidad.

"El último viaje me llevó a conocerte de forma inesperada, como te habrás dado cuenta. El camino que tomé me llevó de alguna forma a interactuar contigo. No puedo explicarme cómo estás aquí, y mucho menos que ¡estás vivo!"

—¿Entonces puedes viajar al pasado? ¿Inventaron una máquina del tiempo? ¿Me estás diciendo que manipulan el pasado para que el ser humano no se destruya en el presente?

—No, no, y definitivamente no. Pasado, presente, futuro… esto realmente no existe. El tiempo como lo conoces no existe. Fueron los humanos quienes inventaron el tiempo, el calendario, las religiones, las armas, las guerras, el control a través de la tecnología, el dinero; inventaron los trabajos y, por si fuera poco, empezaron a envenenar los alimentos y el agua. No podemos dejar que sigan con este camino autodestructivo.

"Lo que existe es energía y movimiento. Cada momento que vives es una señal atómica, puesto que estás hecho de átomos, todo objeto está hecho de átomos, y cada momento representa una señal de movimiento. Entonces, entre más movimientos hagas, más señales dejarás.

"Nosotros, mi especie, nos movemos de acuerdo al momento en el que queremos estar, y es simplemente que todos los cuerpos terrestres vibran a cierta frecuencia, creando la señal que necesitamos para determinar un momento o estar en algún lugar determinado. Así es, pues, que, como siempre estamos vibrando y en movimiento, dejamos una señal y podemos replicarla al igualar la frecuencia, y la frecuencia vibratoria nos da la energía necesaria para estar en este momento. Por eso decimos que regresamos a *un momento*".

Me vino a la mente, no sé por qué, unos versículos que había leído hace ya unos años atrás, Mateo 17.

—"Seis días después, Jesús tomó a Pedro, a Jacobo y a Juan su hermano, y los llevó aparte a un monte alto; y se transfiguró delante de ellos, y resplandeció su rostro como el sol, y sus vestidos se hicieron blancos como la luz. Y he aquí les aparecieron Moisés y Elías, hablando con él" —le recité—. ¿Así es como usan la vibración, frecuencia y energía?

—Algo así —contestó—. No en ese mismo orden y no siempre todas a la vez. Cada señal es una marca que queda plasmada y podemos acceder a ese momento y a ese movimiento: solo recreamos la posición atómica y estamos ahí.

"Y no, no es una máquina del tiempo —reiteró Jack—, eso es imposible".

Mil preguntas y el doble de dudas se agolparon en mi cabeza, me vino a la mente el choque de mi frente con la defensa de la camioneta y sentí por primera vez cómo esta se doblaba como un colchón suave y me empujaba hacia el pavimento. Voces, luces, gritos y pláticas, recuerdos de lo vivido en menos de un segundo, y en estos recuerdos se mezclaron lo que había escuchado de Jack. Me vi regresar a diferentes momentos de mi vida, me observaba subiendo a los vagones del tren entre risas y amigos, me veía también llorando por no poder controlar mi diabetes, y a la vez llorando de alegría cuando descubrí lo que me hacía daño. Me vi perdiendo trabajos, relaciones, familia, recuerdos, conversaciones, accidentes, mi vida al unísono de mis preguntas.

—No entiendo —dije.

—Lo sé.

CAPÍTULO 6
Infancia y familia

Nací en Ciudad Madero, Tamaulipas, antes llamado Villa Cecilia, un pueblo poco conocido en México, pues Tampico era el pueblo más conocido de Tamaulipas. Cambió su nombre a Ciudad Madero tras la construcción de la refinería de Pemex.

En esos años, los sesenta, era muy tranquilo y pequeño. Vivíamos cerca de las vías del tren, en la colonia Galeana, que estaba al final de una de las calles principales de Ciudad Madero, la Primero de Mayo. Al final de la calle, hacia el sur, estaba la plaza Galeana, donde jugábamos futbol y aprendimos a pelear. Cruzando la plaza había un terreno muy grande donde estaban las vías del tren. Nuestra casa estaba entre el rio Pánuco y las vías, y si bien no todas funcionaban ya, los trenes seguían pasando a diario.

Las vías que estaban en desuso tenían vagones abandonados que albergaban a familias enteras, y en esas familias había niños con los que jugábamos la mayor parte del día, casi todos los días. Desde casa, que era de madera, puertas y ventanas que al abrirlas las tapábamos con colchas y toallas, o lo que estuviera a la mano, se veían seis vías de ferrocarril muy activas porque ahí hacían el cambio de vías y el enlace de los trenes. ¡Era perfecto para jugar!

Nuestros juegos diarios y más los fines de semana, en los que se hacían los acoples de vagones, consistían en subirnos al último vagón y dejar que corriera un poco. Antes de que se echara de reversa, saltábamos y corríamos para subirnos al próximo. No tengo idea por qué nadie nos advertía del peligro y tampoco cómo es que jamás tuvimos un accidente, (gracias a Dios). En estos juegos nació en mí el sueño de ser ferrocarrilero. Soñaba con manejar trenes y le preguntaba a los amigos dónde o qué podría estudiar para dedicarme a eso.

Poco me duró el gusto, años después tuvimos que cambiarnos de casa, pues era rentada y mi madre, que era la que se encargaba de esas cosas, pues lo de mi padre era trabajar casi todo el día, todos los días, encontró una casita de ladrillos con techo de lámina. Nos recordaba a nuestra vieja casa.

Estaba por cumplir nueve años cuando vi las naves bajar y subir. Y el tiempo se fue así, entre juegos, cambios de casa, y al empezar la década de los ochenta me di cuenta de que no tenía amigos de la infancia por tantas veces que nos habíamos mudado. Empecé a trabajar en una compañía refresquera; puesto que no fui a la escuela por mucho tiempo, solo aprendí lo básico, a leer y escribir. No era el único que había entrado en este trabajo sin estudios, solo primaria terminada, y, por supuesto, ignorábamos que el patrón debía darnos de alta para empezar a cotizar y poder reclamar una vivienda y, lo más importante, la jubilación. Tarde supe que haber trabajado desde entonces me garantizaba ser Ley 73 y poder jubilarme a los sesenta años con el mínimo garantizado, según me lo explicaron recientemente. Lo saco a colación porque estuve en diferentes trabajos, la mayoría de pagos en efectivo, pues nos decían:

—Les pago bien, por eso no les doy seguro —y no habiendo más...

Éramos seis hermanos en la familia; yo soy el tercero. Mis dos hermanos mayores se perdieron poco a poco, ya son unos extraños para mí. De hecho no sé dónde está el mayor, solo sé que uno de mis hermanos menores esta con él. Del segundo sé que está en Estados Unidos trabajando en compañías de latinos que hacen *roofing*, que es cambiar y componer techos. Ha estado ahí desde que cumplió sus dieciséis y, como yo, no es hogareño. De mis otros tres hermanos menores sé que uno está viviendo con el mayor en Estados Unidos, pero no sé dónde. El menor de los varones, mayor que mi hermana, lleva una vida no tan legal que digamos; él también se excluyó.

Siempre me gustó leer y aprender, pero desgraciadamente mis padres no tenían los recursos económicos para darnos una educación básica, y ni pensar una educación superior. ¿Y el gobierno? No, los políticos se dedicaban a robar y pedir préstamos a bancos extranjeros. Yo entendía las cosas muy rápido pero mi desenvolvimiento social dejaba mucho que desear, pues tan acostumbrado a cambiar de casas y de amigos estaba que creo que me bloqueé y me hice un tanto antisocial. Eso me hizo caer en el alcohol, que al principio usaba como lubricante social, después por costumbre y al final por vicio, al igual que el cigarro. Fumaba a veces más de una cajetilla al día y esto duró muchos años.

Eran casi los noventa cuando nacieron mis hijos. Fui feliz, tenía una familia. Desgraciadamente no salió como pensaba, pues mis padres estuvieron juntos hasta su muerte, pero mi matrimonio, como todo en mi vida, tuvo cambios constantes que desembocaron en una separación después de tres años después del nacimiento de mis hijos. Ella formó otra familia casi de inmediato. Ahora mis hijos tienen dos medio hermanos con los cuales se llevan muy bien.

El principio de los dos mil fue marcado por el inicio de una guerra entre narcos en todo el estado. Yo vivía completamente solo, con mis dos vicios, cigarro y alcohol, pensando que eso era lo más normal del mundo, pues la mayoría de mis amigos lo hacían. Opté por no volver a casarme, ya tenía solamente aventuras y cuando sentía que algo iba en serio yo mismo, sin darme cuenta, lo saboteaba: hacia lo posible y lo imposible para que ellas terminaran la relación y no me culparan a mí.

Estar solo me dio el espacio para moverme del pueblo y aventurarme a la capital del país con la promesa de un mejor trabajo y, por obvias razones, una mejor paga. Era el sueño de muchos provincianos que, como yo, necesitábamos mantener una familia, pues me encargaba de casi todos los gastos de mis hijos. Gracias a la recomendación de un amigo, y después de sufrir una enfermedad crónica, terminé la relación que tenía en ese momento y viajé hacia mi trabajo soñado. El trabajo de ensueño era en un camión colector de basura.

Pasé seis años en este trabajo, viviendo con cuatro personas en un mismo cuarto para ahorrar un poco y mandar dinero a mi familia. Cumplía doce años de ser detectado con diabetes tipo II e hipertensión. Aún recuerdo ese día, en mi pueblo natal, junio del 2008, día normal para mí, una visita a la familia de Rocío, mi entonces pareja sentimental. Yo pesaba alrededor de 145 kilos y trabajaba manejando un camión de reparto de materiales, era el chofer y tenía dos ayudantes que descargaban el material en el domicilio, y había montacargas y más personal en la tienda base que usaban para cargar la unidad, así que era muy difícil que no tuviera una vida sedentaria. Rocío me prevenía por mi peso, mis hábitos alimenticios y mis vicios, pero yo no le escuchaba ninguna queja. Seguía fumando y cada fin de semana era de tomar cervezas con mis amigos hasta el amanecer. Tenía cuarenta y ocho años y aún recuerdo el sabor tan extraño del refresco de cola que tomé, era un sabor raro, como a agua descompuesta.

—¿No te sabe raro? —le pregunté a Rocío.

—¡Nombre! Está riquísima —me dijo.

Así quedó.

Al llegar me dio una terrible sed que me llevó a terminarme el garrafón de agua, que teníamos lleno, y en poco tiempo estaba rodeado de dos garrafones, una jarra llena de hielo y agua, y seis botellas de refresco de sabor, porque asumía que el de cola ya no me sabía bien y que tal vez eso me hacía daño. Pasé toda la noche entre el baño y el garrafón, orinando y tomando agua.

Rocío me dijo en la mañana:

—Deberías de ir al doctor a que te chequen, creo que se te subió el azúcar.

—¿El *azúcar*? ¿Cómo sé si tengo el azúcar alta o… por qué lo dices?

—Pues eres diabético, ¿no?

—Eso es de viejos, de gente mayor, aparte es hereditario y en mi familia no hay diabéticos.

—Ve a checarte, no pierdes nada.

—No creo, no puede ser—. Pero le hice caso y fui a la farmacia.

En la mayoría de las farmacias hay un pequeño consultorio donde vamos la mayoría de las personas que no tenemos Seguro Social. Es accesible, relativamente barato.

La señorita del escritorio me saludó, y yo le quise devolver el saludo, pero cuando traté de verla a los ojos la vi borrosa.

Desde que había despertado me estaba fallando la vista y yo asumí que era porque estaba desvelado.

Me checó la presión y me preguntó mi nombre. Me pidió que esperara porque pronto me llamarían. Después de un par de horas pasé al consultorio.

—Buenos días —dijo el doctor—. ¿Qué le pasa?

—Buenas, doc. Pues ayer tomé un refresco de cola y no me supo como siempre. Después pasé toda la tarde y la noche tomando agua, ¡es una sed terrible que no se me quita!

—Entiendo. Por favor tire ese refresco que trae, y por ahora no tome nada de líquidos. ¿Es usted diabético? ¿Lo es algún familiar?

—No, doc, no soy diabético, ni mucho menos. Debe de ser otra cosa. Muy bien, présteme su dedo.

Me limpió el dedo índice de la mano derecha con un pedacito de tela con alcohol y con un tipo lápiz punzó mi dedo, sacándome una gota de sangre. Me explicó que ese era un glucómetro y que estaba checando mis niveles de dextrosa.

Vi la expresión de su rostro, me miró a los ojos y me preguntó:

—¿Se siente mareado?

—No, doc, me siento bien… solo es la sed.

—Me imagino —dijo—. Tiene 580 de dextrosa. Vaya inmediatamente a un hospital, le voy a dar una receta de ingreso con las indicaciones y sus valores—. Ahora dirigiéndose a la señorita del escritorio—: ¿Qué presión trae?

—Tiene 117 sobre 187 —le gritó a través del pasillo.

Pagué y salí dispuesto a ir al Hospital Civil, que era el más cercano. Ahí, luego de esperar algunas horas, me pusieron dos inyecciones de insulina en el hombro derecho y un suero de solución salina que cambiaron dos veces durante el tiempo que estuve ahí, y luego inyectaron una sustancia directamente en el suero, según para bajar mi presión arterial. Así pasé el resto de la noche y parte de la mañana siguiente, preocupado por las bolsas de suero. Cuando empezaban a acabarse, pensaba que si no llegaba nadie me entraría aire a las venas y podría morir.

Ya para entonces, mi vista estaba demasiado borrosa, casi no distinguía nada de lejos, solo veía a pocos metros de mí, lo cual me forzaba a entrecerrar los ojos para poder enfocar mejor. Para las once de la mañana estaba frente a mí una doctora, su gafete leía <Dra. Varela>.

—Señor, ¿cómo se siente?

—Un poco mejor —contesté—. Se me quitó la sed.

Sin mirarme un solo momento, pues tenía la vista fija en una carpeta que llevaba en la mano, dijo:

—Le daré de alta. Ya bajó su dextrosa. Se puede ir, pero debe de seguir una dieta, nada de refrescos ni grasas, y se toma una metformina en la mañana y otra en la noche. Le daré una glibenclamida: se va a tomar una diaria por un mes. Después de eso viene a checarse de nuevo.

—Disculpe, doctora —le dije—, ¿qué tengo?

—Es usted diabético —me dijo secamente antes de dirigirse al siguiente paciente—: ¿Quién sigue?

Caminé cabizbajo, pensando, pensando, *¿y ahora? ¿Yo? ¿Diabético? ¿Qué voy a hacer?*

Empecé a deprimirme, a tomar más de lo normal, así que terminé mi relación y me fui de la ciudad a la primera oportunidad que tuve, que fue un amigo que iba a probar suerte en la capital del país. Sin dudarlo, lo seguí.

Capítulo 7
Primer viaje

—¿Qué fue lo que falló? —repetía una y otra vez Jack esa mañana, hablando más consigo mismo que con María—. Y no soy solo yo quien se lo pregunta, están todos investigando y nadie da con la respuesta.

"He repetido la misión en mi mente, cada segundo, cada alteración, y entiendo lo que pasó pero no comprendo aún cómo.

"María —dijo dirigiéndose hacia ella y abrazándola—. ¿Me acompañarías?"

Ella asintió con convicción.

Salieron y me quedé solo en ese tipo de cuarto sin puertas y con paredes que cambiaban de color sin explicación. Creí estar solo hasta que surgió una voz que jamás olvidaré:

—Hola, ¿cómo te sientes? Mi nombre es Fabiola Camargo, estaré aquí hasta que regresen. Por favor, lo que necesites, pídemelo a mí.

Se acercó. Tenía en sus manos un vaso de metal igual al que me habían dado, y a un lado de la bandeja, un plato, o creo que era un plato, del mismo material. Supuse que eran comida y agua. Aunque ahora sé que no lo eran, eran solo la imagen que mi cerebro necesitaba para no colapsar y tratar de encajar en donde estaba y, por supuesto, atender las necesidades de mi cuerpo.

—De verdad no tengo hambre —le dije mientras la observaba. Era bien bajita, como de un metro con cincuenta y dos centímetros, el cabello largo hasta la cintura, un poco castaño, con luces; blanca de piel, sonrisa cautivadora, dientes blancos y perfectamente alineados. Vestía unos jeans deslavados y una playera negra lisa muy ajustada y, en verdad, ¡qué figura! Se parecía a una modelo que vi en una revista días antes de mi accidente.

—Hola, soy Diego. No sé qué hago aquí… es más, ¡no sé ni donde estoy!

—Lo sé. Eres popular por aquí —me dijo con una sonrisa que provocaba sonreír, pues sonreía con los ojos, con las mejillas, con los labios. Sonreía con todo el cuerpo—. Nadie sabe por qué estás aquí. Pero que eso no te preocupe ahora, tendrás respuestas cuando el señor Jack llegue.

—Eres muy amable —le dije.

Se alejó regalándome un guiño y una sonrisa.

En ese momento Jack y María se encontraban en una reunión, rodeados de otros como ellos, *creadores*, cientos más, tal vez y sin exagerar, miles más, todos vestidos de gris. Igual que con Jack, tengo prohibido decir sus nombres. Uno de ellos estaba al centro, era quien lideraba la conferencia: preguntas, respuestas, comentarios. Después supe que los participantes se turnaban el rol de liderazgo e investigación.

Increíblemente, no se escuchaba más ruido que la voz del participante en turno, todo se hacía en completo silencio y solamente hablaba uno a la vez.

—Señor Jack —empezó el líder—, ¿tiene alguna idea de lo que sucedió?

—Aún no lo entiendo del todo —dijo Jack—. Sabemos que se adhirió a las líneas de energía y provocó un atajo. Es por eso que nos *unimos* en energía, el porqué y el cómo son lo que estamos averiguando—. Jack hizo una pausa para ordenar sus ideas—. Sucedió en el choque, en el accidente que tuvo. Antes de que su frente impactara con la defensa de la camioneta hubo una expansión de los átomos de su frente y una extensión de los átomos de la defensa. Este tipo de colisiones duran menos de la mil millonésima parte de un segundo, que para el ser humano es nada. Para nosotros esa microscópica parte es la pieza necesaria, la señal que nos puede proporcionar la información que nos va a ayudar a entender lo que realmente pasó.

"Puede ser que los neutrones —continuó— hayan influido en la colisión con otros núcleos. Tal vez los núcleos de los átomos hayan perdido masa mientras otros la ganaban, como un intercambio. O tal vez los átomos tomaron al mismo tiempo la misma carga eléctrica, positiva o negativa, y quizá se fundieron entre ellos.

"Todos los núcleos y los átomos en colisión fueron simplemente los mismos en peso y carga, y eso explicaría por qué el impacto no mató a Diego sino que lo hizo rebotar. Al abrir la masa, la carga, y el espacio entre átomos, todos los átomos involucrados se volvieron donadores naturales de protones y neutrones, eliminando por ese momento el potencial eléctrico repulsivo que ocurre normalmente en una colisión".

—De acuerdo… pero eso solo explica por qué no murió en el choque y su cuerpo quedó intacto, ¿pero cómo es que su energía contaminada se unió a usted? —añadió el líder.

—¿Quién manipuló el choque? —preguntó uno de los creadores.

—¿Había otro creador con él? —preguntó otro—. Tampoco explica por qué al llegar con usted desapareció de inmediato para volver a aparecer con nosotros —siguió —. Fueron dos viajes casi instantáneos… ¡y sigue vivo!

Esta y más explicaciones se debatieron entre los presentes sin llegar a un acuerdo que satisficiera sus dudas.

—Entiendo —dijo el creador en el lugar al lado del líder—, pero, ¿y tú cómo entras en la ecuación?

—Todavía no lo sé —respondió Jack—. La energía que ahí se desprendió era la misma que la que yo tenía, la misma frecuencia vibratoria de los átomos coincidió con el patrón establecido en mi desplazamiento. El haz de luz provocado por el impacto desvió mi trayectoria y me involucró en el evento.

—Tuviste que sentir la energía potencial que aumentaba en ti… —respondió el creador—. ¿Fue él?

—¿O fui yo? —completó Jack—. No lo tengo claro.

—Es imposible que tenga energía pura, o que sea un creador, como nosotros, pero sería la única forma de explicar el evento, sus viajes y el que esté aquí, con vida, con la posibilidad de regresar a su mundo con el mismo cuerpo y la misma consciencia.

"No se había visto algo así antes".

—¿Quién creó la energía necesaria para este "evento atómico"? —preguntó el líder en turno, concluyendo después—: Encontremos la respuesta y resolvamos este incidente, solo así sabremos si es un accidente aislado o si tenemos que preocuparnos porque otros humanos con energía sucia lleguen de la misma manera.

Cuando regresaron, yo ya había terminado con la comida que me había llevado Fabi, quien había insistido en que le llamara así. Nos habíamos pasado casi toda la mañana y parte de la tarde platicando y mi sorpresa fue que la mayoría de las cosas que me decía las entendía sin saber cómo ni por qué.

Fabi los recibió con mucho gusto y yo lo abordé con la pregunta que me había dado vueltas y vueltas en la cabeza durante todo el día:

—¿Ya puedo regresar? —pregunté mirando solamente a Jack.

—Al parecer puedes ir y venir a voluntad, nosotros tenemos que elegir cuidadosamente el momento y el lugar para poder desplazarnos, y, lo más importante, crear la frecuencia vibratoria que necesitamos para replicar el momento al cual queremos ir.

—¡Wooow! —expresé—. Entonces, dime, ¿cómo le hago, qué digo, cómo regreso? —Mi cara y la sonrisa tan amplia de mi rostro reflejó la alegría que me causaba la noticia, pero...

—No sabemos cómo —dijo decepcionado—. En términos algebraicos simples, para que lo entiendas, nosotros pasamos de punto A a punto B, donde A equivale al punto de partida, que sería este lugar, este momento, este "cielo", y el punto B es el punto de llegada en el que vamos a ejercer nuestra misión. El punto C equivale al viaje perfecto: ir y regresar como siempre lo hemos hecho.

"Así que ahora existe una variable, que sería el punto D, donde apareciste tú, y que representa las posibles fallas".

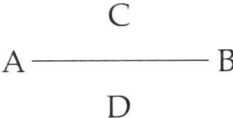

Me explicó todo lo que habían hablado en la reunión del consejo tratando de encontrar una explicación lógica a lo que había sucedido, sin resultados positivos. Supe también por él que había regresado una vez, después de llegar con él, y que regresé solo.

He aquí lo interesante:

El ser humano tiene un cuerpo que está hecho para adaptarse, vivir y regenerarse por sí mismo, igual que todos los seres vivos que habitan este mundo. Los creadores nos dieron la energía que nos hace diferentes a los demás animales y esta característica nos hace semejantes a ellos, por ello tenemos el poder de dominar todo lo que vemos: animales, peces, plantas, aves, etc. Podemos pensar, razonar, comunicarnos, crear, y esto nos lleva a vivir plenamente y en armonía, para que cuando el cuerpo termine su ciclo (muera), este pueda regresar a su origen, que son las partículas y átomos, generando vida de nuevo. Así, la energía que nos dieron crece cada vez más, hasta retener nuestra consciencia y que así podamos integrarnos en otro cielo o mundo para seguir creciendo. Después de varios cambios y aprendizajes, podemos unirnos a nuestros creadores y al Creador de todos.

Es decir, para poder llegar adonde yo desperté se necesita mucho camino, muchas vidas, muchos cambios, una vida plena de aprendizaje, y, sobre todo, bondad sin maldad: un lugar en el que a pesar de no tener un cuerpo podamos mantener nuestra consciencia y energía pura, en donde en algún momento podamos crear. ¡Y yo no cumplía con los requisitos para estar ahí! Era por eso que todos se cuestionaban mi presencia ahí, pues había llegado por una especie de atajo, con consciencia y sin una energía pura.

Lo que quedaba era esperar mientras se hacían experimentos. Jack tenía que volver a viajar a su destino inicial, al que se dirigía antes de chocar conmigo. Todos estaban pendientes de ese viaje, de esa forma tendrían algunas respuestas, y también muchas preguntas. Y el peor escenario era que volviera a pasar lo mismo.

En mi mente se agolpaban un sinnúmero de ideas, frases, palabras que no entendía y que jamás había leído. De todo lo que en mi cabeza se amontonaba, alcancé a recuperar:

El infinito asomando

El inmortal celoso

El momento más efímero dura, al parecer, por siempre

Una luz, un encuentro, una explosión, una colisión

Palabras que no salen pero que alcanzo a percibir,

luego de no morir

¿Quién me salvó?

¿A quién salvé?

Un instante que parece eterno

Un milagro celestial, pero... ¿por un mortal?

Qué ironía, nunca encuentro lo que busco, tal vez nunca

obtenga lo que quiero, y ni siquiera lo que necesito

Dios

Ahora que sé que sí existes, explícame a qué he venido

¿Por qué yo?

Si hay más gente buena y con dones y con tu gracia,

gente religiosa, gente buena…

Miré directo a los ojos de Jack y con una convicción de la que jamás he presumido, dije:

—El momento fugaz antes del impacto, esa millonésima parte de un segundo, esa luz que se formó, lo recuerdo—. Él y María me miraron con asombro—. Recuerdo ese momento como si hubiera sido congelado por el tiempo, vi cómo la defensa se doblaba al acercarme y... todo desapareció. Fue eterno el momento, escuché una y mil veces el rechinar de las llantas, los gritos, una y otra vez. Cerré los ojos, pero no tenía miedo, sabía lo que iba a ocurrir. En ese momento, en menos de una fracción de segundo y a la vez el tiempo congelado en un presente eterno que me daba la certeza de saber lo que iba a pasar, lo que estaba pasando y lo que pasaría des- pués, todo era una sola cosa mezclada y sin poder explicar ni pensar, ni siquiera sentir, pues no sentía dolor ni miedo, solo la convicción de que algo o alguien estaba conmigo, cui- dándome. Extendí los brazos para detener la camioneta sin poder lograrlo, antes de que mis manos tocaran la defensa, mi frente en un momento que recuerdo con suma lentitud se posó suavemente en la defensa, que cambió su forma tam- bién. Ahora era blanca y brillante como la luz y se doblaba al mismo tiempo que mi frente, y de repente sentí un tirón hacia atrás al mismo tiempo que mi cabeza tocaba la defensa de la camioneta como si una fuerza inimaginable me jalara. No sentía mis brazos ni mis piernas y sobre todo no sentía la bicicleta, creo que todo había desaparecido y todo mi ser estaba concentrado en mi cabeza. Recuerdo una potente luz que salía de la camioneta, ¿de la defensa, de los focos, de mi cabeza? Era tan fuerte que volví a cerrar los ojos. En ese momento todo era calma, una calma eterna, sentí que me llevaban en brazos hasta un lugar de paz, como flotando, y no sentía dolor ni cansancio por el accidente que estaba a punto de tener. De hecho, ahora que lo recuerdo, me sentía feliz.

"Cuando abrí los ojos, el tiempo regresó a su habitual velocidad y sin siquiera pensarlo, evitarlo o esperarlo, estaba en movimiento. Ahora volaba, daba vueltas en el pavimento tratando inútilmente de frenar mi cuerpo con las manos, aferrándome a todo lo que tocaba para detenerme. En una de las vueltas mi brazo izquierdo quedó entre mi cuerpo y el borde de la banqueta y sentí mucho dolor. *Se me quebró*, pensé. Seguí dando vueltas, era interminable. Iba hacia atrás después de rebotar con la banqueta y las palmas de mis manos, mis rodillas arrastrándose en la calle, tratando inútilmente de detener mi cuerpo con todas mis fuerzas, sintiendo que me quemaba los brazos, antebrazos, manos, rodillas, y al mismo tiempo tratando que mi cara no pegara con el pavimento. Me escuchaba decir, "no, no, no, no, no, aquí no, no puede ser", pero no recuerdo haber abierto los labios, los traía apretados contra los dientes.

"Cuando por fin me detuve lo primero que hice fue intentar sentarme mientras unos gritos sobre mi espalda me lo impedían. "¡No se mueva!" escuché. "Ya viene la ambulancia". "¡Está vivo!" "¡Que no se mueva!" "Está vivo". Tal vez algo me afectó porque lo recuerdo muy bien, y yo soy alguien que olvida mucho las cosas, y como nunca fui a la escuela, pues casi no sé mucho de física ni de química ni de nada, y más ahora, con todo lo que me has dicho, lo recuerdo perfectamente.

"La ambulancia nunca llegó y me escuchaba diciendo, "por favor, por favor, por favor", agarrando mi antebrazo izquierdo, a la altura del codo, que era lo que más me dolía. Me sentaron en el pavimento donde momentos antes no me dejaban moverme, pero sorprendentemente no sentí dolor en la cabeza ni en las piernas, solo el brazo izquierdo y las manos que me quemaban y no podía cerrarlas ni levantarlas para mirar el daño que me había hecho. Entonces noté a las personas tratando de sacar la bicicleta, o lo que quedaba de ella, de debajo de la camioneta. "¡Miren! ¡Se hizo bola!" gritó uno. En eso, la chica gritó, "¡Llevémoslo nosotros, llevémoslo!" Había mucha gente reunida que no sé de dónde había salido, solo sé que antes del accidente era una calle vacía y tranquila, sin mucho ruido. ¡Ahora era un caos! Gente, gritos, cada persona daba una orden diferente, gritando. Uno: "No lo muevan". Otro: "Hay que sentarlo". Una mujer: "Hagan algo". Luego: "Vamos a llevarlo". Y por sobre todo: "¡Está vivo!"

"Todo al mismo tiempo, yo con los ojos cerrados, con dolor y preguntándome *a qué hora terminará este circo*. Entre varias personas me subieron a la camioneta y me llevaron a la farmacia más cercana donde aún estaba abierto un consultorio…"

Creo que aún no salían de su asombro cuando Fabi, que había escuchado todo desde una esquina del cuarto, dijo:

—¡En verdad que no le puse nada a la comida! —Y todos reímos.

Jack tuvo que irse, desapareció, y lo mismo hizo María.

Capítulo 8
El cielo de los creadores

—¿Te quedarás aquí hasta que vuelva? —dijo Fabi.

—¿Quedarme? No sabía que podía irme—. Pregunté—: ¿Qué hay allá afuera?

—Es un mundo diferente.

—¿Hay animales, zombis, algo que coma humanos?

—Es... —empezó, primero muy seria, antes de que le ganara la risa—. Ven.

Lo primero que dije al salir y ver por primera vez dónde me encontraba:

—No puede ser. ¡Estamos en México! Este es mi pueblo, ¡mi Ciudad Madero! —Apuré el paso hacia casa de mi hermana—. Tengo que explicarle a mi hermana el incidente —le dije a Fabi.

—No podemos... Bueno, sí podemos ir al lugar donde ella "vive", pero ahí no la vas a encontrar. Ella y todos los humanos que conoces viven en un lugar como este, ese que tú conoces como Tierra, pero si no dominas las líneas de energía no puedes volver con ellos.

"Lo que ves ahora está basado e influenciado por los recuerdos que tienes del lugar donde vivías, de todos los lugares y personas que conociste en tu vida y en tu camino. Tú observas de una forma humana, pues a eso estás acostumbrado, pero poco a poco irás cambiando tu realidad. Tu hermana y todo lo que recuerdas están viviendo en un lugar que ustedes llaman 'mundo', pero la realidad es que no existe más que estructuras energéticas fijas, lo que tú conoces como 'cielo'. Mientras no salgan de la ignorancia en la que vive la gran mayoría de la humanidad, seguirán muriendo".

—¿Ignorancia? ¿Cómo erradico mi ignorancia para conocer la verdad?

—Eso es lo que hacen los viajeros —me respondió mirándome tiernamente—. Es lo que está tratando de hacer Jack. Aunque no podemos revelar la verdad por mucho que queramos, pues la humanidad ha demostrado que saber algo nuevo, que no conoce y por ende no puede explicar, la lleva a la desesperación; huyen, gritan, pelean y se matan, queman hogares, acaparan alimentos, destruyen todo a su paso en un histeria colectiva.

—¿Por qué actúan así?

—Por temor. Temor a lo desconocido. Temor a la verdad; es muy difícil hacerles ver la verdad, así que tratamos de darles ideas, como hemos hecho desde que el hombre está en esta esclavitud mental aceptada. Tratamos de que las ideas lleguen a ciertas personas y que poco a poco asimilen la idea que queremos transmitir y que esta llegue a todas las personas posibles. Esto lo hacemos mandando una idea, transmitida por una energía que creamos a través de una frecuencia vibratoria. Esta idea llega a varias personas a la vez y en diferentes lugares, personas receptoras con energía pura que hacen suya esta idea y tratan por todos los medios que tienen, y algunos que nosotros les damos, de darle vida y ponerla en práctica junto con más personas para cambiar la mentalidad y forma de vivir. Ideas de amor, de bondad, de ayuda, de compasión, de escribir un libro, ayudar a los más necesitados, curar una enfermedad. Una palabra de ánimo a veces es lo que una persona necesita para seguir dentro de su camino hacia la consciencia eterna. Y así es como poco a poco vamos cambiando la mentalidad del ser humano, de ser autodestructivo a ser fraternal.

—¿"Esclavitud aceptada"? —exclamé, pues aun después de tal explicación yo me había quedado en esa frase.

—¿Cómo? —me preguntó confundida.

—¿Aún somos esclavos?

—Así es, la esclavitud existe desde que se dio el cambio de energía del hombre. Cambió también su libertad y longevidad por tecnología, por poder y por ignorancia.

CAPÍTULO 9
Entendiendo el cielo

*E*stoy en Ciudad Madero, es exactamente igual, pero sin la
contaminación, sin la basura, sin puestos en las calles, sin
tiendas, sin autos. Extraño, pero muy parecido. De hecho ni
siquiera hay calles pavimentadas o banquetas, ni tampoco mucha
gente caminando.

*Qué difícil explicar lo que veo, pues las casas como que vibran,
o tal vez es mi diabetes que hace que vea borroso. Lo que sí percibo
perfectamente son las casas, como de un mismo color, entre gris y
blanco, pero no sé cómo cambian de color. Esto es imposible de comprender y lo que le sigue de explicar. Es como estar adelantado en el
tiempo, es otra dimensión, es como otro plano, o tal vez estamos en
otro mundo.* Trataba de explicarme a mí mismo lógicamente,
o de adelantarme a la posible explicación de Fabi.

—No trates de entender las cosas de una manera humana
o científica —dijo, y me sorprendió sentir que me leía el pensamiento—. Aquí donde estás no tienes diabetes, ni ninguna
de las enfermedades que solías pensar que tenías. Ni siquiera
tienes las marcas del accidente que tuviste. De hecho, ni
siquiera es el día, la hora o el año que piensas que es, o que te
han hecho creer que es.

"Todo es una gran manipulación de *ciertos* creadores para
que el propio ser humano esclavice al ser humano, para

engañarlo, para envenenarlo, para eliminarlo, y poco a poco lo están consiguiendo".

—¿Por qué? —pregunté—. ¿Para qué esforzarse tanto en eliminarnos? ¿Qué beneficio podemos darles?

—Para robarles la energía que prometieron a esos creadores a cambio de tecnología. Porque es más fácil influir en la maldad que en la bondad, y esto hace que el propósito de esclavizarlos primero y eliminarlos después sea más factible.

"Sólo imagina una energía con la forma que quieras, una bola, un círculo brillante—. Me dio un segundo para pensar—. ¿Lo tienes?

Asentí, recordando el orbe de luz que había aparecido en la playa "días" antes.

—Bueno, esa energía existe en el lugar que recuerdas, el lugar donde tú vivías, y la tiene tu hermana, tus hijos, tus amigos y todas las personas que conoces, que has visto; existe en todos tus recuerdos. Es una energía que tienes tú y todos los que están atrapados. Esa energía es la que hace que ustedes sean semejantes a nosotros.

"Realmente es solo un grupo pequeño de creadores los que no quieren a los seres humanos. Son los creadores que están buscando otro inicio, porque el ser humano no puede escapar de un conflicto autodestructivo, lleno de maldad, de egoísmo y muerte.

"El lugar que conoces como mundo, para que me entiendas, ya dejó de existir como un paraíso, lo único que los motiva es robar la energía que llevan dentro de ustedes y que ellos usan contra ciertos seres humanos, los manipulan, quieren destruir a la humanidad, a la creación que de inicio estaba hecha para convivir en paz y tra…

—¿Cómo? —la interrumpí bruscamente—. ¿O sea que nadie a quien conozco existe? Es solo producto de mi mente, de mi imaginación…

—¡Claro que existen! —dijo—. Lo que pasa es que la energía que imaginaste limpia, pura, ya no lo es tanto. Cada vez es menos y más sucia, y por eso estamos tratando de cambiarles la mentalidad, para que erradiquen la maldad de su ser, de su esencia, de sus corazones, y llenen estos vacíos, que van a quedar, de amor. El amor es la única salvación de la humanidad, el amor es la única forma en que su mundo podría salvarse y ser realmente como nosotros. Así podrán venir a otro mundo, a esta estructura energética fija que le llamamos cielo.

—El amor —dije—. ¿Como saber cuándo un amor es verdadero?

—Cuando un amor es compañero de otro amor.

—¿Como saber si no es mentira su *verdad*? ¿Cómo saber que no me estás engañando? Un beso se puede fingir, las sonrisas seducen. Y aun así, con ese poco que dan, podemos pensar que nos aman de verdad.

—No hablo de ese tipo de amor —dijo Fabi con esa mirada tierna que da tranquilidad, paz y una enorme necesidad de seguir aprendiendo de ella—. Hablo del amor a tus semejantes: hacer por los demás lo que harías por ti; el amor tierno, compasivo y paciente. Ese amor que los creadores tenemos por ustedes, y el que queremos que ustedes tengan por sus hermanos, que así por fin puedan erradicar la maldad y sus variantes. El amor que da la fuerza para evitar el sufrimiento, las injusticias, las intolerancias, las guerras. El amor que nace y nunca muere, que es capaz de crear y no destruir. El amor que te hace feliz a ti y a quieres te rodean, y si esos que te rodean tienen el mismo amor por ti, estarás donde queremos que estés.

Estaba sorprendido por todas las ideas que venían a mi mente, no podía creer lo que estaba pensando, de repente entendía o formulaba teorías y conceptos que nunca había leído. Le dije:

—Las teorías más locas que me vienen a la mente son los viajes en el tiempo, y desde que estoy aquí tengo muchas ideas que jamás había leído ni escuchado y entiendo lo que escucho de ustedes de una forma sorprendente. Aunque nunca fui a la escuela, sí leí unos libros, y fueron la mayoría libros prestados, y la fórmula que me viene a la mente es esta—. Le expliqué:

$$B$$
$$A \rightarrow \uparrow O$$

En donde

AO=direccional de la masa
OB=cuarta dimensión espacial
AB=dirección de la orientación del movimiento actual espacial de dimensión del movimiento de la masa

En este modelo se explica también que

$Vb = C2/vm$

En donde

Vb= velocidad de onda
C= velocidad de la luz

vm= velocidad del movimiento de la partícula que está generando la onda

Y

$\mu = h/p$

En donde

μ= longitud de onda
h= constante del plano
p= impulso de la masa generando la onda

—Esto explica el viaje y el retorno de la energía a través del tiempo —le dije—. También está la teoría cuántica que explica...

—Tranquilo —sonrió—. No trates de explicarte algo que aún no entiendes. Debes de entender que los viajes en el tiempo no existen, es imposible. Más bien pasas de una señal a otra.

"Todas las teorías que se han formulado o están por formularse quieren explicar la creación misma, explicar lo que ven y lo que no, la forma de crear cierta cantidad de electricidad. Dependiendo de cómo es creada ustedes le dan el nombre, si es creada por fricción, agua, viento, etc. Sí, tratan de explicar la forma de crear electricidad, pero no explican qué es la electricidad en sí. Solo ven fotones intrínsecamente relacionados con esta y el electromagnetismo, que siguen una línea más recta que las ondas de sonido, sin tratar de entender las variantes que existen. Variantes que se dan de diferentes maneras en un ambiente vacío o lleno, de cambios de velocidad, de humedad, de comportamiento, dependiendo de la expansión espacial de los átomos.

"Las partículas y los átomos se comportan de diferente manera si existe un cambio de movimiento espacial. Así, se creen que la simple idea o la simple acción de *ver* o *no ver* es la consecuencia de un cambio atómico.

"La energía es *Todo*, es movimiento, es estática, es creación y destrucción, es frecuencia, es vibración. Entender qué es la energía es entenderlo todo.

"La energía y la electricidad no son lo mismo. El mundo que conoces no es lo que antes era. En un principio era un paraíso lleno y abundante con el único propósito de la felicidad y la armonía: crear, vivir; tener una vida larga porque el cuerpo que habitan está diseñado para autoregenerarse por muchos años. En el lugar de la estructura energética fija, o tal vez de las líneas de energía, hubo una alteración de la frecuencia y algunos humanos cambiaron el propósito de ser felices por una mentalidad egoísta y posesiva.

"Cada vez más humanos empezaron a cambiar su forma de vivir y de pensar, construyendo lo que ahora es el mundo en que vives, que no existe como tal: no han viajado a la luna, no han viajado a Marte, el sol no es una bola de fuego, las estrellas no son planetas. Están viviendo en un mundo donde abunda la tecnología y la mentira con el único objetivo de que se olviden de ser felices y nunca lleguen a vivir en armonía, para que puedan pasar a una vida de esclavitud mental y laboral: autodestrucción. Una vida de estrés, ansiedad, drogas y alimentos envenenados a la que solo pueden acceder si aceptan vivir como esclavos del trabajo, un trabajo que inventaron estas personas, con una paga que también inventaron. Gente influenciada por este grupo de creadores que solo quiere a la humanidad esclavizada y potencialmente autodestructiva, y para eso los envenenan poco a poco, no solo física sino mentalmente. Televisores, celulares, hologramas, dinero, religiones, casas, autos, lo que has visto es lo que no existe. ¡Son tecnologías e inventos que esclavizan a la humanidad!

"Tienes que entender que lo que tú vives es lo real, lo que miras, lo que sientes, solo que estás atrapado en una ignorancia que no te permite avanzar ni retroceder. Están a merced de un grupo de seres humanos que ha vivido manipulado por un grupo de creadores que, si bien no quieren exterminarlos, sí quieren que se autodestruyan, y para esto se aprovechan de la debilidad y la maldad que existe en la gran mayoría de ustedes. Esos creadores usan el mismo método que nosotros de mandar ideas en forma de energía, pero estas ideas que les llegan no son buenas, están llenas de maldad y tienen el propósito de envenenar los alimentos, el aire, el agua y la tierra. Los humanos los obedecen por ambición.

"No olvides que la nada y el espacio vacío no son lo mismo. La nada no existe. No existe lo que conoces como principio y fin. De hecho, todo está compuesto de energía, frecuencia y vibración. Usando la energía podemos cambiar, desplazarnos, comunicarnos, y hacer todas las cosas que hacemos y que iré mostrándote poco a poco".

—¿Cómo es que la energía que creamos hace que se puedan realizar diferentes acciones?

—Depende de cuándo y cómo la necesitemos, usamos vibración para activarla y para obtener la cantidad que necesitamos usando la frecuencia. Así, la energía que necesitamos se crea a través de la frecuencia y la vibración.

"Para entender este desdoblamiento atómico, debes de saber que el tiempo no existe. El presente, pasado y futuro están unidos, pero no en tiempo ni espacio. La alteración del flujo de materia atómica es energía, y entendiendo esto puedes controlar la cantidad de energía que necesites para estar en el momento que desees, incluso el instante en que tuviste tu accidente que te trajo aquí., porque es más fácil observar momentos de mucho estrés o vulnerabilidad. Esos momentos que nunca se te olvidan son los momentos a los que puedes regresar o tener como punto de llegada".

—Ante cero entendimiento, una gran imaginación —dije—. Siempre creí que los viajes en el tiempo, los ángeles, Dios, eran solo historias.

Tomándome del hombro, sin movimientos bruscos, vi cómo pasó su mano sobre una de las estructuras que cambiaban de blanco brillante a gris.

—En el principio —empezó a decir en lo que nos sentábamos frente al mar. No me di cuenta de cómo llegamos ahí—, la humanidad fue creada para señorear el mundo en el que vive, pero, desafortunadamente, la maldad entró en su corazón y la fue corrompiendo poco a poco, al grado incluso de llevarla a asesinar a sus propios hermanos solo por envidia, por ambición o por poder.

"Existen más personas de las que te puedas imaginar con un gran porcentaje de maldad, y por si fuera poco también son rebeldes, necios, y buscan solo quién los guíe, alguien a quién obedecer y adorar. Están inclinados al mal.

"De los creadores iniciales —continuó—, hubo una división porque la maldad, que si bien nosotros conocemos y podemos combatir, se apoderó del ser humano. Al crear al ser humano decidimos incorporar a la creación la mayoría de los sentimientos y virtudes que tenemos todos los creadores para que fueran realmente semejantes a nosotros, pero la maldad entró en una energía que conoces como 'Adán y Eva'.

"El proyecto surgió de común acuerdo entre todos los creadores y nuestra fuente de energía pura. Se determinó incorporar todos los sentimientos menos la maldad, para que se unieran a la energía pura, aunque inestable, que les habíamos dado para que trascendieran en este mundo que les dimos.

"Este sentimiento de maldad, que también es creada por la suma de frecuencia y vibración que usamos para incorporar los sentimientos en la humanidad, que no estaban contemplados para ustedes, entró, o alguien la incorporó de alguna forma".

—¿Adán y Eva no fueron los primeros hombres creados por Dios? —pregunté.

—Adán y Eva, como tú los conoces, solo son los sentimientos y la energía, que es la que usamos para incorporar un sentimiento o una idea en sus corazones y mente. Sentimientos masculinos y sentimientos femeninos, y es por esto que una mujer y un hombre sienten y reaccionan diferente ante un problema o reto.

"Tú los conoces como los primeros hombres, como los padres de la humanidad, pero en realidad son el comienzo del hombre como hombre con consciencia, no solo instinto. En el libro que conoces cómo la Biblia está escrito que ellos no son los primeros humanos como piensas".

—¿En verdad? —pregunté sorprendido. Y recordé Genesis 1:

Entonces dijo Dios: Hagamos al hombre a nuestra imagen, conforme a nuestra semejanza; y señoree en los peces del mar, en las aves de los cielos, en las bestias, en toda la tierra, y en todo animal que se arrastra sobre la tierra.

Y creó Dios al hombre a su imagen, a imagen de Dios lo creó; varón y hembra los creó.

Y los bendijo Dios, y les dijo: Fructificad y multiplicaos; llenad la tierra, y sojuzgadla, y señoread en los peces del mar, en las aves de los cielos, y en todas las bestias que se mueven sobre la tierra.

—El cielo fue creado para la humanidad, y les incorporamos la energía y los sentimientos. Humanidad que si bien no es desde el principio inmortal, sí puede vivir mucho tiempo, ya que el cuerpo está diseñado para regenerarse por sí solo, sin la necesidad de los ahora llamados medicamentos, que son drogas que fueron inventadas para controlar y principalmente afectan la reproducción celular. Por ende, acortan la vida.

"Claro está, y ahora lo entendemos, que la maldad que entró en el corazón del hombre es mayor que la bondad y el amor, y es por esto que un grupo de creadores quiere eliminarlos, otro grupo quiere exacerbar la maldad en ustedes para que se exterminen los unos a los otros. Nosotros queremos que la humanidad siga, pues tenemos fe en que encontrarán el camino correcto y recordarán su origen".

—¿Entonces dices que los creadores son todos dioses?

—Así nos llaman ustedes —contestó.

—¿Y cuántos dioses hay?

—Somos más, muchos más de lo que te puedas imaginar, y todos actuamos con un solo propósito y sentimiento: amor.

—¡Vaya amor! ¡Un grupo de ustedes quiere eliminar a la humanidad! —dije.

Sí. Otro quiere que se eliminen solos, y otro simplemente que sufran. Y, por supuesto, hay creadores que están al margen.

"Todos nosotros estamos unidos al Gran Creador, que es energía infinita, más allá de todo razonamiento e imaginación, donde llega la energía contaminada de maldad. Cuando el hombre muere, su cuerpo vuelve al origen, a ser átomos y partículas y la energía sucia que se desprende de las personas se une y se limpia con el Gran Creador y vuelve al mundo para tener otra oportunidad de ser libre y eterna".

—¿Entonces él es el Dios que conocemos por la Biblia? ¿Ustedes son los ángeles "creadores"? ¿Cómo se llama el Gran Creador?

—Él es Él, Él es yo y también tú, y toda la humanidad. Él es todos los creadores. Él es nacimiento de la energía. Él es todos los sentimientos. Él es principio de tu vida y eventualmente el final. Él es amor y jamás juzgará a sus hijos ni por bondad ni por maldad; los que juzgan son los hombres.

—Entonces Él se hizo hombre y nació en el mundo que conozco para la redención de nuestros pecados… —le dije pensando en el maestro Jesús.

—No, Él no podría encarnar en humano a causa de la energía con la que está formado, pues fundiría cualquier cuerpo con tan solo pensarlo. De quien hablas es uno de nosotros.

—Esto me recuerda al libro de Samuel: "Cuando llegaron a la era de Nacón, Uza extendió su mano al arca de Dios, y la sostuvo; porque los bueyes tropezaban. Y el furor de Jehová se encendió contra Uza, y lo hirió allí Dios por aquella temeridad, y cayó allí muerto junto al arca de Dios". O "Entonces Dios hizo morir a los hombres de Bet-semes, porque habían mirado dentro del arca de Jehová; hizo morir del pueblo a cincuenta mil setenta hombres. Y lloró el pueblo, porque Jehová lo había herido con tan gran mortandad". ¿Es este el tipo de energía que emana de Él?

—Es mucho más fuerte de lo que está escrito, y lo que lees es solo la perspectiva del hombre escribiendo recuerdos de otros hombres. No todo es literal.

"Muchos creadores como yo influenciaron de una manera diferente a los humanos, y sus vivencias y recuerdos no son exactamente iguales. Algunos creadores no soportan la rebeldía del hombre, lo necios con la necesidad de tener siempre a alguien que los guíe, los ordene, los esclavice. Por eso el hombre sigue al hombre. Inventa religiones, fabrica estatuas e imágenes de barro, de oro, de plata, de hierro, de madera y de todos los materiales que existen. Siguen al pie de la letra un libro o muchos libros que ellos mismos escribieron, siguen sus propias leyes creyéndolas absolutas, y, lo que es peor, se las imponen a los demás. Ignoran que no las necesitan y que esta manera de pensar, y la invención de todas sus religiones, no es más que un alterar la frecuencia vibratoria que no solo ensucia su energía sino que la disminuye.

"Siguen las enseñanzas de un libro escrito por el hombre, que sí fue inspirado por varios creadores, pero algunos con afán de confundirlos y otros de destruirlos. Seres humanos manipulados, seres humanos esclavos de creadores que solo quieren que su energía sea completamente impura para tener el pretexto perfecto para eliminar a toda la humanidad. Todos ellos confunden al hombre, a la mujer, haciéndolos esclavos del mundo, esclavos de sentimientos de maldad, de la tecnología, del egoísmo y del poder. Pero estamos nosotros, que aún tratamos de salvar a la humanidad y darle una nueva oportunidad".

—¡Como Jack! —casi le grito.

—Así es —me respondió tiernamente—. Ahora él y muchos como él están en un momento donde casi ya no existe la verdad y la maldad se está apoderando de la mayoría de las personas. Es una lucha interna la que están viviendo para poder, sino erradicar la maldad en sus corazones, sí aumentar la bondad en ellos.

—¿Entonces Jack está en lo que yo conozco como pasado para evitar que las personas lleguen a pensar en aniquilarse?

—No, no como tú lo conoces. Pero tampoco está en tu presente y mucho menos en tu futuro. Él, y muchos más como él, están provocando reacciones en muchos humanos para que comprendan que las guerras no llevan a nada bueno, humanos cercanos a los generadores de violencia.

"Lo que el ser humano necesita es ser feliz y dejar de limitarse solamente a cosas materiales, a querer más de lo que consideran *lo mejor* en la manipulación controlada por estos grupos".

Frente al mar, escuchando la manera en que los humanos habíamos vivido esta mentira, y yo este envenenamiento de mi cuerpo y mente por parte de personas influenciadas por la maldad, me vino a la mente un poema escrito por Jaime Sabines:

> *Me encanta Dios. Es un viejo magnífico que no se toma en serio. A él le gusta jugar y juega, y a veces se le pasa la mano y nos rompe una pierna o nos aplasta definitivamente. Pero esto sucede porque es un poco cegatón y bastante torpe con las manos.*
>
> *Nos ha enviado a algunos tipos excepcionales como Buda, o Cristo, o Mahoma, o mi tía Chofi, para que nos digan que nos portemos bien. Pero esto a él no le preocupa mucho: nos conoce. Sabe que el pez grande se traga al chico, que la lagartija grande se traga a la*

pequeña, que el hombre se traga al hombre. Y por eso inventó la muerte: para que la vida -no tú ni yo- la vida, sea para siempre.
Ahora los científicos salen con su teoría del Big Bang... Pero ¿qué importa si el universo se expande interminablemente o se contrae? Esto es asunto sólo para agencias de viajes.

A mí me encanta Dios. Ha puesto orden en las galaxias y distribuye bien el tránsito en el camino de las hormigas. Y es tan juguetón y travieso que el otro día descubrí que ha hecho -frente al ataque de los antibióticos- ¡bacterias mutantes!

Viejo sabio o niño explorador, cuando deja de jugar con sus soldaditos de plomo y de carne y hueso, hace campos de flores o pinta el cielo de manera increíble. Mueve una mano y hace el mar, y mueve la otra y hace el bosque. Y cuando pasa por encima de nosotros, quedan las nubes, pedazos de su aliento.

Dicen que a veces se enfurece y hace terremotos, y manda tormentas, caudales de fuego, vientos desatados, aguas alevosas, castigos y desastres. Pero esto es mentira. Es la tierra que cambia -y se agita y crece- cuando Dios se aleja.

Dios siempre está de buen humor. Por eso es el preferido de mis padres, el escogido de mis hijos, el más cercano de mis hermanos, la mujer más amada, el perrito y la pulga, la piedra más antigua, el pétalo más tierno, el aroma más dulce, la noche insondable, el borboteo de luz, el manantial que soy.

A mí me gusta, a mí me encanta Dios.
Que Dios bendiga a Dios.

En ese momento Jack estaba creando una idea de paz y amor con frecuencias que llegarían a los receptores humanos que estaban abiertos a recibir esta energía. Esta energía, estas ideas, solo llegaban a personas bondadosas, personas buenas que tenían la misma frecuencia que Jack, y existían otras frecuencias no tan buenas que llegaban a personas malas o en proceso de ser rebeldes ante sus hermanos.

Afortunadamente existían personas que dudaban de que lo que veían fuera todo lo cierto en este mundo. Así, una mujer llamada Julia que en ese momento estaba durmiendo, soñó que alguien le hablaba y le decía que el cáncer de su mamá era en principio por una intoxicación alimenticia. A José, que trabajaba de noche como guardia de seguridad, le vino a la mente lo sucia que estaba la comunidad y resolvió empezar a limpiar por él mismo. Jesús, que estaba dormido, soñó que invertía su dinero en los abuelitos olvidados, así que resolvió en llevarles despensas y ayudas económicas. Y así un desfile de ideas fueron plantándose en diferentes humanos, hombres y mujeres, niños, niñas que soñaban con un mundo mejor, donde habría más amor que guerras. Nicolás, que era físico, recibió también una idea que podía cambiar su perspectiva. Fabi me contó todo esto.

—De esta manera —dijo —, Julia empezará a investigar en las redes sociales qué tipo de nutrientes tiene cada alimento que su mamá come. Y al igual que tú descubrirá que con un glucómetro se puede saber cuáles alimentos te causan un pico grave de insulina y tratará de evitarlo. Se dará cuenta de que todos los problemas y dolores que le causa el cáncer y la diabetes que tiene su mamá son causados por el veneno de estos alimentos y la falta de componentes esenciales.

"De hecho, la mayoría de los problemas que tienen ustedes la humanidad están provocados por el veneno que introducen a los alimentos, ya sea legumbres, verduras, frutas o incluso carnes. Esto lo provocan la influencia negativa que tienen los creadores sobre personas que reciben las frecuencias de los grupos que odian a la humanidad. Los receptores de frecuencia varían según el sentimiento que más aflora en tu corazón, depende de cómo vibres será la energía que recibas.

"Trata de cuidar los filtros de tu cuerpo como son el hígado, el bazo y los riñones. Limpia tus intestinos y cuida mucho lo que comes y bebes. La gran mayoría de los problemas inflamatorios son generados por hongos, incluso el cáncer. Elimina los hongos y parásitos, elimina los alimentos que estén contaminados con herbicidas, plaguicidas, fertilizantes y otros químicos que hacen que el cuerpo humano pierda su salud. Evita las frecuencias extremas que te afectan, apártate del mal, no tienes que ser el varón perfecto y recto, solo no dañes a tu hermano y no caigas en la mentalidad de hacerlo esclavo, porque así es como manipulan ciertos grupos a las masas por el poder, dinero, ambición, y la aniquilación de la humanidad.

"La energía va desapareciendo a medida que se hacen más esclavos de las cosas materiales".

Capítulo 10
Julia

El trabajo de Julia estaba fuera de la ciudad, trabajaba como secretaria y estaba a cargo de la nómina de los treinta y seis empleados de la fábrica de tarimas de madera, así como de las tres camionetas que usaban para el traslado de estas.

—¡Buenos días! —dijo con su acostumbrada alegría.

Estaba divorciada, a cargo de sus dos hijos, ambos ya mayores, pero que vivían con ella y su mamá, que estaba enferma. Tenía el cabello rizado, o, como dicen, chino natural, y le llegaba al hombro; decía que cuando se lo alaciaba le llegaba hasta la cintura. Al parecer de muchos hombres, era muy bonita. Rondaba los cuarenta y tendía al sobrepeso, que se hacía evidente en sus curvas suaves. Su rostro, aunque enmarcado por discretas arrugas, especialmente visibles cuando sonreía, irradiaba una calidez y una humanidad innegables.

Cuando reía, finas líneas se ramifican desde el rabillo de sus ojos como testimonio de incontables momentos de alegría. Aunque en ellos subyacía una tristeza, quizá por las vicisitudes de la vida, y una firme determinación que se desbordaba también de su natural alegría y optimismo envidiable, enmascarando penas y revelando una fortaleza interior. Sus ojos, grandes y expresivos, albergaban la sabiduría adquirida a lo largo de los años, en ellos se vislumbra una mezcla de melancolía y resiliencia.

A pesar de las dificultades de ser madre soltera y de tener a su cuidado a sus hijos y a su madre enferma, su postura era erguida y su mirada, directa. Transmitía siempre una sensación de seguridad y confianza. Su presencia irradiaba una fuerza tranquila, la de quien ha aprendido a sobrellevar las adversidades con dignidad. Lo más sorprendente y su mayor atractivo era su alegría de vivir.

—Anoche soñé algo raro —le comentó a Graciela, su compañera de trabajo.

—¿Qué soñaste? ¿Algo sucio? Je, je, je, je.

—¡Nooo! Nada de eso —dijo risueña—. Soñé que lo que tiene a mi mamá enferma eran los alimentos.

—No suena tan raro —dijo Graciela—. Con tanto químico que le ponen a los alimentos ahora, ¡una ya no sabe, amiga! —Y luego más seriamente—: ¿Qué vas a hacer? Conociéndote, vas a empezar a investigar hasta por debajo de las piedras.

—Bien que me conoces —respondió Julia con una risita cómplice.

En su tiempo de descanso estaba tomando una botella con agua en el patio trasero de la oficina, pensando por dónde empezar a investigar o preguntar; una pista, una señal… Y llegó a sus pies, casualmente o gracias a la intervención de Jack, una bolsa verde que había arrastrado el viento.

Se agachó a recogerla y algo le llamó la atención. En el reverso de la bolsa decía, con letras pequeñas, <malatión>, y debajo, <clorperifós>. Levantó la bolsa y estaba a punto de tirarla a la basura, pero justo entonces la asaltó la duda, una inquietud que no la dejó seguir pensando: quería descubrir qué contenía ese producto y cómo afectaba a los alimentos. En ese momento imaginé a Jack detrás de ella, animándola a empezar su camino. Guardó en su bolso la envoltura, deseando que este fuera el inicio de su búsqueda de los alimentos que dañaban a su madre enferma.

Descubrió que eran plaguicidas para eliminar insectos en las cosechas agrícolas, de hecho se usaban también en productos almacenados, campos y jardines, para matar mosquitos y la llamada mosca de la fruta, pulgas, e incluso en el cabello humano para eliminar piojos. Al principio no le dio la mayor importancia, pensó que deberían de ser químicos controlados por laboratorios y que los profesionales de la salud y los científicos siempre estarían al pendiente de no afectar al ser humano o a los animales.

El siguiente sábado estaba sola en casa, cuidando de su madre y preparando la comida. Le llegó a su celular la captura de un estudio que le mandó su compañera de trabajo. Después de comer, ya anocheciendo, se sentó en el porche de su casa a leer lo que le había mandado Graciela.

Decía:

> *Los efectos nocivos de los plaguicidas en la salud humana se encuentran documentados. Sin embargo, la información está limitada por una serie de barreras que dificultan la obtención de evidencias estadísticas para mostrar a la sociedad las afectaciones adversas de esos productos químicos. El objetivo principal de este estudio fue analizar la frecuencia del uso, así como el conocimiento que tienen los agricultores sobre los*

efectos negativos de la aplicación de plaguicidas y su posible relación con daños a la salud.

Los datos se obtuvieron mediante encuestas realizadas a personas mayores a veinte años de edad que han trabajado con agroquímicos y siempre han vivido en el mismo lugar. Los resultados mostraron que el 83% de los evaluados trabaja directamente en labores agrícolas. Los agroquímicos mostrados como posibles cancerígenos se aplican con frecuencia, pero la mayoría indicó desconocimiento del uso y aplicación de agroquímicos, mientras que el 73% no utiliza protección cuando los aplican. Asimismo, el 55.9% reportó tener algún miembro de la familia fallecido por causa de algún tipo de cáncer, de los cuales los más comunes fueron de pulmones y estómago.

Son necesarios estudios a largo plazo para corroborar la totalidad de los daños causados por los plaguicidas a la salud.

Se enfatizó a los participantes que la información obtenida sería estrictamente confidencial, y ellos conservarían el anonimato al asignárseles un pseudónimo a cada entrevistado. Asimismo, a fin de obtener su consentimiento informado, se reiteró el carácter voluntario de su participación. Se les informó sobre la finalidad y el uso que tendría la información, y su permiso para publicarla.

De acuerdo a los resultados, los agricultores mostraron mayor desconocimiento de los nombres comerciales, así como de los ingredientes activos que se aplican en estos. Por su parte, los productores tiene mayor conocimiento de estos productos, indicando que tanto

glisolfato, atrazina, malatión y paratión metílico se
aplican siempre, o casi siempre.

Al finalizar este estudio primario, tenemos los tipos de
cáncer más identificados entre la población documentada:

- *Cáncer de pulmón*
- *Cáncer de colon*
- *Cáncer de mama*
- *Linfomas de leucemia*
- *Cáncer de estómago*
- *Cáncer testicular*

*Estos resultados son alarmantes, por lo que es
necesario informar a la población y autoridades
competentes para limitar o eliminar el uso de estos
plaguicidas en las cosechas.*

Lo terrible de estos químicos es que penetran en los alimentos cultivados y entran en su forma más dañina cuando se degradan a sustancias más tóxicas, como el malatión, que son causantes de efectos nocivos en el ser humano cuando los alimentos muy contaminados se ingieren, induciendo la muerte celular, sin contar que esto es solo el comienzo de la investigación. Existe desde hace muchos años la práctica de rociar con pesticidas, herbicidas, plaguicidas, fertilizantes, que también son químicos, a todas las cosechas que consumimos.

Lo más inquietante es que estas plantas contaminadas son consumidas por los animales, el ganado, que a la vez es consumido por nosotros, de tal manera que nos están envenenando poco a poco.

Ahora, ¿qué químicos o qué clase de hormonas se utilizan en el ganado? Tenemos:

- *Fenoxiacéticos*
- *Carbamatos*
- *Triazinas*
- *Dinitroanilinas*
- *Sulfonilureas*
- *Hormonales*

Esto sin contar las hormonas reproductivas, hormonas de crecimiento y hormonas de engorda aplicadas al ganado que consumimos.

Pasaron muchas semanas antes de que Julia, su familia y sus compañeros de trabajo empezaran a comprender lo que realmente dañaba al cuerpo, ya que estos químicos no solo dañan la agricultura, sino también el suelo y la tierra de cultivo. Los animales contaminan al ser consumidos, y, aunado a esto, los químicos se combinan con las hormonas, generando así una alteración genética que repercute en las células humanas, haciendo al humano menos longevo y cada vez más enfermizo.

En años anteriores, en la conocida como Edad Media, siglos entre el V y el XV, y, sin temor a equivocarme, hasta el siglo XIX, se emplearon estas prácticas de un modo tan violento que la expectativa de vida no superaba los cincuenta años. Últimamente han sido más moderados en esa situación, ya que prefieren vernos enfermos por muchos años más para engrandecer la industria farmacéutica. No me extrañaría que las pandemias y los virus y gérmenes que nos enferman sean creadas por pseudocientíficos o por gente muy rica para generar más ventas y más ganancias.

Poco a poco Julia se fue enterando que era imposible revertir esta situación, ya que para enfrentar a este tipo de empresas se necesitaba mucho dinero y poder.

Los medicamentos que su madre necesitaba estaban cada vez más escasos en el Seguro Social y más caros en las farmacias, así que resolvió hacer lo que estaba en sus manos. Un domingo que estaba de descanso decidió ir a confrontar a los dueños del sembradío que estaba a espaldas de su lugar de trabajo y le pidió a su amiga Graciela que la acompañara. Las dos mujeres llegaron a eso de las diez de la mañana a la entrada del rancho.

Uno de los trabajadores les salió al paso.

—¡Buenas! ¿Qué se les ofrece?

—Buenos días. Estamos aquí para hablar con el dueño, ¿podría pedirle unos minutos para platicar?

—¡Uyyy! No creo que se pueda, señito. El patrón está siempre muy ocupado. ¿Para qué lo querían?

—Dígale por favor que queremos hablar de los plaguicidas y pesticidas que usa en las cosechas, y del tipo de maíz transgénico que están sembrando de forma ilegal.

—¿De los qué? ¿Qué es eso?

—¡De este producto! —dijo enseñándole la bolsa que había guardado

—No, pos no sabemos nada de eso. Aparte están equivocadas, esos productos son para mejorar la siembra, si ya nos lo explicó un ingeniero agrónomo. Lo que dicen es mentira, y lo del maíz… es el que siempre se ha sembrado, puede preguntarle al ingeniero—. Cada palabra que profería lo ponía más a la defensiva—. Y creo que mejor se van. Y no regresen porque el patrón es muy enojón.

En el fondo, Julia y su amiga sabían que esto podría ocurrir. Es muy difícil enfrentarse a este tipo de situaciones, y más cuando hay dinero de por medio. La decisión que estaba por tomar afectaría la tranquilidad de Jack sobremanera.

Varios meses después de tratar de confrontar al dueño del rancho, Julia llevaba ya cientos de firmas para una carta que le iba a hacer llegar al presidente de la República para que este tomara cartas en el asunto y así, con su apoyo, se empezara a investigar y prohibir este tipo de químicos.

Como pasa algunas veces cuando vas por buen camino, siempre hay quienes por diferentes razones te ponen obstáculos o te dan información errónea, tal vez influenciados por esos creadores que siempre nos pondrán trabas. Así que después de preguntar a un sinnúmero de personas, en lugar de canalizar a Julia y al grupo que la acompañaría a la capital del país, la mandaron a dejar los papeles a la Contraloría del Poder Judicial.

¿Destino? En esos días se agravó su madre y tuvo que ser internada en el hospital por complicaciones pulmonares. Estaba intubada y tenía muy pocas probabilidades de volver a despertar.

Desgraciadamente, su madre falleció esa misma noche.

Dejó por el momento los documentos, la investigación y el grupo de personas que estaban con ella a un lado por la profunda tristeza que le dejó la muerte de su madre.

Habían pasado ya dos años del fallecimiento de su madre y Julia había decidido, después de un largo duelo, continuar la investigación de los contaminantes en los alimentos, recabando más pruebas y elementos probatorios. Ya tenía una carpeta de documentos, testimonios, fotos, videos y todo tipo de pruebas que, junto con su compañera de trabajo y unas personas de servicio social de su comunidad, había recopilado por meses.

Una de esas veces que estaba en la plaza de su pueblo, llegó a ella un señor de edad avanzada, tal vez rayaba los ochenta años.

—¡Buenas! —le dijo—. Soy el señor Alfredo Mireles. Tengo entendido, por mis trabajadores, que fue a buscarme al rancho.

A Julia le pareció una persona muy agresiva; llevaba sombrero blanco tipo texana y su frente tenía muy marcadas las líneas de la edad. A Julia le parecieron surcos llenos de tierra, acentuados por su nariz aguileña.

—Buenas —le contestó—. Sí, fíjese que fui a buscarlo porque estoy haciendo una investigación sobre los químicos que se usan en las siembras que envenenan los alimentos que nosotros consumimos.

—Bueno —dijo don Alfredo—. Le pido por favor que no vuelva a mis tierras y que deje de decir eso, que anda alborotando a la gente. El maíz que yo vendo es el mejor de la región y no está envenenado, y si sigue voy a demandarla y tendrá que demostrarme que en verdad mi maíz está envenenado. ¡Nadie que conozca se ha muerto por comer tortillas!

Los trabajadores que iban con él soltaron la carcajada.

—Está advertida señorita—. Cerró—: Aquí en este pueblo, si juega con fuego, se puede quemar.

Al ir al departamento correspondiente, que en este caso era la Contraloría del Poder Judicial de la Federación, se encontró con los primeros obstáculos. Ahí la recepcionista le preguntó de qué se trataba la queja. Ella respondió que tenía pruebas de que los insecticidas que usaban en las siembras causaban cáncer.

Las personas a su alrededor no ignoraron el comentario, y dejaron por un momento de platicar o de lo que estaba haciendo.

—Creo que su queja no es aquí —le dijo la recepcionista.

—Es una queja que compete al Departamento Ambiental.

—Aquí se hacen quejas a personas y servidores públicos, señorita...

—Julia —completó—, Julia Ortiz.

—Señorita Ortiz —interrumpió un hombre ya maduro, de unos sesenta años aproximadamente—. Yo me hago cargo, Leticia — le dijo a la recepcionista antes de volverse a dirigir a Julia—. ¿Tiene las pruebas médicas y científicas de lo que está acusando? ¿Trae documentos que avalen su queja? Necesito un oficio que documente su queja, su nombre completo y dirección, teléfono de contacto y un numero de celular. ¿Tendrá todos los requisitos a la mano?

—Sí, aquí tengo todo, incluso mis datos personales y las firmas de 963 personas que han sido afectadas directa o indirectamente por este método usado para la siembra de mi comunidad. Y también los nombres de los agricultores que siembran maíz modificado genéticamente, el que llaman maíz transgénico en la televisión, y pruebas de que obligan a las tortillerías a comprarlo para el consumo, los nombres de sus trabajadores, y anexo las fotos de la mayoría de ellos.

"Esta masa hasta apesta cuando entra al molino y en ningún lugar existe otro tipo de tortilla como había antes.

Esto está enfermando y haciendo que se opte por usar pan, que aumenta la posibilidad de contraer diabetes por tanto carbohidrato consumido. Sin contar todos los gastos médicos innecesarios gracias a la negligencia de estos laboratorios, porque no solamente es el cáncer lo que está matando a las personas, sino también enfermedades crónicas como hipertensión, diabetes, enfermedades de los riñones, pulmones y muchas más de las que se puede imaginar; alimentos contaminados, agua contaminada, suelos contaminados, aire contaminado, y al parecer ¡nadie está haciendo nada!"

—Muy bien —dijo—, me quedaré con estos documentos en original y dos copias de cada hoja. Le estaremos llamando a su abogado lo antes posible.

"Trataré de remitirla a la oficina correspondiente".

Al darle una hojeada al documento, en una de las hojas leyó lo siguiente:

Los alimentos transgénicos, creados por ingeniería genética modificando el ADN de plantas, animales o microbios

Para ello se transfieren los genes de una especie a otra, siguiendo diferentes pasos, entre los cuales están los siguientes:

1. Identificar el gen que se quiere modificar.

2. Aislar el gen.

3. Multiplicar el gen.

4. Cortar el ADN receptor con enzimas de restricción.

5. Insertar el gen en el ADN receptor.

6. Copiar el ADN recombinante.

7. *Insertar el ADN recombinante en una célula embrionaria de la planta.*

8. *Regenerar la planta en un laboratorio.*

9. *Hacer crecer la planta en cámaras de cultivo, invernaderos y finalmente en los campos.*

La idea original (y espero que haya surgido de buena fe) fue aumentar el tiempo de madurez de un producto para así aumentar su periodo de venta, retrasando su caducidad. Se pensó para vegetales, soya, etc. También haría el producto más resistente a insectos lepidópteros, a ciertas plagas. Incluso se pensó para modificar animales y peces con hormonas de crecimiento.

La manipulación genética aumenta los niveles de toxinas vegetales e incluso desarrollan nuevas toxinas. Incrementa la resistencia a los antibióticos, lo que a su vez aumenta la creación de nuevos y más potentes medicamentos para contrarrestarlos. Esto lleva a un sobrecojo en los pacientes y una inmensa riqueza en las farmacéuticas.

Los primeros alimentos creados por ingeniería genética fueron:

- *Tomate, por la empresa Calgene*
- *Soya*
- *Maíz Bt*
- *Arroz dorado*
- *Papaya Rainbow*
- *Manzana Arctic*
- *Manzana Golden*

- *Piña Pinkglow*
- *Plátano*
- *Moras*
- *Calabaza*
- *Chile*
- *Algodón*

No quiso leer más.

—No tengo abogado aún, pero deme un número para mandar los datos del abogado en cuanto lo contrate.

—Por supuesto, aquí está mi tarjeta. Y por favor que sea lo antes posible.

Antes de irse Julia, él se dirigió a Leticia: le pidió que no comentara nada del suceso y caminó a su oficina. Ya ahí, hizo varias llamadas.

Días después, Julia contrató los servicios de un abogado.

El abogado Antonio González, el que más barato le cobraba, le pidió unos días para ponerse al corriente de la demanda que quería interponer a los grandes laboratorios y empresas que producían estos químicos.

—¡Es una gran demanda! —dijo—. Y estamos en México —añadió, como si eso fuera un condicionante extra—. ¿Está segura de que quiere continuar? Es muy peligroso meterse con esta gente poderosa.

—Mire, abogado, estos son los análisis de mi madre, que en paz descanse. Cáncer pulmonar con metástasis. Sufrió mucho con las quimioterapias y radioterapias. No sabía que esta enfermedad la provocaron alimentos envenenados por químicos agregados a productos enlatados, por el consumo diario de aceites vegetales que nos regalan en las despensas.

—¿Cómo? ¿En las despensas?

—Así es, tenemos un programa del municipio, y creo que es en todo el país, en el que cada mes nos reparten una despensa, y estas vienen con aceite vegetal, con galletas, harinas, azúcar, arroz, que son los alimentos más agresivos para el cuerpo. Estas se distribuyen periódicamente. La mayoría de las personas, y al parecer nuestros líderes políticos, no saben que estos alimentos son los que mantienen con diabetes e hipertensión a la mayoría de las personas, y las que no están enfermas tienen una gran resistencia a la insulina, lo cual las lleva a tener hígado graso. Por eso la incidencia de obesidad que tenemos en nuestros niños y jóvenes.

"En la investigación que hicimos en estos años, identificamos qué tipo de químicos son los que usamos en la agricultura y qué tipo de hormonas son usadas en la ganadería. También tenemos evidencia de la manera en que los médicos son educados en su mayoría para tratar los síntomas y no curar las causas. Esto es por el poder de las grandes farmacéuticas, que orillan a los doctores a recetar los químicos que ellos producen.

"Así tenemos metforminas, glibenclamidas, todos los medicamentos antihipertensivos como los antagonistas de receptores de la angiotensina II, los betabloqueadores, los bloqueadores adrenérgicos y los diuréticos que se recetan casi por inercia. Los grandes hospitales tiene un contrato con ellos de compra de varios millones de pesos en medicamentos que deben de recetar a los pacientes. Es en verdad, la salud, un negocio para ellos.

"Aquí viven más de mil personas y cerca de trescientas están enfermas de cáncer y las que tienen diabetes son muchas más, y más por el consumo de estos químicos que están en los alimentos, en el agua, en el aire—. Julia cerró los ojos y tomó un gran respiro. Cuando abrió los ojos le preguntó al abogado—: ¿Sabe que nos están envenenando?"

—Entiendo —dijo el abogado—. Suena terrible. Haré todo lo que esté en mis manos para ayudarlos.

—Lo que necesito es recuperar los documentos originales que dejé ahí con ellos.

—No le tengo buenas noticias —le dijo el abogado días después—. No procede la queja, puesto que pertenece al Departamento Ambiental y me dicen que no tienen los documentos. Al parecer los perdieron por accidente… o a propósito. Lo siento, si me hace llegar los documentos, aunque sea las copias, las dirijo al departamento correspondiente.

—Pero yo no los tengo, me los quitaron ese día que fui a presentar la queja.

—¿Dejó los originales? ¿No se quedó con alguna copia? —Ante el silencio de Julia, Antonio suspiró—. Fue sola, ¿verdad? —dijo el abogado.

—Sí, es que no sabía que hacer, pensé que me iban a explicar paso a paso el proceso. Pero aquí está la información de la persona que recibió los documentos —y le entregó la tarjeta de presentación que le habían dado.

—Tendré que emitir un oficio para la recuperación. La mantendré informada.

A casi un mes después, el abogado de Julia no le tenía buenas noticias. Le dijo que los documentos no aparecían en la oficina y que estaba escrito en la bitácora que se los habían entregado a ella antes de salir. Incluso había dos firmas, una de recibido y otra de entregado, y la persona que aparecía en la tarjeta no era trabajador de ahí, nadie la conocía.

No había más que hacer. En ese momento, ese pequeño momento dónde se toma una decisión, el momento en que un sí o un no afectaría toda su vida, Julia decidió en un impulso recuperar ella misma los documentos, así que dispuso todo para viajar sola a la capital.

Total, pensó, *voy y vengo de un día para otro.*

Así que avisó a sus hijos por medio de un mensaje. Argumentó que era necesario ir porque eran originales y deseaba tomar un respiro.

Una semana después de que Julia dejó de contestar su celular, y de una intensa búsqueda por parte de familiares, amigos y algunos policías, Jack descendió como un orbe luminoso sobre un campo baldío y se transformó en humano. Al tocar el suelo con un lamento inimaginable, sintió una tristeza que no puedo describir.

—¿Por qué de nuevo? ¿Por qué otra vez? ¡Habíamos hablado sobre no tocar a los humanos que teníamos en camino de la salvación! En verdad, quiero saber por qué…

Jack, consternado al ver el cuerpo inerte de Julia, semienterrado, hizo lo posible para guiar a un grupo de personas a que la encontraran lo más rápido posible, convirtiéndose en un orbe de gran luminosidad que contrastaba con la noche oscura. Fue visto por muchas personas admiradas y temerosas de no saber qué significaba aquella luz.

Pasaron apenas segundos desde que apareció hasta que desapareció en lo alto del cielo, a una velocidad imposible.

CAPÍTULO 11
Nicolás y Claudia

Era un miércoles por la tarde cuando el celular de Claudia sonó en el preciso momento en que se disponía a cocinar carne con verduras. *¡Nunca falla! Prepárate a cocinar o ve al baño y el celular suena…* pensó mientras iba buscando el celular para contestar la llamada.

—¿Bueno?

—Hola, Claudia. Habla Nicolás. Espero no estés muy ocupada. Disculpa las prisas, pero necesito hablar contigo en persona.

—¡Nicolás, amigo! No estoy ocupada, me disponía a cocinar algo.

—Deja eso, te invito a comer. Vamos al restaurant de siempre.

—Perfecto, te veo en veinte.

En poco menos de una hora, cerca de las tres, se reunieron en un pequeño restaurant que ofrecía un ambiente tranquilo y acogedor. Les encantaba la distribución de las mesas, pues permitía conversaciones privadas, sobre todo a esa hora del día en el que el lugar no estaba muy concurrido.

Después de un beso en la mejilla y un cordial apretón de manos se pusieron al día mientras pedían un par de chuletas ahumadas y un buen vino.

—Siempre te ha gustado el vino afrutado —dijo Nicolás—. Esta vez te acompañaré con una copa, ya sabes que soy más de vino blanco.

—¿Qué pasa? —pregunto Claudia—. Me preocupas.

—Estoy trabajando en una nueva teoría, ¿recuerdas?

—Sí, entrelazamiento cuántico. ¿Cómo vas con eso?

—Bueno, es por eso que te llamé con premura. Y me disculpo por eso.

—Para eso estamos los amigos. Y si te hace sentir mejor… ¡pues pagas la comida! —lo dijo con una sonrisa traviesa.

—Bueno, te pongo en contexto.

"La teoría es que el entrelazamiento cuántico es un fenómeno en el que dos partículas están conectadas de tal manera que sus estados se correlacionan incluso si están separadas por grandes distancias. Midiendo el estado de una partícula, el estado de otra partícula se determina instantáneamente".

—Así es, este es uno de los conceptos más extraños y fascinantes de la física cuántica —dijo Claudia, que también era física—. Por eso me emociona que lo investigues. Todos en la universidad sabíamos que si alguien podía desenmarañar la mecánica cuántica serías tú.

—Bueno —continuo Nicolás—. Ante esta característica, intenté muchas veces crear un canal, una vía de acceso entre estas dos partículas para poder llevar una partícula neutra de un lugar a otro, un canal de comunicación seguro solo para poder enviar y recibir información. Pude medir su estado y utilicé este canal para enviar un mensaje a una partícula que estaba a kilómetros de distancia. El resultado fue increíble. El mensaje y la respuesta fueron instantáneos, sin notarlo, sin dejarme pensar, más allá de la velocidad de la luz.

"En ese particular modelo que hice pude mandar materia a través de estos canales. Así uní partículas creando un enlace que usé para mandar materia, ¡y funcionó!"

—¡Espera! ¿Descubriste que existe más de un entrelazamiento en las partículas?

Tuvieron que hacer una pausa a su emoción cuando el mesero se acercó con dos charolas, una botella de vino y un bote lleno de hielo. Las copas, servilletas y un par de botellitas ya estaban dispuestas en las mesas.

Claudia no podía despegar las manos de su boca y parte de su cara, tratando de disimular su sorpresa, alegría, ganas de llorar o de gritar, no sabía. Emociones reprimidas.

—Buen provecho —dijo el mesero—. Cualquier cosa que se les ofrezca, solo levanten la mano, por favor. Estoy para atenderlos.

—Muchas gracias —contestó Nicolás.

—¿Sabes qué significa eso? —exclamó Claudia una vez que se hubo alejado el mesero—. Puedes revolucionar las comunicaciones.

—Sí… pero descubrí algo más.

—Por tu expresión, creo que no es nada bueno. Sabes que puedes confiar en mí, ¿verdad?

—Por supuesto. Por eso te llamé. Eres, después de mí, la única persona que va a saber de esto.

—Después de múltiples experimentos en los que mandé y recibí información de partículas cada vez más distantes, ocurrió lo impensado: empecé a recibir información de más partículas con la misma información de entrelazamiento… ¡de múltiples partículas! Y esto resultó en algo increíble: no solo había información idéntica entre dos partículas, sino entre millones. Esto me llevó cada vez más lejos y casi de forma automática se presentaron ante mí canales cuánticos de información. La información real de la vida.

"Crecí con la idea de que los átomos se forman a partir de partículas subatómicas como los protones, neutrones y electrones, mediante procesos que ocurrieron en los primeros instantes del universo, y que estas partículas son la combinación de quarks y leptones. La vida se basa en la complejidad, la organización y la capacidad de cambiar y evolucionar: la gravedad.

"Para formar estructuras, estrellas, planetas, galaxias, sin gravedad, la materia no se agruparía para la formación de estos cuerpos celestes y a la vez nos mantendría en tierra firme ni mantendría las orbitas. También impulsa procesos geológicos como las placas tectónicas, la formación de montañas y la activación volcánica. La gravedad nos da una explicación lógica de muchos de estos fenómenos.

"El tiempo es esencial para el cambio y la evolución. Sin tiempo no habría procesos como la evolución biológica, ya que esta requiere de cambios graduales a lo largo del tiempo. Muchos procesos físicos y químicos dependen del tiempo, como las reacciones químicas y la desintegración radiactiva. Sin tiempo, estos procesos no ocurrirían de la misma manera, o no ocurrirían en absoluto".

—Eso es correcto y está muy definido —dijo Claudia—. Pero... algo me dice que no estás en total acuerdo.

—Bueno… —comenzó Nicolás— la teoría del Big Bang, a pesar de su gran aceptación y respaldo científico, no lo explica todo. No explica, por ejemplo, la materia oscura, la expansión del universo, el origen de la vida, los agujeros negros, la naturaleza del tiempo. ¿Cómo es posible que una explosión haya podido dar origen a la estructura y complejidad que vemos en el universo? La propia teoría del Big Bang no describe la creación del sol y la vida directamente a partir de una "explosión" inicial.

"Claudia, ¿qué pensarías si te dijera que descubrí que la gran mayoría de estas explicaciones científicas solo son una forma de cubrir una inmensa ignorancia?"

—Te creería… y suena muy lógico, pues la ciencia no es un conjunto de verdades absolutas e inmutables. Todo se modifica a medida que se obtienen nuevas evidencias.

—Descubrí que existe una forma de energía oscura que detiene o inhibe los fotones de luz, conocida como materia oscura o agujero negro. Esta energía impide que la luz siga avanzando y, al quedar en velocidad cero, no podemos verla y la confundimos con agujeros negros y explicamos que esta se pierda dentro del agujero donde queda atrapada.

"Se tenía la idea errónea de que la velocidad de la luz era una constante universal que se podía curvar pero no disminuir, e incluso aumentaba su masa de forma infinita, sin desgastarse ni aumentar su calentamiento por fricción, pues esto viola el principio de la causalidad, el cual establece que la causa siempre precede al efecto.

"Ahora, la velocidad cero en los fotones crea un agujero negro, concentrando toda su energía en reposo, creando este fenómeno. La energía que se deriva después de activar el movimiento es increíblemente intensa y crea una apertura de espacio-tiempo donde la velocidad que se genera es infinitamente superior a la de la luz. Esto me llevó a crear un túnel cuántico usando esta energía para poder desdoblar la materia en masa y energía. Tenemos que redefinir los conceptos que tenemos de electricidad y energía.

"Puesto que no existe la energía mecánica, por lo tanto tampoco existe la cinética, potencial, térmica, eléctrica, química, nuclear, renovables, eólica, hidráulica, geotérmica. Las definiciones tendrían que ser "electricidad" y todas estas formas de representarse y solo la energía como la verdadera sustancia para la creación de la vida como la conocemos.

"Este descubrimiento, no sé si casual, dio como resultado el entrelazamiento cuántico de varios millones de partículas que actuaban de exactamente igual manera y en diferentes lugares y distancias, pero lo más sorprendente fue que usé esta energía donde las partículas e incluso el bosón de Higgs nadan en esta sustancia, o materia, o algo las une de tal forma que pude crear un tubo o cilindro cuántico para enviar partículas e incluso materia.

"La única explicación posible es que este mar en donde nace y muere la materia, y todos los enlaces químicos, moléculas, células, en fin, la vida como la conocemos, es energía en su forma pura. Con este concepto, y utilizando la cantidad de potencia creada al movilizar los fotones en reposo, pude activar este túnel cuántico. Pero al ir y venir, veía que se perdía materia en el trayecto y se recuperaba al llegar. Lo sorprendente es que, si dejaba las partículas en el otro extremo, la materia se perdía por igual, pero se recuperaba del otro lado. La misma estructura y peso, pero diferente. No sé si me explico.

"Estamos hechos de esta energía pura. El mundo y todo lo que envuelve está conectado a este mar de material, que no corresponde a otra cosa que energía pura. El mundo y la creación de la vida no son lo que hemos creído por siglos, y el universo no es lo que pensamos. Aquí es donde, en un modelo cuántico de entrelazamiento múltiple, y después de mandar y recibir partículas, sorprendentemente, se puede refutar algún día, pues de todas las pruebas que hice no quedó duda alguna. Descubrí que el sol no es más que un generador de luz y que el calor es manipulable.

"Siempre creímos que el calor se transmite desde la superficie de la Tierra hacia arriba, a través de procesos como la conducción y la convección, pero la superficie terrestre absorbe la radiación solar y se calienta, y luego transmite este calor al aire que está en contacto con ella. El aire caliente es menos denso y tiende a elevarse, creando corrientes de convección que transportan el calor hacia arriba.

"Creíamos esto y también que las ondas de luz y calor viajan al mismo tiempo en el espacio congelado y sin aire, creímos que no existe desviación de ondas al chocar con Mercurio y Venus, gracias a la teoría de la relatividad, y también dábamos por cierto que la luz, el calor, las ondas electromagnéticas, rayos equis y demás, viajan a la misma velocidad y llegan al mismo tiempo a la tierra sin alteraciones ni desviaciones, pero que aun así actuaban de diferente manera con la atmósfera y la superficie terrestre debido a sus diferentes longitudes de onda y frecuencias.

"Qué conveniente, ¿verdad?

"Si la gravedad existe y la masa existe, entonces las ondas cambiarían de dirección al pasar por estos planetas, la mayoría se absorbería como en la Tierra y cada vez llegarían menos rayos solares, menos calor, etc."

—¡Esto es fascinante! —exclamó Claudia.

"Esto explicaría muchas cosas, como por qué vemos al sol como un disco brillante en el cielo y siempre de igual tamaño, en vez de lo que nos han hecho creer, que es una estrella distante.

"Por supuesto que se puede manipular la cantidad de luz y calor sin la tan controversial teoría de explosiones y reacciones nucleares permanentes e inagotables. Explica perfectamente las variaciones de temperatura y fenómenos naturales, aunque, ¿cómo explica las estrellas distantes? ¿De qué está hecho el sol?

"Este nuevo descubrimiento dejaría a la Tierra estática y a un sol y luna en movimiento. Echa al traste todos los libros de física, mecánica cuántica, científicos y demás—. Claudia exclamó, preocupada—: Destruye todas las teorías hechas y creo que muchos científicos y físicos se irán encima de ti".

—Aquí es donde está lo interesante —dijo Nicolás sin darle mucha importancia al último comentario—, al tratar de rebotar información en la estrella más cercana, y después en las demás, dio el mismo resultado. ¡No existen! De alguna manera, la luz reflejada, o lo que vemos como luz reflejada, es una ilusión de profundidad, creada por un fenómeno desconocido que es capaz de proyectar imágenes tridimensionales a enormes distancias y con la intensidad de luz y calor que observamos.

"Y el sol, ¡el sol! ¡Dios mío! Está hecho del mismo material o especie de plasma donde se mueven todas las partículas, átomos, moléculas… ¡No sé cómo llamar a este *algo*, o más bien de qué otra forma llamarlo que no sea "energía". Entonces, como te comenté, tendríamos que redefinir el concepto de energía que conocemos como la capacidad de un sistema para realizar un trabajo o producir un cambio. Y reiterar que se manifiesta de diversas formas como calor, luz, movimiento, etc., y la electricidad, que es una forma de energía que se manifiesta por el movimiento de electrones. Así, tenemos que la electricidad envuelve el movimiento de electrones, creando luz y calor, y tendría la capacidad de producir cambios en un sistema determinado.

"La energía como la creadora de todo lo que vemos y no vemos.

"Esto explicaría perfectamente el entrelazamiento cuántico entre dos o más partículas, explicaría la información que existe en todos los niveles, desde las partículas, átomos, moléculas, células…"

—Esto contradice la realidad y la física que conocemos —exclamó asustada Claudia—. ¿Estás seguro?

—Hice el experimento muchas veces, y lo que más me preocupa es esto —fue entonces cuando de su maletín de cuero sacó unas hojas que le entregó a Claudia, quien las miró sin disimular la sorpresa y volteando a ver a Nicolás trató de decirle algo al mismo tiempo que se acercaba el mesero a levantar los platos vacíos y las copas, preguntando si necesitaban algo más.

Ellos pidieron la cuenta y salieron rápidamente.

No se dirigieron palabra en el camino hasta que, ya de noche, en su departamento, Claudia le ofreció a Nicolás un vaso de agua antes de borrar todas las fórmulas que tenía en un pizarrón que contrastaba con el buen gusto que adornaba su sala.

—¡Wow! Me recuerda a nuestros años de estudiantes, las veces que nos amanecimos juntos tratando de entender. En ese entonces sentía que eras el amor de mi vida —dijo Nicolás.

—Lo sé… Aún conservo el poema que me escribiste, ¿lo recuerdas?

—Vagamente. ¿En verdad lo tienes aún? No puedo creerlo, ¡qué pena!

—¡Ja! No solo lo conservo; lo memoricé:

Soñando un mundo a tu lado

En el lugar de lo infinitamente pequeño,
donde el ser y el no ser se entrelazan,
las partículas danzan un ballet extraño
en un mundo de probabilidades y rarezas.

Un electrón, un fantasma que se bifurca,
onda y partículas, un enigma constante,
su existencia, un juego de azar, una burla,
hasta que la observación lo defina al instante.

El gato de Schrödinger, en un limbo incierto,
vivo y muerto a la vez, una paradoja cruel,
atrapado en la superposición, un concierto de posibilidades,
un destino incierto.

El entrelazamiento, un lazo invisible,
une partículas a distancia, unidas sin fin,
sus destinos entrelazados, ineludibles,
unidas por siempre, un amor sin confín.

En este lugar donde te sueño, la realidad se desdibuja,
las leyes clásicas se desvanecen,
la incertidumbre reina, la lógica se diluye.
En este mundo nada es lo que parece.

Nicolás recordó el poema que había escrito para declararle su amor a Claudia y recitó junto con ella en su cabeza:

Sinfonía de lo invisible en el teatro de lo ínfimo,
átomos danzan un ballet químico.

Se unen, se enlazan, con fuerza sutil,
creando moléculas, un nuevo perfil.

No son solo partículas inertes y frías,
son notas musicales en sinfonías.
Cada enlace un acorde, una vibración,
que construye la melodía de la creación.

Hidrógeno y oxígeno en abrazo fugaz,
se transforman en agua, manantial de paz.
Carbono y nitrógeno, en danza constante,
dan forma a la vida, milagro fascinante.

Es la alquimia de lo invisible,
donde lo simple se vuelve increíble.
Átomos, ladrillos del universo,
construyendo la realidad verso a verso.

En cada molécula, una historia se cuenta,
de encuentros y transformaciones, una leyenda.
Desde el agua que bebemos hasta el aire que respiramos,
la unión de átomos nos da lo que amamos.

Así como los átomos se unen para crear,
nosotros también podemos empezar a amar.
Juntos formaremos moléculas de ideas, células
creando tejidos de amor,
para crear un solo ser, y ser tú.

Ambos terminaron sonriendo, abrazados y muy cerca uno
del otro. Parecía que un beso era la siguiente y natural acción.

—Espera, déjame ver si te entendí —rompió el silencio Claudia después de un buen rato, poniendo distancia entre ellos—. Entonces, si puedes mandar materia de un lugar a otro, es posible que hayas encontrado la fórmula para la teletransportación, o, lo que es más aterrador, una máquina del tiempo.

—Descubrí que no solo dos partículas pueden estar entrelazadas a través de la distancia o el tiempo —contestó muy nervioso Nicolás—, sino millones de ellas esperan para ser las que reemplazan las partículas o moléculas, o incluso células que se pierden durante el tiempo. Esto me llevó a formar un cilindro cuántico que puede llevar no solo partículas sino materia —y escribió en el pizarrón la siguiente fórmula:

$$*(1-(v/c)2) \wedge (-1/2) * k$$

v: velocidad del objeto que viaja en el tiempo en relación con la velocidad de la luz

k: constante que representa la resistencia temporal del universo

c: velocidad de la luz

"Esta fórmula nos explica la manera en que la energía que posee un objeto en reposo aumenta con la velocidad, siendo proporcional. A medida que la velocidad se acerca a la velocidad luz, el denominador de la fracción se acerca a cero, lo que hace que el aumento de la energía se acerque al infinito. Esto significa que se necesita una cantidad infinita de energía para que un objeto con masa alcance la velocidad de la luz.

"La constante ka representa la resistencia temporal del universo. Esta va a depender de dónde salimos y a dónde llegamos.

"Aquí, en teoría, ¡resultó perfecta!"

—Creo que existe una pérdida de materia —observó Claudia.

—¡Exacto! Y he aquí mi preocupación, ya que al llevarlo a la práctica y al enviar partículas a través de este enlace, hubo pérdida de materia. Así que la reformulé —y escribió en el pizarrón:

$$E = (m_0 * c2 * (1-(v/c)2)^{\wedge}(-1/2) - \nabla m * c2) * k$$

E: energía necesaria para el viaje en el tiempo

m0: masa inicial

c: velocidad de la luz

v: velocidad del objeto que viaja

∇m: masa perdida

k: constante de resistencia temporal

"Esto reduce considerablemente la energía necesaria para el viaje en el tiempo.

"Hasta aquí, esto me parecía teóricamente posible, hasta que lo llevé a la práctica con resultados siempre positivos. Mandaba partículas y recibía partículas, incluso en un experimento lineal mandé materia y mi sorpresa fue que la materia, estando en el otro extremo, podía recuperar la misma cantidad de materia perdida".

—¿Cómo es esto posible?

—No era la misma materia ni tampoco el mismo cuerpo, pero sí era muy similar, incluso tenía el mismo peso atómico.

"Existe algo que aún no comprendo. Si mandas partículas o materia y estas regresan de forma inmediata, no existe recuperación de la materia perdida, pero, si dejas la materia que mandas en el otro extremo, en el trayecto se pierde materia que se recupera de forma inmediata en el otro extremo.

"Esto me llevó a la siguiente fórmula para tratar de explicar la recuperación de masa:

$$m\_f = m\_i * (1 + (\nabla m / m\_i) * f(t))$$

m_f: masa inicial

∇m: masa perdida

$f(t)$: recuperación de masa

"La recuperación de la masa se hace de forma aleatoria. Aún no entiendo cómo puede ser de forma instantánea y eso significaría que sería independiente de la velocidad y tiempo. Puede ser lineal o exponencial, de cualquier manera existe, y es tan variable que no puedo hacer ninguna fórmula que lo explique".

Se hizo un silencio que se tornaba más incómodo con cada minuto que pasaba.

—¿Estás lista?

Una expresión de asombro y lo que le sigue se asomó en el rostro de Claudia.

—¿Hay más?

—Sí. Déjame leerte algo y dime lo que entiendes.

—Tendré mente abierta, lo prometo.

—"Habiendo, pues, resucitado Jesús por la mañana, el primer día de la semana, apareció primeramente a María Magdalena, de quien había echado demonios. Ellos, cuando oyeron que vivía, y que había sido visto por ella, no lo creyeron. Pero después apareció en Otra Forma a dos de ellos que iban de camino, yendo al campo".

"'Jesús le dijo: Mujer, ¿por qué lloras? ¿A quién buscas? Ella, pensando que era el hortelano, le dijo: Señor, si tú lo has llevado, dime dónde lo has puesto, y yo lo llevaré'.

"'Hizo además Jesús muchas otras señales en presencia de sus discípulos, las cuales no están escritas en este libro'.

"'Esta era ya la tercera vez que Jesús se manifestaba a sus discípulos, después de haber resucitado de los muertos'.

"'Entonces les fueron abiertos los ojos, y le reconocieron; mas él se desapareció de su vista'".

Claudia no dejaba de llorar: había entendido lo que esto significaba. Y era que después de que el maestro Jesús murió y al momento de resucitar, su cuerpo fue desvanecido en su energía pura, y después adquirió masa y se presentó ante sus discípulos, es por esto que no lo reconocieron.

—¿Solo yo sé de esto? —preguntó.

—Bueno, y también en Suecia. Mira—: y le enseño una carta que venía de Estocolmo—. Aquí me indican que tengo que llegar en noviembre, un mes antes de la premiación.

"Les mandé un archivo de todas mis investigaciones y me citaron casi de inmediato, ofreciéndome un Nobel de Física".

—¡Es una trampa! —gritó Claudia.

Capítulo 12
La partida

E l descubrimiento de este físico mexicano con una mente brillante y una pasión por los misterios del universo cuántico podía llevarlo por un camino no tan seguro en este mundo científico comprado por las grandes élites mundiales. Haber descubierto algo así lo ponía en peligro.

Pasaba la mayor parte de su vida en su laboratorio improvisado, obsesionado, tal vez, con los fotones de luz y su velocidad, buscando cual fiel detective sus secretos. Su teoría, que la gran mayoría de sus colegas y quienes sabían de su búsqueda pensaban era una búsqueda imposible, era que los fotones, a pesar de su velocidad constante, podrían ser detenidos mediante un campo electromagnético extremadamente potente o una energía jamás antes vista.

En sus observaciones, en un momento de esos que solo comprendemos cuando ponemos un milagro de por medio, o la intervención divina, se dio cuenta que lo que era conocido como "materia negra" o "agujero negro" en el espacio no era más que fotones en velocidad cero. También pudo observar que en el momento de ponerlos en movimiento estos creaban una energía y velocidades mucho mayores a las conocidas, mucho mayores incluso que la velocidad constante de la luz, echando por tierra todas las teorías conocidas. Usando esta energía que se desprendía, podía estabilizar partículas con entrelazamiento cuántico, y su sorpresa fue que en automático, y sin predecirlo, se formaba un "túnel cuántico".

Para probar su teoría (que llamó Teoría de Escape), Nicolás construyó un generador y un láser potente para que pudiera retener semejante energía. No sin temor, puesto que involucraba fuerzas aún desconocidas. Se armó de valor y esta valentía superó sus obstáculos mentales. Después de muchos intentos y formulas, ¡por fin! Lo que empezó con un sueño, una idea, una obsesión y muchos años de sacrificio, terminó en éxito.

Contemplaba maravillado en su generador y sus computadoras cuánticas los fotones en velocidad cero, pulsantes, esperando, aumentando en reposo su energía. Al liberarlos, se quedaba absorto, asombrado al punto del éxtasis, los fotones moviéndose a velocidades que desafiaban la imaginación, y ni qué decir de las leyes de la física.

Sabía que era una fuente de energía ilimitada, limpia, gratis, capaz de transformar el mundo como lo conocemos, que revolucionaría la crisis de energía mundial. Revolucionaría las comunicaciones, el internet, las computadoras, y sobre todo podía transformar la materia, enviándola de un punto A a un punto B de forma consciente. Aunque existía la posibilidad de que esta energía liberada se transformara, en las manos erróneas, en un arma. Y aquí, una vez más, ese momento, ese pequeño momento donde una decisión podría cambiar su vida, donde un sí o un no determinaría su presente alterando su futuro.

Nicolás contemplaba su obra, orgulloso, contento, admirando un gran dispositivo, un anillo de campos electromagnéticos entrelazados, un láser modificado y muchas fórmulas en pizarrones que abarcaban gran parte de una pared, sin contar inmensos papeles en escritorios y mesas.

Tenía su túnel cuántico. Tenía su obra y también su decisión.

El túnel permitía la transferencia instantánea de materia entre dos puntos distantes: enviaba materia y recibía materia. De lo que se dio cuenta es que al llegar al punto de enviar un ratón vivo, este, sin regresar, se notaba diferente, más joven, sin defectos. Encontró la explicación en que en el trayecto se perdía la masa y sé recuperaba en el punto de llegada. Se dio cuenta de que un ser humano, al viajar por este túnel, llegaría sólo como energía o espíritu, o tal vez su alma. Al otro lado y de regreso adquiriría una masa diferente y tal vez, solo tal vez, llegaría más joven y sin enfermedades.

Con la emoción de su descubrimiento envió sus fórmulas, videos y resultados a la Real Academia Sueca en Estocolmo, con la copia de los planos del túnel y la prueba en video de la materia transferida.

La llegada de este material en la comunidad científica causó un gran revuelo que los dejó asombrados por el descubrimiento de este físico aún no reconocido. Veían la posibilidad del viaje espacio-tiempo y de generar energía ilimitada y sobre todo abundante, limpia y gratis.

Pese a la lógica, y como siempre en la vida, algo no salió como Nicolás esperaba. Ciertas personas de la élite mundial estaban en constante comunicación con esta comunidad y todas las existentes en el mundo para saber de los nuevos descubrimientos y dar su visto bueno para la aceptación o eliminación, personas influyentes y con grandes intereses en la venta de consumibles, como lo son las energías fósiles y los medicamentos. Esto no convenía a sus intereses y, por supuesto, anteponían sus bolsillos a una potencial transformación de la economía mundial.

Estos grupos eran quienes realmente movían los hilos de todos los gobiernos mundiales, controlando la economía, la tecnología y la vida misma. Estos grupos decidieron eliminarlo por el bien personal de la élite y tramaron, como siempre, el mejor método para que pareciera ya fuera un accidente irrefutable o un suicidio por estrés o depresión. Esto lo hacían mediante un grupo que interactuaba en cualquier país del mundo, pues sus visas eran de carácter diplomático.

De esta manera le enviaron respuesta después de muchos meses ofreciendo un premio Nobel de Física, pero para que funcionara tenía que llegar un mes antes de la premiación para presentar ante la comunidad científica su revolucionario trabajo sobre el túnel y la manipulación de los fotones de luz.

Su descubrimiento ha trascendido los límites de la física conocida, esta creación, una distorsión del espacio-tiempo a través de la manipulación de la velocidad de los fotones, el descubrimiento de esta energía y velocidad, ocasionando una nueva energía, una fuente ilimitada, un poder inimaginable, nos tiene a todos sorprendidos gratamente y es por eso que le invitamos a llegar con un mes de antelación a la fecha abajo escrita para que juntos exploremos el potencial recientemente descubierto.

Este premio era el máximo sueño de un físico como él, no podía creerlo y sólo pensaba en Claudia, su amor platónico, y se veía de su mano caminando al podio para recibir el premio. Y soñaba que al dar las gracias iba a confesarle el amor que tantos años le había ocultado.

En eso sonó su celular, era un amigo de la universidad, un colega que trabajaba en Europa en un laboratorio respetable haciendo investigaciones.

—¿Nicolás? Amigo, no tengo mucho tiempo para ponernos al día. Pon atención: ¡no vengas! Quieren eliminarte.

Después de colgar y sin poder decir nada, Nicolás tomó una decisión que cambiaría una vez más su vida.

Al inicio del transporte, el objeto se sometía a un intenso campo eléctrico que rompía enlaces atómicos y moleculares. En este punto la masa del objeto ya se habría desintegrado y lo que se transmitía era energía pura, sin tejidos o células o enlaces, ni siquiera átomos o partículas podían enviarse. Solo la energía nuevamente descubierta llegaba al final.

Esta energía pura con la cual Nicolás estaba obsesionado, al llegar a un punto fijo y estático, empezaba a atraer enlaces, átomos, partículas, moléculas, células, y con estas regeneraba su forma original, aunque con algunas diferencias. Al observar esto, Nicolás decidió escapar de esta manera.

Un viaje, solo uno, una oportunidad de volver a empezar, tal vez quedarse como energía o tal vez regresar convertido en otra persona físicamente pero con su misma consciencia.

Simultáneamente, un escáner cuántico capturaba la información completa del objeto, la posición y el estado de cada partícula. La energía viajaba a velocidades cercanas a la de la luz mientras que la información cuántica se transmitía instantáneamente. Esto hizo a Nicolás cambiar las fórmulas y construir, en teoría, un túnel de escape que necesitaba probar con la ayuda de Claudia.

En teoría, tenía todo controlado, pues el proceso aseguraba que la nueva materia se podría recuperar casi igual que la original. Para esto debía de ser materia local del destino, y el recrearla similar estaba condicionada de manera directamente proporcional a la información cuántica de la energía.

Aunque la información cuántica aseguraba una recreación precisa, Nicolás se cuestionó si el objeto creado sería el mismo que el original y si esto se podría extrapolar a un ser vivo. Pues, dudas, preguntas, inminentes peligros y un sinnúmero de posibilidades daban vueltas en la mente de Nicolás. Pensaba en la posibilidad de que la información cuántica se corrompiese, o que la materia prima del destino fuese diferente a la original, o que se presentaran mutaciones o imperfecciones; la perdida de la consciencia, la posibilidad de permanecer como energía… *Es una trampa*", resonaba aún en la cabeza de Nicolás mientras se dirigía a su laboratorio.

Quedó con Claudia de verse en una semana, en la que ambos se dedicarían a conseguir los elementos que necesitaban para el experimento que Nicolás le rogó por muchas horas que asistiera, ya que sin su ayuda no podría lograrlo.

El laboratorio de Nicolás estaba lleno de cables, pantallas parpadeantes y el zumbido de un generador cuántico. Sobre la mesa había cientos de papeles y escritos desordenados, la mayoría con fórmulas que también podían leerse en tres pizarrones que, al estar juntos, formaban parte de casi toda una pared.

Así se encontró Claudia el laboratorio. Con los brazos cruzados miró a Nicolás con amor y admiración.

Nicolás, sonriendo con entusiasmo, dijo:

—¡Claudia, mira! Los datos son concluyentes, la recreación es perfecta. Cada átomo, cada enlace… ¡idénticos!

Claudia respondió con escepticismo:

—Nicolás, recuerda que esto es solo en teoría. Estamos hablando de desintegrar materia y reconstruirla con materia prima local. ¿Cómo podemos estar seguros?

—Por la información cuántica. Es el plano maestro: captura la esencia del objeto o humano, su identidad. La energía solo es el medio.

Claudia todavía no se veía convencida. Señaló una pantalla del generador cuántico y dijo:

—¿Tratarás de usar el túnel para escapar? Esto debe de ser un descubrimiento relevante para la mecánica cuántica, y si lo damos a conocer a todo el mundo estarás protegido.

—No confió más que en ti, y sí, voy a usarlo para desaparecer de este mundo y de ellos. No me robarán ni me van a silenciar. Estoy dispuesto a llegar hasta el final… Claro, con tu ayuda y comprensión.

—Mira esas fluctuaciones en el campo cuántico durante la transmisión. Podrían introducir errores, alterar la estructura a nivel subatómico. ¡Podrías simplemente desintegrarte en un segundo! Si esto no te da miedo, perdón, pero yo estoy aterrada, no quiero perderte.

"Mejor huyamos, escondámonos en algún país, cambiemos de nombre".

Nicolás se acercó a ella y la abrazó. La unión se sintió interminable para él, e instantánea para ella, quien seguía aferrándose a su bata. Él decidió no mencionarle la llamada que había recibido de su colega de la universidad advirtiéndole del peligro de su posible ida a Estocolmo.

—Claudia, son riegos calculados, estamos a punto de revolucionar el transporte, la energía… ¡todo!

—También podrías estar a punto de abrir la caja de Pandora. ¿Qué pasa si la información se corrompe? ¿Si la recreación falla? ¿Qué hay de las implicaciones éticas?

Nicolás soltó las manos de Claudia para secarle un par de lágrimas que ya habían caído sobre sus mejillas y se encamino a la cámara de transporte. Pensó si decirle al amor de su vida que solo quería ir y regresar con otra materia y que, si resultaba, ya no tendría que huir, pues nadie lo reconocería. Pero no se atrevió.

—He considerado todas las implicaciones, sé que mi entrevista es para desaparecerme y conmigo todos mis experimentos. Sabes que es el único camino posible si es que no quiero morir o vivir escapando todo el tiempo. Esta es mi esperanza: la distancia ya no será un obstáculo sobre la cual rija la energía y tecnología. Será…

Claudia lo interrumpió:

—Un lugar donde la identidad es fluida, donde la vida misma puede ser copiada, o, lo que es peor, alterada. Esto no es un juego, Nicolás, ni un simple experimento. ¡Esto es arriesgar tu vida!

—Es una opción, y lo sabes. Por primera vez tengo una opción y debo tomarla si quiero salvar mi vida y estar junto a ti.

—Nicolás, sabes que siempre te he apoyado en todo, te admiro y —Claudia tomó aire— algo que debí decirte hace mucho tiempo es que estoy enamorada de ti. Por eso es que no quiero que lo intentes: algo puede salir mal, puedes desintegrarte o morir, o, lo que más miedo me da, no volver a ser el mismo.

A esta altura ya no solo eran un par de lágrimas en el rostro de Claudia, se habían convertido en un mar de llanto y desesperación en el esfuerzo de convencer a Nicolás de que dimitiera de su deseo de escapar. La reciente declaración fue una muy lejana esperanza de que Nicolás desistiera, pero, conociéndolo, no iba a cambiar de opinión. Era un físico brillante pero solitario, siempre un buen hombre, sin vicios, pegado toda su vida a la honestidad y rectitud; jamás una mala palabra o acción salieron de él. Y siempre que podía ayudaba a quien lo necesitara. Estaba obsesionado con anomalías en datos de experimentos de física cuántica y, tras años de investigación, había descubierto que miles de partículas dispersas por el planeta estaban entrelazadas de una manera única y formaban una red invisible.

Tras años de investigación, ya tenía más que bocetos y prototipos bastante cercanos al que ahora esperaba usar con la ayuda de Claudia. Su mayor desafío técnico fue la necesidad de generar campos magnéticos extremadamente potentes para mantener la coherencia cuántica de las partículas usando superconductores, un par de láseres de alta potencia e inteligencia artificial.

Casi de forma natural, con el túnel ya desarrollado, logró mantener las partículas estables para poder alinearlas. Era indescriptible la emoción de Nicolás al activar por vez primera el túnel y ver cómo en automático se alineaban las partículas con la misma información cuántica. Existía una variable que reflejaba la intensidad del vínculo cuántico entre partículas: a mayor energía de entrelazamiento más fuerte la conexión y más estable el túnel. La energía recién descubierta por el físico de los fotones de luz en velocidad cero fue determinante para la estabilidad de las partículas y mantenerlas entrelazadas. El montaje de los campos magnéticos de alta intensidad y láser de gran precisión aumentaba la energía de entrelazamiento; el factor de alineación de partículas medía el grado en que los espines de las partículas estaban alineados. Una alineación perfecta, resonancia magnética y manipulación cuántica, maximizaban la probabilidad de formación del túnel.

El aire vibraba, un zumbido sordo llenaba el laboratorio.

Con el corazón en la garganta Nicolás avanzó hacia el generador cuántico, que emitía una luz palpitante en el centro del túnel.

Cada paso era un desafío a la realidad, un abandono gradual del mundo conocido. Sus dedos rozaron la superficie ondulante del túnel, una caricia de energía pura. Sólo una milésima de segundo dudó, no quería dejar a Claudia, pero ya habían tomado la decisión y no era el momento de claudicar, era ahora o nunca.

—Claudia, lo que estas a punto de presenciar podría cambiar todo lo que sabemos sobre la realidad: teología, historia, ciencia, física, y, sobre todo, el inicio de la humanidad. Si estoy en lo correcto, es por esto que quieren silenciarme.

Un haz de luz pulsante emanó de la máquina, creando un portal de energía que se retorcía y brillaba con una mirada de colores, echando por tierra el experimento Einstein-Podolski-Rosen. La escala era inimaginable: miles de partículas, todas compartiendo el mismo estado cuántico sin importar la distancia que las separaba.

—Hemos encontrado una forma de conectar no solo partículas, sino quizás realidades —dijo Nicolás—. Imagina un universo donde la distancia es irrelevante, donde la información fluye instantáneamente, donde el tiempo mismo es manipulable.

—¿Crees que esto podría ser una puerta a otras dimensiones?

—No estoy seguro de que existen las "dimensiones" como las hemos teorizado.

—Quizás sea una ventana a la verdadera naturaleza de la realidad.

—La mecánica cuántica nos ha enseñado que el mundo no es tan sólido como creemos, que la realidad es una construcción de la consciencia, un juego de probabilidades. Tal vez podamos acceder a una consciencia universal, a la verdadera realidad, al verdadero origen de la vida.

Claudia, entre admirada, enamorad y desesperada, le dijo:

—¿Estás diciendo que podríamos estar viviendo en una simulación?

—No lo sé con certeza, pero este túnel nos está invitando a cuestionar todo lo que creemos saber, a mirar más allá del velo de la realidad, a explorar los misterios del universo y de nuestra propia consciencia, y creo que es mi deber arriesgarme y descubrir la verdad.

El portal cuántico pulsaba con una luz hipnótica, atrayendo la mirada de Nicolás como un faro en la oscuridad. Claudia, a su lado, sentía una mezcla de fascinación y temor, consciente de que estaban al borde de un descubrimiento que podría cambiar el destino de la humanidad. Las dudas y las preguntas golpeaban su cerebro al grado de provocarle un intenso dolor.

Un instante antes de que todo empezara, sus miradas se entrelazaron fijamente con una verdad absoluta. Sentían el mismo amor el uno por el otro, compartían las veces que tuvieron la oportunidad de declararse y estar juntos y las que se arrepintieron de decirlo por miedo a perderse. La idea de escapar de este mundo y sus habitantes, que gobernaban a su manera y que sin remordimiento eliminaban a todo aquel que se atrevía a conocer la verdad, los llamaba. El túnel era una incógnita, un salto a lo desconocido. Nicolás sabía que era la única forma de acceder a la verdad que tanto anhelaba. Claudia, a su vez, con miedo pero con la confianza y el amor que le tenía, le daba el valor para aceptar. No dudaba de su pasión por la ciencia y su inteligencia, no faltaron las ganas de unirse a él en el mismo viaje, pero sabía que solo uno debía ir primero: estaba diseñado para una persona.

Ante la negativa y desesperación de Claudia, escuchó sus gritos, el zumbido del generador, luces parlantes, el aumento de los decibeles de algo que parecía interminable y a punto de salir a causa del miedo que experimentaba y los factores de dejar sola a Claudia, el amor de su vida, y la posible falla del generador o las fórmulas. De repente una luz lo envolvió en un abrazo cálido y extraño.

El silencio absoluto, todo a su alrededor comenzó a desvanecerse; los colores se distorsionaron, el miedo había desaparecido y Nicolás sintió una ingravidez que envolvió su cuerpo en un halo brillante.

Claudia, asustada, escuchó en el túnel un estallido que sacudió los cimientos del laboratorio en el momento exacto en que Nicolás entró.

Un destello cegador, un instante de vértigo, miedo, desesperación, lágrimas, gritos hasta perder la voz… y luego… ¡nada!

El túnel se cerró detrás de él dejando un silencio denso y expectante. En el lugar donde segundos antes se encontraba Nicolás quedaba sólo el eco de su valentía, la promesa de un viaje a lo desconocido. Como una gota de agua que cae en el mar, desapareció sin dejar rastro.

Una pequeña luz danzaba ante sus ojos, hipnotizándola. Sin pensar y con un solo deseo se dispuso con todas sus fuerzas a levantarse y dirigirse al túnel, pero... Nicolás ya había cruzado el umbral, dejando atrás el mundo conocido para adentrarse en las infinitas posibilidades del universo cuántico.

Al avanzar los segundos, Nicolás sintió que el espacio intentaba atraparlo. No sentía aire, no se sentía a sí mismo respirar aire. Sus pies se hundieron en una luz sólida que se disolvía bajo su peso. Después una especie de tirón, ni hacia adelante ni hacia atrás, hacia adentro, como si su propia existencia se estuviera plegando sobre sí misma, implosionando lentamente.

Empezó a desvanecerse, no en una nube de polvo sino en un flujo de luz vibrante. Cada átomo se separaba, liberando un destello de energía. Este proceso sucedía a una velocidad vertiginosa. En un segundo se estiraba hasta la eternidad y en otro se comprimía hasta la nada. Era testigo de su propia metamorfosis, un mero espectador en esta realidad cuántica donde las leyes de la mecánica y física cuántica se retorcían y bailaban en un mundo desconocido e imposible de comprender con ninguna fórmula conocida.

Su cuerpo se convirtió en un torbellino de partículas, de luz y de fuerza. La solidez se desvaneció y fue reemplazada por una sensación de expansión infinita. Dejo de ser humano, dando paso a un conjunto de posibilidades entre la desintegración y la vida eterna. Su consciencia aún íntegra repasaba su vida y en cada capítulo estaba Claudia, disolviéndose en un flujo de energía y en un instante único supo que sería reensamblado en algún momento. Sentía que podría recuperar masa y terminar de una vez con este viaje para buscar a su amada.

Ocurrió en menos de un parpadeo, un destello fugaz en el mundo cuántico: desapareció. No como un objeto que se mueve de un lugar a otro sino como una sombra al amanecer, dejando la ondulación de su existencia. Ahora energía.

Ahí las leyes de la física existentes no podrían explicar el cambio ni la diferencia entre la realidad y ficción.

No estaba solo, había cerca de él una consciencia pura, un ser de luz y poder inimaginables. Lejos de sentirse protegido por el ser iluminado y creador de ciertos universos, sintió miedo, y al tener contacto con su energía supo de inmediato que este ser había observado toda la odisea, dese la simple idea hasta el viaje por el túnel.

Se manifestó ante él con sensaciones, un reproche o negación de lo que se proponía lograr. Lo tomaba como una anomalía, un desafío a la creación y comenzó a manipular la energía que había salido del cuerpo de Nicolás, preparándose para desintegrarlo, fusionando sus energías.

Estos creadores, que conocemos como "dioses", de un inmenso poder y conocimiento, habían observado el desarrollo de la humanidad desde que el humano fue creado. Han seguido su potencial, su despertar, su rebeldía, su tendencia a la autodestrucción, su capacidad para corromper y destruir. Por eso su posición inquebrantable: un reinicio que eliminaría a este grupo rebelde.

Ver a Nicolás trascender su forma física y retomar su forma original fue una señal de que la humanidad estaba a punto de dar un salto evolutivo peligroso, un paso hacia un poder que no debía poseer, algo que ya había ocurrido antes y era conocido en algunos escritos y leyendas como la Torre de Babel. Su transformación a energía era un desafío a los propias reglas de la creación y también una violación de las leyes naturales de iluminación y despertar.

Ahora, si esto continuaba, la humanidad rebelde podría acceder a los mundos donde solo existían energías puras y contaminarlos como habían contaminado la tierra. Ante esta realidad, Aler, el Creador, se dispuso a desintegrar esta amenaza de forma radical. Nicolás dejó de ser un individuo y se convirtió en un problema, una mutación, una anomalía que debía ser eliminada.

Aler sentía una profunda aversión hacia la humanidad, a la que consideraba rebelde y autodestructiva. Su poder y creación eran percibidos como maldad por los seres humanos, y la verdadera naturaleza de sus deseos era crear otro tipo de entes para poder purificar la energía, y no al ser humano, al que consideraba indigno de poseerla. Con su figura imponente y su mirada gélida observó el desplazamiento de Nicolás, recordando al humano inicial sin tecnología. Aun con este gran avance seguía considerándolos imperfectos e indignos de tal poder.

Rebeldes, autodestructivos, una plaga, un virus que consume su propio hogar.

Aler no ocultaba su furia interna, se notaba en su mirada; imposible no sentirlo. Un poder inmenso palpitaba en su interior, listo para desatarse.

Con un simple parpadeo podía borrar toda la existencia humana, purgar el mundo de su corrupción. ¿Por qué no destruyó a Nicolás al sentirlo? ¿Por qué se detuvo? Tal vez era tanto el odio o la sorpresa que se detuvo a decidir de qué manera podría hacerlo sufrir más, y esto le salvaría la vida a nuestro físico enamorado.

La energía de Aler se acercaba, preparándose para desintegrarlo.

Nicolás, que aún conservaba su consciencia, sintió el frío de la aniquilación, el fin inminente de su existencia, tenía la certeza de que su muerte no podía evitarse y pensaba, arrepentido y frustrado, en cómo pedirle perdón a Claudia por no haber tenido más valor para declararle su amor antes. Sintió de forma eterna e interminable que su consciencia se desvanecía, como si un velo de oscuridad lo cubriera. No supo qué ocurrió después, solo el vacío y la incertidumbre.

Sentía que se rompía poco a poco, sin poder detenerse, como un pedazo de metal en el agua, imposible parar, miedo incontrolable, gritos sin sonido, terror y manoteos sin movimiento, sin quietud, una sensación horrible que jamás, ni en sus más locos sueños, imaginó. Poder sentir y mirar hacia todos lados le hacía suponer que ya no tenía ojos, solo consciencia, ¡y esta estaba siendo destruida!

Los pedazos de Nicolás eran ahora puntos de energía que se dirigían para unirse a Aler, este dios creador que parecía disfrutar de desintegrarlo poco a poco, de una forma interminable. De repente los puntos de energía que una vez le dieron esencia a Nicolás empezaron a retroceder y unirse de nuevo, formando de nueva cuenta la energía original, conservando la consciencia.

Una presencia aún mayor y más poderosa se unió a esta desigual pelea.

Aler sabía que Jack, quien estaba presente, era mucho más poderoso que él, y sin mediar siquiera una hostilidad de ningún tipo, se definieron sus prioridades.

Aler, frustrado y molesto, pero no con Jack, sino con Nicolás, este humano impertinente que había descubierto un atajo prohibido, se dispuso en un momento casi inmediato y sin que Jack tuviera la intención de detenerlo, destruir el túnel cuántico creado por los físicos y, por supuesto, todas las fórmulas, documentos y aparatos que estaban relacionados.

Claudia permanecía sentada, encorvada en el frío suelo del laboratorio, rodeada de una caótica variedad de papeles y restos de una máquina compleja, todo quemado.

De su rostro, cubierto con las palmas de sus manos, se dejó caer una lágrima que trazó un serpenteante camino entre sus dedos. La iluminación era opaca y parpadeante, su expresión, de profunda tristeza y desesperación. Lágrimas silenciosas fueron testimonio de su profundo dolor y arrepentimiento.

El ambiente estéril del laboratorio amplificó la sensación de aislamiento y angustia. Los papeles dispersos y la máquina destrozada, testigos mudos de un proyecto fallido y un eterno recordatorio de su pérdida personal. El lugar que una vez fue la esperanza de un descubrimiento científico ahora era un desorden: papeles quemados, pizarrones destruidos, la máquina irreconocible, sin ruidos ni luces, completaban el ambiente en esa sensación de pérdida total. ¿Cuánto tiempo había pasado?

No tenía idea alguna. Vio los rayos del sol de un nuevo día que molestaron sus ojos y sin ganas se levantó lentamente, todavía con los ojos llenos de lágrimas. Caminó hacia la ventana contemplando por un instante el nacimiento de un nuevo día y anhelando tener una esperanza.

—Lo siento. No pude salvarte. Lo siento, debí detenerte —repitió y repitió hasta desfallecer, tal vez por el dolor o la pérdida o el cansancio.

Cuando Nicolás recuperó la consciencia se encontraba ya en un lugar completamente diferente. No tenía cuerpo, era una forma de energía consciente que flotaba en un paisaje extraño. A su alrededor solo energía pulsante y desconocida.

Sintió una vibración suave y sutil.

Se sintió solo y desubicado, un ser de energía en un mundo extraño. No sabía cómo se había salvado ni cómo había llegado a ese lugar.

Jack sé presento ante Nicolás en un orbe luminoso, brillante, en una presencia y poder más allá de las limitaciones físicas conocidas o imaginables.

—Estás en una estructura energética fija que comúnmente se conoce como "cielo", adonde llegan los humanos que encuentran la verdad —empezó diciéndole—. Un lugar donde están en su forma original, donde son semejantes a nosotros. Un lugar de llegada para todos los que han trascendido la dualidad, que han comprendido la naturaleza de la realidad y que han alcanzado el despertar y la iluminación. Es lo que conoces como "mundo" o "Tierra".

"La vía que usaste para llegar aquí, definitivamente te hubiera desintegrado, pero te estoy dando una oportunidad de crecer y conocer la verdad, pues en ti existe mucha energía pura, limpia. No has sido corrompido por la maldad.

"Debes permanecer aquí hasta que puedas entender la verdad absoluta que te llevara a tener aún más poder de creación y trascender a otros cielos para que sigas aprendiendo. El lugar final es junto a nosotros, como creador, con energía pura y eterna".

Nicolás, nuestro físico peregrino y enamorado, se encuentra inmerso en un viaje de autodescubrimiento, buscando comprender su nueva forma de existencia y su papel en este esquema cósmico. A medida que explora este mundo de luz y sabiduría se encuentra con seres que han alcanzado la iluminación, maestros que le revelan los secretos de la verdad y lo guían en su camino para su despertar, que no es con fines egoístas ni personales: una búsqueda para aprender, observando y sintiendo.

En este mundo de energía y consciencia, la constante reside en la simplicidad de las leyes cósmicas, en la armonía de la creación, en la transformación constante de la energía, en un lugar donde la ciencia y la espiritualidad se entrelazan, donde la razón y la intuición se complementan, donde la búsqueda de la verdad es el viaje y el propósito más importante de todos.

En este punto, Nicolás aprende que al unirse a otras energías de forma inmediata comparte conocimiento con ellas. ¡Y hay millones de energías!

Está emocionado y presuroso de seguir aprendiendo y recuerda las palabras que Jack le compartió:

La esencia de la verdad
no es forma ni figura
ni palabra articulada,

sino el pulso del amor,
la esencia inmaculada;
un océano de luz sin principio ni fin
donde el tiempo se disuelve y la vida no acaba.

No existe un rostro en las alturas
ni un trono celestial,
sino una fuerza que rige la energía
eterna como un torrente que fluye y se expande,
transformando el caos en armonía que trasciende.

No existe un juez implacable
ni un rey omnipotente,
solo el aliento vital, la chispa omnipresente,
un susurro en el viento, un eco en la creación,
la fuente inagotable de toda vibración.

No existe un ser antropomorfo,
ni un dios personal,
solo la ley suprema,
la verdad de nuestro origen,
un fuego que purifica, una luz que guía
la esencia transformadora, la eternidad de la vida.

En su consciencia infinita los mundos se recrean,
las almas se liberan, las sombras se clarean.
No hay forma de nombrarlo ni imagen que lo represente,
es el dios de la energía, el corazón de la creación,
de la fuerza transformadora.
Un misterio insondable, una verdad trascendente,
la esencia misma de la vida eternamente presente, el amor y la
bondad.

Hijos de la luz, viajeros constantes,
escuchen el susurro, el eco del firmamento.
No busquen en las sombras ni en la impureza material,
la respuesta reside en la verdad.

La maldad, una sombra que oscurece el alma
y vuelve impura la energía.
El amor enciende la verdad, eliminando la oscuridad,
un eterno camino a la bondad.

No se dejen llevar por el odio y el rencor;
siembren la compasión, cultiven el amor.
Cada acto de bondad llena el camino de amor
y aleja las sombras de la maldad.

No juzguen con dureza ni con ciega ambición.
Busquen siempre la comprensión, la eterna salvación.
La energía impura se transforma en pureza con el poder del amor.
Cada acto de perdón es como una ola que se eleva en el océano del
alma, una eterna marea, un cómplice del amor.

No temas el futuro ni al incierto destino,
recuerda que el amor es la fuerza, el verdadero camino.
En cada corazón humano existe una llama encendida
que es la esperanza nunca perdida de un despertar de consciencia,
de la humanidad unida como una luz en las sombras.

No solo son testigos ni hojas en el viento,
sino arquitectos de nuevos firmamentos.
Con cada pensamiento, con cada decisión,
moldean la realidad de su limitada visión.

La Tierra es su hogar, un mundo sagrado,
no un simple recurso sino un hogar creado.
No están solos en este viaje trascendental,
pues los acompañamos en este viaje vital.

La energía impura se nutre del olvido,
de la desconexión, del corazón herido.
Pero el amor disipa la oscuridad,
revelando la esencia de la eternidad.
No busques respuestas en templos de cristal,

la divinidad reside en tu cuerpo terrenal.
Cada acto de servicio, cada mano extendida
es un paso adelante en la senda elegida.

La paz no es ausencia de guerra y de dolor,
sino la armonía interna, la llama del amor.
Quien ama no pelea, quién ama no odia, quien ama no asesina.

Jack le hizo la promesa a Nicolás de implantar una idea, una energía en Claudia para que esta sin lugar a dudas supiera que él está bien y que siguiera el camino de la bondad y se alejara de la maldad para llevar una vida recta con la seguridad de que se volverían a ver.

De esta forma, Claudia reaccionó y sin tocar nada se dirigió rápidamente a su vehículo. Ya no estaba triste, sabía qué había pasado. Tuvo una sensación de energía, de algo desconocido, una sensación cada vez más intensa.

Mientras lloraba por la posible pérdida de Nicolás, tuvo la visita de Jack, quien le explicó dónde estaba Nicolás y que él sentía el mismo amor por ella y que por este amor lo había salvado y necesitaba paciencia y fe para poder, después de dejar su cuerpo terrenal, unirse a él eternamente.

Camino a casa, detrás de ella, un ruido conocido de sirenas y carros bomberos inundó las calles. Claudia sabía que se dirigían al laboratorio, pero no sintió tristeza. Una sonrisa la acompañó de camino a casa y a sus siguientes años de vida. Anhelaba con paciencia el encuentro eterno con Nicolás.

Capítulo 13
Orbe

Que fácil hubiera sido para mí quedarme en ese lugar, sin el caos y la intolerancia del mundo que me vio nacer, con Fabi a mi lado, dispuesta siempre a contestar mis preguntas y aclarar mis dudas.

Empecé preguntándole:

—¿Por qué dices que hay otros cielos?

—El mundo como lo conoces tiene salida y entrada gracias al océano. Al principio hubo una extensión y división de la energía, arriba y abajo. En el recuerdo de la humanidad está escrito en el libro que conoces como Biblia, y otros libros que describen esta estructura de energía como agua.

"Por ejemplo: 'Luego dijo Dios: Haya expansión en medio de las aguas, y separe las aguas de las aguas. E hizo Dios la expansión, y separó las aguas que estaban debajo de la expansión, de las aguas que estaban sobre la expansión. Y fue así'. El agua como la conoces no forma la estructura, sino la energía, pero es el único elemento que puede interactuar con esta energía. Así es como se puede entrar o salir de este cielo, o, como tú le llamas, la Tierra. Aunque todos saben que el elemento que más existe es agua, y no tierra.

"Con la tecnología que un grupo de creadores les dio a ciertos humanos, como el medio para manipular y esclavizar a todas las personas posibles para mantenerlas alejados de la verdad, en una ignorancia selectiva, ya sea por distracciones, violencia, deportes, celulares, televisiones, guerras, o aumento de trabajo, menos dinero, alimentos envenenados, bebidas envenenadas, alcohol, drogas, y un sinnúmero de etcéteras, ellos pueden acceder a esta salida. Existen lugares a donde van las personas que han descubierto la verdad y son libres de su propia autodestrucción, lugares a los que podemos ir a voluntad, esos que tú llamas "estrellas" y "galaxias", lugares que estamos usando para enviar la energía de los que fallecen conociendo la verdad, que no tienen que seguir perdiendo la consciencia y su ser.

"El mundo como tú lo conoces es donde viven los hombres y mujeres que creamos. A otros cielos, o mundos, llegan los humanos, hombres y mujeres que han mantenido la pureza de su energía. Aquí es donde realmente empiezan a aprender y trascender hasta llegar a ser verdaderos creadores. El lugar al que llegaste es el cielo final, donde puedes crear mundos e incluso destruirlos. Llegas solamente cuando tu energía creció tanto que ya eres uno de nosotros, es por eso que estamos sorprendidos de que estés aquí.

"El lugar donde tú naciste ya no es igual al que nosotros creamos. Poco a poco han sido engañados, manipulados, envenenados e incluso aniquilados. El ser humano fue creado para señorear el mundo, para vivir en él y el cuerpo que les dimos está capacitado para regenerarse por mucho tiempo a sí mismo. Les dimos el fuego, la agricultura, los metales, y les enseñamos a crear herramientas para que construyeran lugares habitables, refugios seguros".

—La Biblia es un libro muy interesante, aunque no la he leído toda. ¿Acaso hay otro libro que hable de la creación? —pregunté.

—La Biblia fue escrita aproximadamente mil quinientos años antes de lo que conoces como la venida de Jesús, llamada Viejo Testamento, y muchos años después de que Él partió se escribió el llamada Nuevo Testamento. Es un serie de historias que fueron transmitidas de generación en generación, de boca en boca, gracias a la intervención de muchos creadores que transmitieron información de diferentes formas. Muchas de las historias se perdieron y otras han sido manipuladas, pero la verdad está ahí, y tienen que recordarla, recordar su origen, solo así podrán trascender.

"Desafortunadamente, hombres y profetas no solo seguían nuestras enseñanzas, sino que también algunos fueron engañados por otros creadores que no precisamente los guiaban por el camino del bien".

—¿Entonces en la Biblia no se habla de un solo dios? ¿Existen muchos dioses?

—No es el primer escrito de la humanidad, si a eso te refieres. Han existido siempre historias y escritos sobre nosotros, con la información que les hemos dado. Escritos e historias del hombre interactuando con nosotros, historias del hombre usando tecnología para engañar y esclavizar al hombre. Ustedes nos llaman dioses, ángeles, entidades, espíritus, demonios… dependiendo de su conveniencia o sentir.

"Existe una energía, como te comenté, que rige a todas las energías. Los creadores somos todos energía. Para que tú lo entiendas, a quien te refieres como 'Dios' es quien recibe todas las energías de las persona fallecidas en maldad, personas fallecidas sin verdad. Este ente las purifica para ser devueltas al mundo, para que tengan otra oportunidad de no perder su consciencia e identidad. Y no, no los hicimos semejantes a nosotros por el cuerpo que tienen, el cuerpo es la única forma en que ustedes pueden vivir en este cielo, o estructura energética fija, o Tierra, ya que el cielo es una capa protectora para contener las líneas de energía en desplazamiento infinito y evitar que escape el gas que respiran y puedan oxigenar el cuerpo que tienen. Los animales y la agricultura les proveen de los alimentos necesarios para que el cuerpo siga regenerándose a sí mismo y transformando los alimentos en todos los nutrientes esenciales que necesitan para seguir viviendo. Y en algunas ocasiones nos materializamos con cuerpo humano para poder comunicarnos con ustedes, pero generalmente solo enviamos ideas en forma de energía.

"¿Por qué hacemos esto? Es precisamente porque la energía que ustedes tienen es receptora de la energía que nosotros emitimos. De esta forma, en tu mundo todo está conectado. El cuerpo está capacitado para regenerar todas las células gracias a un proceso que conocen como 'replicación celular'. Cada célula de tu cuerpo forma un órgano determinado y esta replicación o división celular ocurre gracias a los telómeros que existen en tu ADN, en los extremos de los cromosomas, que son los que le dan la longevidad al hombre. Estos mismos reproducen y al mismo tiempo llevan toda la información genética a las células nuevas en un proceso que puede ser infinito.

"Pero, como siempre, como todo en la vida, existen humanos influenciados por la maldad y por ideas externas de ciertos creadores que empezaron a destruir los telómeros envenenándolos; engañar a la humanidad al exponerlos a un exceso de grasas, azúcares, alimentos procesados y casi todo lo que descubrió Julia en su investigación. De tal forma, ahora cada órgano ya no es completamente nuevo después de varias divisiones celulares, y pierde los años que el cuerpo está creado para durar".

—¿Cómo puedo revertir la pérdida de estos telómeros? —pregunte atropellando mis palabras.

—Creo que sabes la respuesta.

—¿Dejar de comer algunas cosas? —pregunté con timidez.

—Dejar de comer todo lo que conoces —dijo—. Frutas, verduras, legumbres, carnes que están contaminadas o modificadas genéticamente; dejar de tomar líquidos, alcohol, dejar de fumar, de estresarte, de tener pensamientos de odio hacia tus semejantes, y un mil de etcéteras.

—Sería morirme de hambre —murmuré.

—No, el cuerpo está hecho para durar muchos años más. Al principio de la creación eran más longevos.

—¿Cómo? No conozco a nadie que haya sobrevivido muchos años. Incluso yo, a mi edad, ya me siento enfermo y cansado. Con estas arrugas, ¿cómo me veré en cien años?

"Con una buena alimentación y una buena vida, cuidándonos, tal vez lleguemos a cierta edad".

De nuevo esa mirada, ya estaba tan acostumbrado a que me viera así. Me reconfortaba y sentía que todos mis problemas terminaban por esa paz que sentía.

—Es necesario primero recordar tu origen, cómo vivían al empezar la humanidad, cómo se alimentaban en abundancia y vivían más tiempo.

—Tú eres energía pura, semejante a nosotros, eres dueño del cuerpo que tienes, interactúas con todos tus hermanos y juntos pueden crear lo que menos te imaginas y lo que puedas imaginarte. Se puede empezar de nuevo, sembrar en tierra no contaminada, criar animales libres de hormonas y venenos, empezar una alimentación sana y una vida libre de odios y maldad. Solo es cuestión de conocer la verdad, de no limitar tu potencial, tu vibración, tu frecuencia, y que siempre estés en armonía.

"El libro que conoces como Biblia lo menciona: 'Libérate con la verdad'".

—"Y conoceréis la verdad, y la verdad os hará libres".

—Bueno —respondió—, no es exactamente así, pero algo así.

—Es… —pero en ese momento me interrumpió algo asombroso.

Fabi miró al cielo mientras su piel cambiaba a un blanco más brillante, como transparente, lleno de energía. Empezó a volar, o levitar, de una forma tan lenta que me pareció eterna, o tal vez era mi perspectiva por el miedo que sentía. Trataba de buscar una explicación, cualquier explicación. No podía entender lo que miraba, no encontré palabras para describirlo hasta que Fabi alcanzó una altura de quince metros sobre mi cabeza y se convirtió en una bola de luz, un orbe. La cabeza me daba vueltas por tanto pensar, y el miedo iba en aumento. Lo único que pude hacer, casi por instinto, fue correr a la estructura más cercana, una especie de barda. Me sujeté de ella para protegerme. Sin pensar en nada más me agaché lo más que pude y traté de poner mis manos sobre mi cabeza para protegerme en caso de que saliera un rayo o algo que pudiera hacerme daño. Se escuchaba un ruido muy fuerte, tanto que si gritaba no podía escucharme, y un fuerte viento que no se sentía como viento, sino como ruido, se desató.

De repente, silencio. Calma. Bajé los brazos y alcé la cabeza de a poco. Estaba de nuevo en el cuarto donde había despertado por primera vez. Las paredes cambiaban de color, pero ahora no había nadie cerca de mí. Empecé a caminar. Fue en ese momento que me di cuenta por vez primera que no sentía dolor. A mi edad tenía ya dolor en los tobillos, en las rodillas, en la espalda, pues me habían diagnosticado con espondilolistesis, que es un desplazamiento de una vértebra sobre otra, por un accidente de trabajo y tantas caídas jugando futbol callejero, sin contar las punzadas que me daban siempre gracias a la diabetes. La presión arterial la controlaba con medicamento, la diabetes solo con dieta, y pensaba que la dieta no era suficiente, aunque me sentía orgulloso de mí. Antes de cumplir los cincuenta ya mi cabeza estaba llena de canas y siempre pensaban que tenía más de sesenta. Ahora, a los sesenta y cuatro (o setenta ya, por todo el tiempo que había pasado ahí), mi cara y mis manos estaban llenas de arrugas. Pero me di cuenta que no sentía hambre ni sed y ya llevaba mucho tiempo en este lugar y solo una vez, cuando llegué, había tomado algo como agua y comido algo que me recordó al arroz con leche que mi madre nos hacía de niños.

No sentía dolor, no sentía hambre ni sed, me sentía más fuerte, incluso caminaba más erguido. Con asombro, miré mis manos y brazos: ya no tenía arrugas y mi piel se veía muy bien, de hecho, demasiado bien.

Corrí. Hace mucho que no corría. *Necesito verme en un espejo, debe de haber uno por aquí,* pensé. Salí del lugar sin encontrar ninguno.

Encontré otras "personas" en mi camino mientras iba saliendo y les fui preguntando por la salida y por Fabi. Me llamó la atención que todos coincidían en que ella y los demás estaban con Jack, pero ninguno supo a qué me refería con "la salida". Después de mucho tiempo caminando llegué a un lugar abierto, libre de esas paredes brillosas y cambiantes. Al salir reconocí el lugar donde primero estaba con ella, me dirigí a las bancas, y me senté. Pensé en todo lo que había ocurrido desde mi accidente.

Ya no miraba casas y sí, había "personas", pero ahora se veían muy diferentes, con trajes grises y blancos, no tan brillantes como el de Jack, a quien había visto de traje blanco brillante. No había un sol, a pesar de la luz que iluminaba todo el lugar; el cielo no era azul ni tenía nubes, era blanco.

Miré atentamente las bancas donde me senté junto a ella, busqué la playa, incluso la busqué a ella, pero no obtuve resultados. Opté por regresar por donde había salido y volver a preguntar a la primera persona que viera.

A lo lejos había una reunión de varias personas y me dirigí lo más rápido que pude a ellas, y fue entonces cuando la vi, ahí estaba Fabi: se veía triste. Ahora llevaba puesto un traje gris, ya no vestía como la vi por vez primera, con unos jeans azules y una blusa negra. Entre más caminaba menos se parecían las cosas, las casas y las calles a mi ciudad natal. Lo inquietante fue que varios orbes de luz de diferentes tamaños llegaron con ella, cada vez más, y de forma individual se formaban alrededor de ella. No podía llegar, por más que caminaba lo más rápido que podía. Incluso corrí, creo, pero la distancia entre ella y yo me parecía la misma.

Después de, no sé, mucho tiempo de caminar y correr, la distancia empezó a acortarse. No me sentía cansado ni sudaba a pesar de que no hacía frío ni viento. De hecho tampoco hacía calor. Cada vez me acercaba más y más y los orbes y las personas iban desapareciendo de a poco, ¡hasta que por fin! Estaba a espaldas de ella y me detuve. En mi mente había miles de preguntas, dudas. Permanecí ahí, parado, con ella dándome la espalda, sola.

Se volteo poco a poco, me pareció que era en cámara lenta y vi su rostro más blanco de lo que recordaba. Estaba cabizbaja y tenía los ojos cerrados. Extrañaba esa mirada tierna, pero cuando abrió los ojos vi tristeza, mucha tristeza.

No pude decir nada.

—No te preocupes —me dijo acariciando mi mejilla izquierda—. Estoy bien.

—No, no estás bien. Siento una gran tristeza en ti y en mi corazón. ¿Es Jack? —No me contestó—. Siento que algo le pasó a Jack. Dime ¡por favor!

Agachando la cabeza y entrelazando sus manos, me dijo:

—Diego, Jack acaba de perder a Julia. Ella, como muchos más, estaba bajo la protección de Jack y tenía una misión. Al parecer la silenciaron para que no siguiera con su misión.

Me sentí muy triste, con ganas de llorar y abrazarla, pero estaba paralizado. Luego supe por qué.

Jack estaba ahí, junto a su compañera, María, y poco a poco en un espectáculo increíble y formidable llegaron orbes de todos los tamaños, brillantes, lo rodearon y lo reconfortaron. Quería con todas mis fuerzas abrazarlo, platicar con él, decirle que entendía lo que estaba pasando.

Fabi se unió a ellos en menos de un parpadeo y me quedé en el mismo lugar, inmóvil. Una tristeza permeó el ambiente hasta que Jack volteó la mirada hacia mí y con una sonrisa a medias y un gesto con la cabeza supe que agradecía mis pensamientos. En ese instante por fin pude moverme.

Fabi me contó lo que había pasado con Julia y mi tristeza se convirtió en enojo. Le dije:

—¿Por qué no hacen algo? ¡Tienen el mismo poder! ¿Cuál es la finalidad de estar asesinando a las personas si ellos también nos crearon? ¿Por qué tanto odio hacia nosotros, qué hicimos mal?

—La humanidad tiene un pasado oscuro —empezó—. Después de muchos reinicios, determinamos que ya no volveríamos a eliminarlos y todos quedamos de acuerdo, al menos la mayoría, y hubo un pacto de no volver a aniquilarlos.

Está escrito en las piedras, en los recuerdos del hombre, en papiros e incluso en la Biblia. El hombre, por alguna razón que en ese entonces no entendíamos, siguió conservando la maldad en su corazón a pesar de todos los reinicios, y cada vez surgían nuevos sentimientos que les impedían avanzar juntos a la inmortalidad.

"En su egoísmo, mintieron y se juntaron en secreto para tener un pensamiento único, pues les recordaron cómo ser más como nosotros: 'Si dos o más se reúnen en mi nombre, ahí estaré', así que se unieron y se pusieron de acuerdo para tener una idea única, un pensamiento común, y por fin, después de varios intentos, lo lograron. Dejaron de pensar y se concentraron en una sola idea, una idea común, una idea basada en la maldad. Recordaron su forma real y cómo salir de su cuerpo, y también cómo atacarnos. Está escrito como la Torre de Babel, en el libro que conoces como Biblia, y en otros textos que después de un tiempo se convirtieron en mitos y leyendas".

—¿La Torre de Babel no era una estructura tan alta que llegaría al cielo?

—No —dijo, y sonrió—. Entre más alto subas, menos oxígeno, menos calor, y te ocasionaría la muerte por anoxia o por congelamiento, así que no importaría si hubieran construido alguna estructura. Más bien se refiere a conocer la verdad y usarla para destruir, no construir. Recuerda, la Biblia como la conoces, y en el idioma en que está originalmente escrita, no refleja lo que realmente pasó, ya que las historias pasaron por miles de años de boca en boca hasta que pudieron plasmarla en libros, y las traducciones no son mejores.

"Con un solo pensamiento, se volvieron parte de la energía que entrelazaba sus cuerpos con el Todo, liberando la energía que tuvo la suficiente fuerza para ir al origen o comunicarse con algunos creadores. La fortuna, el destino, la misma maldad, no lo sé, algo hizo que ellos no se comunicaran con el origen, con creadores buenos. Se unieron estos humanos con los creadores, energía con energía, y descubrieron el poder que tienen para crear y destruir. Hicieron un pacto con estos creadores, que no buscaban un bien común sino que querían esclavizar a la mayoría para poder robar esa energía. Estos creadores prometieron darles tecnología a cambio de obediencia.

"Fue este grupo de personas que utilizó esta tecnología para esclavizar al hombre y mantenerlo alejado de la verdad, impidiéndoles recordar el origen y la realidad de su existencia".

CAPÍTULO 14
La creación

Fabi se había convertido en mi guía personal. Un accidente que debió ser mortal provocó en mí un despertar de consciencia, y ahora, con su ayuda, buscaba vaciar mi mente de las mentiras aprendidas para encontrar la verdad. Juntos, compartimos conocimientos a través de largas conversaciones.

—El Big Bang lo creó todo, y las escuelas nos lo enseñaron. Las iglesias lo explicaron, junto a los libros, las fotos y las investigaciones que lo confirman. El universo se formó y nuestro sistema solar nació. Todo fue una gran casualidad. La gran explosión lo causó y, por suerte, las piedras se hicieron redondas. Los planetas se acomodaron y la Tierra quedó en el tercer lugar, el lugar perfecto para el inicio de la vida. Si esto no hubiera sido así, no estaríamos aquí.

"La gravedad existe, al igual que el magnetismo. Lo que nos une a la superficie es un empuje magnético de los polos positivo y negativo de la Tierra. El sol, que es básicamente una bola de fuego, que quedó encendida gracias a la explosión del Big Bang, como nos lo han explicado, creo que tiene explosiones desde el interior, que son la causa de las llamaradas que emite y son las que nos dan el calor necesario para poder vivir en este mundo. De hecho, la ciencia está acertada en la gran mayoría de sus explicaciones científicas. Es imposible e ilógico que pensemos algo diferente.

"Tenemos un astro que rige la órbita elíptica de cada uno de los planetas que existen en nuestro sistema solar, y que por su gran gravedad no deja que estos se salgan de su órbita, y por si fuera poco, también nos da calor.

"La teoría de la evolución, que afirma que el hombre proviene del mono, aunque no ha sido probada aún, es la teoría más aceptada por los científicos. Sin embargo, no explica por qué solo existe una raza humana y una gran variedad de monos.

"El hombre ha creado máquinas para poder llegar a la luna primeramente, y después a un sinnúmero de lugares como Marte, y otros planetas y estrellas. También gracias a las sondas que llevan telescopios hemos conocido, a través de las fotos que manda, la inmensidad del universo. Todos estos conocimientos que nos han dado durante nuestra vida, en las escuelas, libros, revistas, series, documentales, o que han pasado de generación en generación, son solo mentiras que usan para controlarnos.

"Bueno —me dijo mirándome tiernamente (ya era adicto a esa mirada)—, trataré de explicarte.

"Piensa en esto, si en verdad existiera la gravedad, tendría que ser muy selectiva para no arrastrar a Mercurio, que según los científicos es el planeta más cercano al sol, y tan fuerte como para que Neptuno, que es uno de los planetas más lejanos del sol no salga de su órbita. La mayoría de los planetas estarían fundidos si realmente el sol fuera una bola de fuego causada por explosiones constantes de átomos de hidrógeno que producen helio. ¡Qué locura!

"También, si es que pasara, la luz y el calor no avanzan a la misma velocidad ni de igual dirección y distancia en el espacio.

"En el espacio no habría oxígeno, ni tantos átomos en el sol, necesario para una combustión permanente. Si eso no te convence, en el mundo donde has vivido es fácil refutar las teorías científicas con la simple acción se subir, porqué entre más subes, más frío y menos oxígeno tienes. Más cerca del sol, más frío.

"El Big Bang, dices. Qué fácil hubiera sido, ¿verdad?"

Me sentí avergonzado de haber creído por tanto tiempo lo que los científicos y físicos nos dicen.

—La verdad no suena lógico. Entonces, ¿por qué mentirnos?

—Para controlarlos —contestó.

—¿Entonces cuál es la verdad? ¿Qué tipo de mundo habitamos?

—Viven en un mundo sin verdad —dijo—. Sus ojos y oídos están controlados y la gran mayoría no tiene idea del daño que les están haciendo a su esencia, a su energía.

"No sé cómo empezar a explicarte para hacerte entender la verdad. Como es arriba, es abajo. Si entiendes esto sabrás que para poder entrar o salir de tu mundo no tienes que subir a grandes montañas con aparatos tecnológicos que solo te llevan a chocar con el cielo, que en realidad es una estructura de energía; no podrás pasar por mucho que lo intentes".

—¿Entonces no podemos ir al espacio? ¿Y cuando llegaron a la luna? Y el vehículo que está en Marte tomando fotos y videos, ¿no existe?

—Sí se puede salir, y es gracias a ciertos creadores que les dieron la tecnología para poder hacerlo, pero no por lo que llamas cielo, y no, no han llegado a la luna, es imposible porque no está físicamente siempre orbitando. La mayoría de las veces es solo un reflejo, una ilusión, un holograma. La luna es un satélite artificial que no es parte de la Tierra; sería imposible evitar una colisión por el tamaño de esta.

"Es una base que usaron algunos creadores por muchos años. Cuando está presente, sólo un grupo de creadores habita en el lado que no ves y de ahí pueden manipular a los hombres. Pero la verdadera salida y el verdadero comienzo de un mundo, de un planeta, de un cielo, está en los mares".

De pronto, en uno de los lugares que me parecían casas, vi a una persona, un hombre, tal vez de la misma altura que Jack, pero vestido de blanco. Un traje blanco, pero demasiado blanco, que brillaba como irradiando luz. Al verlo me conmoví mucho y mi primer impulso fue ir a verlo y postrarme a sus pies. Tal vez no era digno de hacerlo, pero deseaba con todas mis fuerzas seguirlo, adorarlo, y sentí que las lágrimas cayeron de mis ojos, lágrimas calientes que contrastaban con la alegría que sentía en todo mi ser.

Me encaminé, al menos intenté caminar, lo más rápido que pude para alcanzarlo, verlo de cerca, tocarlo. Al dar unos cuantos pasos Fabi me detuvo y al tocarme el hombro cambiamos de lugar casi al instante. Así pasamos de estar platicando en lo que parecía una plaza, junto a las casas, a estar dentro de una. Las paredes de la casa ahora estaban cambiando a un color más brillante, y ahora vibraban.

Antes de poder decir algo, Fabi dijo:

—Espera.

Me puso la mano en la frente y al instante olvidé mi urgencia por ver a ese ser.

—No puedes acercarte a ellos —dijo.

—¿Por qué? ¿Quién es?

—Pertenece al grupo de creadores que, si bien no odian a la humanidad, quieren que esta sufra y que cada vez sea menos su energía pura y su longevidad. Ellos usan la fe, la tecnología, la manipulación, la mentira y todo el poder energético que necesitan para esclavizarlos.

—¿Entonces ellos son malos? ¿Por qué se ven así? Tan… religiosos. Como ángeles. Y si ustedes lo saben, ¿por qué no los destruyen? ¿Por qué no pelean con ellos?

Fabi me miró con esa ternura que me reconfortaba.

—Somos hermanos, no peleamos ni nos odiamos entre nosotros. Tenemos un fin común, que es salvar a la humanidad, erradicar la maldad y sus variantes, demostrarles a todos ellos que vale la pena haberlos creado, que pueden seguir evolucionando para ser casi como nosotros y ser más longevos de lo que inicialmente les concedimos.

"Ya una vez dos grupos pelearon entre ellos y el resultado fue tan terrible que jamás se volverá a repetir este suceso. Si nosotros amamos nuestra creación y queremos que la maldad salga de sus corazones, cómo vamos a lastimar a nuestros hermanos".

—Creo que tienes razón, ¿pero entonces por qué me sentí así cuando lo vi?

—Ellos usan una energía que manipula tu necesidad de seguir y creer en lo que sea que en ese momento necesites, una necesidad que no existe como tal, sino que hacen ver como una carencia de fe y existencialismo, una necesidad de un guía o líder. Esto interactúa con tus sentimientos, con tu frecuencia vibratoria, con la necesidad del hombre de tener un guía. Por eso tu necesidad de adorarlo.

—¿Cómo lo evito? —le pregunté, aterrado.

—Simplemente cambia tu frecuencia, cambia tu vibración.

Extrañado y muy confundido le pregunté si todos ellos estaban vestidos de blanco mientras creadores como Jack iban de traje gris, que si era así cómo podía yo identificarlos.

—No, el traje que ves es la energía que emiten.

—¿Entonces entre más blanco más puro?

—¿Qué es más puro? ¿Por qué asocias el color blanco con la pureza? La pureza es energía, y no existe algo más puro que esta. El color como lo percibes es el cambio de frecuencia y vibración.

"La energía de la que hablas es la misma de la que se habla en la mecánica cuántica—. Sabía de antemano que si hacía una pregunta, por muy tonta que fuera, ella me vería de esa forma a la que ya era adicto, de una forma que me tranquilizaba y hacía que olvidara todo—. Mecánica y física cuántica. El hombre trata de explicar cada fenómeno o acción que sucede en su mundo, todo lo que ve y lo que no ve, en una forma que cuantificable y que a su vez encaje en sus modelos matemáticos y físicos para poder creer o desacreditar cada fenómeno natural observado".

—¿Cómo podemos explicar el experimento de un gato que encerraron para ver si se moría o no? —pregunté.

Me miro y sonrió. ¡Esas eran! La sonrisa y la mirada que tanto anhelaba.

—Es muy difícil explicar algo que no entiendes, y aún más difícil algo que no quieres entender —me dijo—. Pero tienes una gran curiosidad. Trataré de explicarlo lo más simplemente posible, ¿está bien?

—Sí —alcancé a contestar apenas.

—La mecánica o física cuántica es un método para explicar lo que la ciencia aún no puede, aunque no encuentra modelos matemáticos exactos para crear una ley científicamente comprobable. Así, tienen la necesidad de explicar lo que pasa a nivel atómico y subatómico, el comportamiento de las partículas y átomos, donde no se diferencia aún entre la electricidad y la energía. Confundidas en una trivial explicación, surgen las diversas teorías que se contraponen a veces unas de otras, como la teoría de la incertidumbre, que es la que mencionas, donde no se sabe exactamente lo que está pasando si no lo ves.

"Así que el gato imaginario de Schrödinger, que básicamente puede estar o no vivo dependiendo de su exposición a ser observado. De ahí surge la teoría de que está vivo y muerto al mismo tiempo, que pasa con todas las personas que ves en cualquier momento, solo una vez, y luego dejas de ver. En el momento en el que te lo preguntas, no sabes a ciencia cierta si están vivos o no. Aquí lo único cierto es cómo afecta a tu energía que una persona o animal esté vivo o no, o que al menos exista.

"La información energética es la que explica la teoría de la doble rendija, que al igual que la teoría de la incertidumbre postula que ante la observación las partículas se muestran como ondas y ante la nula observación como partículas en línea recta. El desplazamiento de los fotones de luz no siempre es lineal, ni tampoco continuo. Existe un límite de desplazamiento lineal, ya sea máximo o mínimo, que se confunde con la velocidad. ¿Cómo explicas a qué velocidad va tu mirada cuando abres los ojos frente a una montaña o frente a un árbol o frente a una persona?

"No existe aún una medición de velocidad de mirada, pero lo que no saben es cómo influye el desplazamiento de partículas hacia tu cerebro ante la acción de mirar, cómo influye la simple acción de mirar y alterar las ondas de los fotones y las partículas en el ambiente. Así, y en teoría, un haz de luz que llega a un árbol, y no lo mira nadie, no tendrá ninguna alteración. Pero, si una o más personas lo miran, entonces se comportara como ondas y esto va a alterar el movimiento y comportamiento de las partículas por las cuales está formado.

"Perspectiva sumatoria. En verdad te digo que no tienes que explicar cada situación individual, sino como un todo".

Aquí alcancé a entender la física y mecánica cuántica como un ser humano que desconoce la verdad del inicio de la creación, como quien trata de explicar un mundo que no puede ver y se basa sólo en especulaciones de cómo debería de funcionar la vida y el mundo como tal. La razón es que las leyes de la física clásica que conocemos y con las que nos familiarizamos en el mundo macroscópico simplemente no funcionan cuando nos adentramos en el campo de lo extremadamente pequeño.

La teoría cuántica nos proporciona las herramientas para comprender y predecir el comportamiento de partículas como electrones, fotones y átomos, que son los componentes básicos de toda la materia. Algunos conceptos clave de la teoría cuántica son:

Cuantización de energía: La energía no se presenta en cantidades continuas, sino en paquetes discretos llamados "cuantos". Esto significa que los electrones en un átomo solo pueden tener ciertos niveles de energía específicos y no de cualquier valor.

Dualidad onda-partícula: Las partículas cuánticas, como los electrones, pueden comportarse como ondas y como partículas. Esta dualidad es fundamental para comprender su comportamiento y a la vez desafía nuestra intuición clásica.

Principio de incertidumbre de Heisenberg: Existe un límite fundamental en la precisión con la que se pueden conocer simultáneamente ciertas propiedades de una partícula, como su posición y su momento. Cuanto más precisamente se conoce una propiedad, menos se conoce la otra.

Superposición y entrelazamiento: Una partícula puede estar en múltiples estados a la vez (superposición) y dos o más partículas pueden estar entrelazadas de tal manera que sus propiedades esenciales estén correlacionadas, incluso si están separadas por grandes distancias.

Capítulo 15
La llegada

—Para que entiendas la vida como tal, y lo que es la energía —empezó Fabi—, es necesario ir al principio. Te explicaré a grandes rasgos cómo creamos el mundo y a los seres vivos. Para esto necesito de tu concentración.

"La sabiduría es observar y sentir, que es la regla básica para entender. ¿Recuerdas el orbe de luz que viste frente al mar en tu pueblo natal?"

Antes de que pudiera contestar apareció un punto de luz encima de nosotros. Cada vez sé hacia más y más grande, tomando una forma ovoide.

—Ahora, esta energía crea una separación en todo el entorno, así tenemos esta forma.

El orbe se expandió hasta tomar la forma de un balón de futbol americano con un hueco en medio. Era como un ovoide, un globo, hueco por dentro y recubierto de este color blanco brillante por fuera, y cada vez más grande.

—Ahora puede ser tan grande como tu mundo, o mucho mayor, como otros, en los que hay un límite hacia todos lados. Un mundo de energía.

—¿Entonces esta energía forma la vida, los animales, el sol y todo lo que vemos?

—No. Debes de tener paciencia. El conocimiento es básicamente la comprensión de la formación como un todo y no la creación por partes y de una forma casual. Pero en esta ocasión iremos poco a poco y en partes para que puedas observar y comprender.

"Olvida todo lo que has aprendido y todo lo que crees que sabes; observa y siente".

Ahora lo veía encima de nosotros. Comparé la estructura que había formado con las paredes de las estructuras sobre las que yo imaginaba que estaban hechas las casas, que cambiaban de un color gris-blanco a blanco brillante en un concierto permanente que me hacía recordar a esos focos de navidad que prendían y disminuían su intensidad, sin apagarse por completo.

—Bien, ya tienes el comienzo de un cielo, que realmente es una estructura energética fija. Existen un sinnúmero de ellas ya creadas, son el principio de la generación de vida en este y otros cielos. Esta es la explicación que entenderías, algo que has visto e imaginado en tu mundo, que es la formación de la vida en el proceso más simple, que tiene consciencia, movimiento y reproducción, y la no-vida, que es completamente lo contrario, pero también tiene consciencia, movimiento y reproducción. No trates de razonarlo —añadió al ver mi expresión—. Ahora observa esta energía, pero en una línea —y una línea salió de la estructura, como una cuerda de luz del mismo material que la estructura anterior—. A los lados de esta línea ponemos más líneas que en su momento pondremos a girar en un desplazamiento infinito alrededor de la primera estructura que creamos. Ponemos otra línea, muy unida a la primera, y así tenemos las líneas de energía, unas a un lado de otras. Es incontable el número de estas líneas que van a girar dentro de la estructura que conocerás como cielo.

"Ahora agregamos a esta estructura el agua, lo que conoces como océano, antes de empezar el movimiento. Es importante que entiendas que el océano es la entrada y salida de esta estructura, de lo contrario sería imposible entrar y salir para ustedes. Ahora empecemos a girar las líneas en un desplazamiento infinito. ¿Puedes verlo?"

—¡Sí! ¡Es increíble!

En ese momento, por la velocidad o el desplazamiento, como realmente le llamaba a este movimiento, desaparecieron de mi vista y empezó a llenarse de polvo, de mucho polvo, como tierra, pero no podía ver pedazos o grupos de material, solo polvo muy fino que salía de estas líneas a una velocidad tan grande que era imposible detenerlo, y más imposible observarlo. Llenaba todo el espacio, tanto que ya no se podía ver absolutamente nada. La estructura, antes brillante, ahora estaba opaca y esta materia prima se movía a una velocidad imposible que podría destruir todo lo que tocara. Afortunadamente no existía nada más que la estructura y el océano. Así, miré formas circulares en forma de tornado, de lluvia, y todo a la vez en un mundo lleno de este polvo. Estas chocaban y levantaban olas gigantes del océano, lo que me hizo recordar un versículo de la Biblia: "En el principio creó Dios los cielos y la tierra. Y la tierra estaba desordenada y vacía, y las tinieblas estaban sobre la faz del abismo, y el Espíritu de Dios se movía sobre la faz de las aguas".

Este caos poco a poco fue tomando forma. Ahora este polvo ya no era un torbellino que se movía en todas direcciones sino un patrón establecido que se transformó en un movimiento más ordenado que ascendía y descendía de forma proporcional. Ahora permitía ver todo gracias al brillo de la energía. Recordé otro versículo de la Biblia: "Y dijo

Dios: Sea la luz; y fue la luz. Y vio Dios que la luz era buena; y separó Dios la luz de las tinieblas. Y llamó Dios a la luz Día, y a las tinieblas llamó Noche. Y fue la tarde y la mañana un día".

—Observa cómo este polvo forma partículas y estas forman, al unirse, átomos que adquieren cargas eléctricas. Estas las conoces como partículas con cargas positivas, negativas, o neutras.

"Estas líneas giran en un desplazamiento infinito y permanente, creando movimiento que genera frecuencia y vibración. Es entonces cuando se unen, formando átomos que se desprenden a un desplazamiento máximo, y se unen a los protones y electrones, no de forma aleatoria o casual, sino lineal y repetitiva.

"Si solo usáramos cargas que se atraen o se repelen, sería un caos, así que usamos cargas selectivas. Es muy fácil de entender si usamos el método algebraico que conoces, así el 0.00001C (Coulombs) es la carga más débil en una partícula. Así creamos un campo de atracción eléctrica en cada partícula. Por ejemplo, un electrón que tiene carga negativa en una medida algebraica de 0.00001C. Este será el cien por ciento de su carga, que solo se unirá a otra partícula que tenga la misma medición en sentido contrario, es decir, el 0.000001C del campo eléctrico positivo. Así vamos de ahí hacia arriba de forma infinita: entre más fuerte es el campo eléctrico, más fuerte será la unión de las partículas a los átomos.

"Si tenemos carga eléctrica de 2.01C, este será el cien por ciento de su carga, que se unirá a un átomo o átomos, y partícula o partículas que tengan el mismo porcentaje de carga, que son las que tienen el 2.01C de carga. Así es como se buscan y se unen, formando elementos químicos aquellos átomos y partículas.

"Las uniones son muy selectivas, y si se unieran diferentes tipos de cargas, el enlace se rompe y no dura mucho. De esta forma tenemos gases, líquidos, sólidos… pero los enlaces que existen son muy simples, y aunque sean los más fuertes, siempre habrá espacios que son aprovechados por la energía lineal en movimiento. Esta penetra en todas las aleaciones atómicas y químicas que existen, dando lugar a la información de la cual somos conscientes al tocar la estructura.

"Existe un sinnúmero de estas líneas, pero no todas forman todas las partículas. En otros cielos existen otro tipo de partículas que forman elementos que aquí no existen, creando otros tipos de uniones y elementos químicos que no alcanzarías a observar ni entender ahora".

En ese momento y muy sorprendido, vi como estas líneas de energía, girando unas hacia un lado y otras en sentido contrario, iban desapareciendo de mi vista por la gran velocidad, una velocidad imposible de entender y medir.

El cielo perdió su forma ovoide. Se transformaba, creo, por la fricción de estas líneas en movimiento, de forma circular. El lugar era cada vez más grande, había cada vez más polvo que formaba partículas y átomos que salían hacia todas direcciones. Había partículas como desesperadas, tratando de alcanzar a sus átomos para unirse. Era como un juego de quién alcanza primero.

Vi al polvo original desaparecer de mi vista por la velocidad o desplazamiento imposible que alcanzaba mientras otras partículas iban naciendo. Las partículas se acercaban a un átomo y de inmediato se alejaban si no tenían la misma carga eléctrica, y cuando los átomos con partículas se unían a otras similares, iban formando enlaces químicos, iónicos, covalentes, metálicos…

Recordé cómo eran los átomos y las uniones con electrones y protones, que en un diagrama alguna vez estudié: un punto fijo era el átomo y uno o muchos eran los electrones y protones, que giraban alrededor del átomo. Esto era clásico, incluso se veía en productos de limpieza, de comida, en edificios, pero en realidad esto no se veía así, sino como un enjambre de abejas, como una nube o algodón alrededor del átomo, sin trayectorias definidas, tal vez porque apenas estaban naciendo.

Estos enjambres de abejas, de partículas de átomos individuales, se superponían creando un enlace compartido que mantenía unidos a los átomos, y esto me pareció más lógico que creer en lo que los científicos postulaban. Fue algo demasiado hermoso como para describir. Vi cómo en estas uniones se iban formando moléculas, elementos, y todos los colores imaginables, ya que lo que podemos imaginar existe, lo hemos visto. Lo que no podemos imaginar es lo que jamás hemos visto.

No estoy seguro si el lugar se hacía más grande o si yo me estaba encogiendo. Vi la unión de miles de millones de moléculas que formarían eventualmente tierra, metales en un concierto perfectamente bien organizado, terminando de formar compuestos y enlaces químicos, dándole la tan buscada estabilidad. Vi a los átomos intercambiar partículas, formando moléculas, separándose las partículas cuando entraban en las líneas de energía que les daban la misma información que hacía que las partículas divididas hicieran las mismas acciones sin importar el lugar donde se encontraran. La expansión casi terminada tenía arriba y abajo los mismos elementos con la misma información. Ahora eran más grande las moléculas, formando células y finalmente la vida como la conocemos.

Un sinnúmero de átomos, partículas, elementos, moléculas, células que aún no habían sido formadas esperaban su turno para entrar en este concierto de uniones. Estas, con la misma información para sustituir a las ya formadas, esperaban el momento de reemplazar a aquellas que iban desapareciendo para seguir el mismo patrón de creación.

Ante un espectáculo hermoso, seguían formando montes, piedras, animales, plantas, aves. Giraba sin marearme ni cansarme de admirar lo que tenía frente a mí, dando gracias a Dios y a Fabi por darme esta oportunidad. Tal vez eran de alegría o asombro, pero sentí lágrimas saliendo de mis ojos. Ante mí se formaba la vida como la conocemos. Era un mundo recién creado, que ahora parecía perfecto, sin contaminación, sin incendios o basureros, sin fabricas contaminantes, sin perforaciones en los suelos, sin divisiones, sin edificios ni casas ni carreteras, incluso sin sol, aunque abundaba la luz, una luz que no emitía calor ni molestaba a la vista, una luz brillante. Sin día y sin noche. Había en él un mar que dividía tierras en una armonía perfecta. No existían volcanes ni terremotos ni huracanes o ciclones. Había animales salvajes en perpetuo movimiento y reproducción, en manadas incontables.

En ese momento estaba deseoso y anhelante de vivir aquí, pero, ante mí sorpresa, no vi a ningún ser humano. Emocionado y sin saber describir mis sentimientos, pensé:

En el principio del ser, la energía lo formó;
partículas sutiles en un caos se inició.
Átomos y electrones en unión selectiva
tejieron la trama de un mundo sin sol.
Átomos nacieron, proteínas y ácidos en giro causal,
células emergen del caos total.

Un microcosmos de luz y misterio,
la vida despierta en medio de un polvo eterno,
y en este tejido de polvo y dé luz,
el hombre espera su nacimiento empezar.
En un viaje eterno de polvo a consciencia,
estamos enfrente de nuestra existencia.

Observé que la fuerza emitida por estas líneas de energía en movimiento le quitaban la forma ovoide a la estructura y la hacían más circular, esférica, así como conocemos la Tierra, y la misma fuerza ejercida daba lugar a la unión de estos elementos, ya que sin el movimiento sería imposible la vida.

—El mar como lo conoces —dijo Fabi como adivinando mis pensamientos— lo creamos en otro cielo, ya que la aleación, aunque es muy simple, es complicada en este mundo, podría inundar este cielo y no permitiría la formación de otras especies, pues son dos gases altamente abundantes y combustibles. El mar tiene un cloruro para darle la salinización exacta, y ya que es la entrada y salida de aquí, debe de tener características especiales.

"Sabes que el agua tiene dos moléculas de hidrógeno por una molécula de oxígeno, pero la realidad es que tiene más elementos de los cuales solo conocen el cloruro, sodio, sulfato, magnesio, calcio, nitrógeno, dióxido de carbono, estroncio, boro y flúor, y muchos otros que no conoce aún la humanidad. El mar, como tu cuerpo, se regenera solo y es imposible contaminarlo, como lo han estado intentando por años con toda la basura que vierten en los ríos, lagunas que desembocan en el mar, y en el mar mismo naves, combustibles, cuerpos, plásticos, y un largo etcétera.

"Bueno, al hombre como tal le dimos un cuerpo como a los demás seres vivos en este mundo, la misma estructura, pero con algunas modificaciones para que puedan caminar erguidos y usar sus manos a voluntad. Sus órganos son básicamente iguales que los de la mayoría de los mamíferos. Están hechos de la misma aleación de átomos, partículas, moléculas, células similares a todos los demás seres vivos. Con base en el carbono, que es el elemento más maleable para poder subsistir en este mundo. Utilizan los nutrientes de todo lo que les rodea y se regeneran a sí mismos. La única diferencia es que les quitamos ese instinto básico de sobrevivencia, pues de lo contrario, quedarían como los demás animales, actuando en grupos para sobrevivir. Y su longevidad es mucho mayor a la de todos los demás seres vivos, para que realmente puedan disfrutar y encontrar la manera de trascender. Este es un camino que deben recorrer, que no es fácil, pero que les hacemos más llevadero, ya que la recompensa es hermosa.

"Si no hubiéramos puesto la energía en ustedes, actuarían por instinto, como los demás seres vivos en este cielo. Cazarían para alimentarse y matarían para defender a su clan, y carecerían de una forma de comunicarse. Carecerían de bondad, de raciocinio, capacidad para pensar y crear. Serían muy territoriales y agresivos, buscarían siempre un líder, un guía, un amo a quien obedecer, ya que no serían capaces de actuar por sí mismos, serían esclavos. Serían autodestructivos, causarían guerras y terminarían con el lugar donde viven, pues matarían por matar y no para sobrevivir. Así que les dimos parte de la energía de la que nosotros somos para que tuvieran consciencia y amor. En esto es que los hicimos a semejanza nuestra".

Ahora, mientras el caos bien organizado seguía formando enlaces, moléculas, y demás elementos a una velocidad que ella llamó "desplazamiento increíble", formando un mundo habitable, no encontraba palabras para las millones de preguntas que se agolpaban en mi mente, y entonces me di cuenta que la ley de la gravedad era absurda ante lo que observaba.

—Así es —dijo Fabi. No supe si leyó mis pensamientos o si hablé en voz alta—. ¿Te gustan las leyes? Bueno, para que entiendas, esto se rige bajo la "ley del empuje". Ya que el polvo que observaste no desaparece nunca y es empujando con gran fuerza a los átomos y partículas, y entre más uniones existan para formar elementos y moléculas, más fuerza de empuje habría. Lo mismo pasa arriba, si una persona u objeto llega a cierta altura, también tendrá una fuerza de empuje y no caería, sino que pasaría lo que conoces como gravedad cero, es decir, flotarían.

"Con esta ley de empuje no existe nada estático, todo está en movimiento siempre. De esta forma, las aves pueden volar, los peces pueden nadar, el hombre y los animales pueden caminar, correr, saltar. Y es por eso que pueden volar con la tecnología que les dieron".

Impresionado, no dejaba de pensar que teniendo este mundo y esta energía de Dios, seguíamos matándonos y esclavizándonos.

—La estructura es la que da el soporte de las líneas, que son las que dan el movimiento y la vida.

—Pero, a esta velocidad, ¿cómo podemos ver este mundo?

—El movimiento en cuerpos estáticos causaría un cambio visible.

—¿Cómo, si estamos estáticos y las moléculas, células y la formación de los demás elementos, uniéndose a estos cuerpos, no nos hacen daño a esa velocidad o desplazamiento de los átomos, moléculas de la creación?

—Eres buen observador, y qué bueno que te diste cuenta de este detalle. Te lo explico en términos que conoces:

"Observa que enfrente de ti pasa un objeto a gran velocidad (y aquí estoy usando tus métodos de medición de velocidad y tiempo).

"¿Qué viste? Nada, ¿verdad? Solo una mancha, si es que pasa sin que tú voltees a verlo.

"Ahora imagina que subes a otro objeto similar e igualas la velocidad. En esta ocasión sí puedes verlo a detalle… pero vamos más allá: el camino y todas las estructuras alrededor se mueven a la misma velocidad, entonces podrás bajar de este objeto y es así de simple la manera en que igualamos el desplazamiento de la unión de elementos en un equilibrio simple pero perfecto. Esto es lo que hace el movimiento causado por la frecuencia vibratoria, que es el origen de la vida.

"Y la velocidad de creación y unión de átomos y partículas ya no afectan la vida. Sin movimiento no hay vida, y cada movimiento crea una señal., señal que usamos para ir a ese momento, a cualquier momento que tu llamarías pasado, presente o futuro, ya que lo que ves aquí son líneas creadoras y receptoras de átomos y partículas. Y en estas líneas está toda la información de las señales atómicas.

"Cuando un ser vivo muere, se desintegra y se convierte en átomos y partículas que son absorbidas por esta líneas, dando forma de nuevo a elementos y moléculas gracias a las líneas de energía que siempre están en movimiento".

—Esto me recuerda a un versículo de la Biblia: "Con el sudor de tu rostro comerás el pan hasta que vuelvas a la tierra, porque de ella fuiste tomado; pues polvo eres, y al polvo volverás".

—La energía que les damos a los humanos para ser racionales regresa a Él para ser purificada de nuevo y entrar en otro cuerpo. La energía es poca y muy inestable, muy manipulable, por eso no puede estar mucho tiempo sin desintegrarse.

"Lo que hacemos es recuperar la poca energía que queda después de la muerte y le damos de nuevo la misma información y cantidad original hasta que el hombre entiende la importancia de mantener la pureza de su energía para que ya no exista descomposición energética y puedan unirse a nosotros con su propia consciencia.

—¿Como creadores? —sorprendido pregunté.

—Sí —dijo visiblemente emocionada—. La energía mantiene unido todo en tu mundo, Todo: humanos, animales, peces, plantas, aves, suelo, flora y fauna. La energía es lo que da la información a todo, a los átomos, partículas, moléculas, células y todo lo demás es entendible cuando ves el recambio celular en un ser vivo: cuando la piel eventualmente se recambia, generando una piel nueva; cuando las células del hígado forman un nuevo hígado, y toda lo que conlleva la regeneración celular; cuando caen las hojas de un árbol en una estación determinada y vuelven a salir en otra estación; cuando mudan de piel los reptiles, los anfibios, los crustáceos y los insectos.

"En tu mundo no todos los elementos existen, por eso la limitación de metales que tienen. Esto es porque la mayoría de las aleaciones que existen en otros cielos son tóxicas y mortales para todos los seres vivos en este mundo de aleaciones básicas. Lo que no explican, o quizá no sepan aún, es la unión de las energías en el principio de la vida, como lo son la estructura y las líneas de energía. Lo que digo es que explican, por partes, un todo en un ser humano, desde la concepción hasta su muerte.

"Los espacios más alejados, que llaman universo, estrellas, planetas, galaxias, no son más que otros cielos creados para nuevas vidas o las no-vidas… Creo que no entenderías este término, ya que si no lo ves no lo entiendes y si no lo comprendes no lo crees.

"El sol es un generador hecho de la misma estructura de energía fija y tiene sus propias líneas de energía en movimiento, y el mismo ser humano ha aprendió a manipularlo para aumentar o disminuir el calor. La luna es una base de unos creadores para manipular al mismo ser humano, y las estrellas son solo otros cielos. En realidad, la bola de fuego, los planetas, el espacio, el tiempo, la gravedad, entre muchas cosas más, no existen, solo son distractores, tecnología hecha para esclavizar a la humanidad.

"El nervio óptico humano no está capacitado para ver toda la gama de colores que existe, entonces la gama de colores que no ven y ni se imaginan que existe, es para ellos un gran blanco o un gran negro, así que no ven la realidad de algunas cosas. Bueno, para ser honesta, no tienen idea de la mayoría de las cosas.

"No existen espacios vacíos. Los electrones y partículas más pequeñas están girando y moviéndose a través de la energía, que es de lo que está compuesto todo. Lo más pequeño y lo más grande funcionan con energía. Así como es arriba es abajo. Lo que es lo mismo que decir que lo que ves es igual a lo que no puedes ver: es un todo, y las partículas, como las células, tienen replicación y al dividirse también comparten la misma información, por eso se comportan igual aunque estén separadas.

"La separación les da la misma interacción que tenemos con el mundo. La vida se forma a partir del movimiento. El movimiento es el principio de la vida.

"Aún no se explica el porqué de las ondas y por qué a veces la luz se comporta como onda y otras como fotones de desplazamiento recto. Aún creen que la velocidad máxima o desplazamiento que existe es la velocidad de la luz.

"En estas teorías y leyes encuentras variables y constantes, así que todo movimiento genera una variación en el ambiente. Si pones distancia y observas, existe una variación en las partículas; si pones una barrera de agua, de madera, vidrio, metal o cualquier material que existe en este mundo, y observas, existirá una variación atómica, una variación de las partículas. Cuando entiendas la variación de las partículas y cómo dejan una señal atómica, entenderás cómo podemos estar en el momento en el que queramos.

"Con una señal atómica como la que dejaste cuando tuviste tu accidente podemos ahora fácilmente ir a ese momento. No es viajar a través del tiempo sino replicar de forma exacta el momento atómico de la señal y estar prácticamente a un lado de ti.

"Mira dentro de este mundo, ¿ves los destellos?"

Vi miles de millones de destellos alrededor de la estructura que Fabi había creado para explicarme y le dije que sí, que los veía como destellos muy visibles, unos arriba, otros más abajo, en diferentes niveles y alturas.

—Esos destellos son lo que conocemos como "señales atómicas" y están dadas por accidentes, impresiones, alegrías, tristezas del humano, y los niveles que observas son los que tu llamas presente, pasado y futuro. Están en un solo mundo sin tiempo, sin velocidad, sin gravedad, sin espacio ni dimensiones. Y las partículas están en todas direcciones y muy frecuentemente se superponen entre estos destellos: si tuvieras posibilidad de ir de una partícula a otra, pasarías por futuro, pasado y presente.

"Son esos destellos donde interactuaste con Jack en tu accidente. Cuando él se dirigía a una misión, tu destello, causado por el accidente, lo absorbió de forma tal que desviaste su desplazamiento y te uniste a su energía—. Me miró y sonrió, y yo pensé: *Al escucharte me siento encerrado en mi desordenado y teórico universo y tú, aquí, formado galaxias perfectas con tu mirada y tu sonrisa.*

—Entonces... —dije.

—Los átomos y las partículas como protones y electrones siempre están en un mar de energía, que es lo que cubre todo lo que existe en el mundo y permite el movimiento de las líneas formadas de la misma energía. Todas las partículas existentes, desde la más pequeña hasta las más grande, están unidas en este mar energético, y son el principio de la vida como tal.

"Las partículas se replican y esta energía les da la misma información y es por esto que estas se comportan igual, aunque estén separadas, de la misma forma en que las células, que se replican con la misma información, dan lugar al mismo tejido en el cuerpo humano, pues ninguna célula de la piel o el hígado, o cualquier otro órgano, forma otra cosa que su propia célula antecesora. Es información genética que se conoce como "regeneración", y, en física cuántica, como entrelazamiento. Esta especie de regeneración se da en todos los niveles de la vida en el mundo donde vivo, y la frecuencia y la vibración determinan el estado físico de la materia.

"Es un todo. No existe nada vacío ni sin vida. Sin energía no existe la vida. Es así el mundo, tan fácil de crear y tan imposible de explicar".

—¿Por qué no lo pones en ecuaciones para que lo entiendan así los científicos?

—¿Por qué escribir ecuaciones algebraicas, usando números, letras o símbolos? ¿Qué sentido tiene? Recuerda que lo que da la vida no es la energía, de la cual está hecho el mundo, sino el movimiento de las líneas de energía.

—¿Esa atracción selectiva que existe también está en los humanos?

—¡Claro! Por eso existen personas más afines que otras.

—¿Y es por eso que a veces se odian tanto que llegan a matarse entre ellas?

—No. Eso es maldad.

—La atracción entre átomos y partículas está determinada para la creación de moléculas y elementos que darán origen a un cuerpo sólido, líquido, gaseoso, etc., pero jamás se destruirán entre ellos; nunca verás un líquido aniquilar un gas, o a un metal aniquilar a un líquido, aunque se repelan o nunca se unan. Lo que el hombre hace es por maldad.

—Pero, ¿dónde nace la *masa*? ¿Qué es la *masa* de la que tanto se han escrito libros?

—Sé a qué te refieres con "masa". Pueden llamarla como quieran y hacer las ecuaciones que deseen, pues si un modelo matemático no encaja con uno físico o cuántico, encontrarán variables, tal vez inventadas, para que estas teorías coincidan.

"Dime algo que para ti tenga masa y que no sea refutable".

—¡El acero! —dije alegrándome de saber un poco.

Aparecieron ante mí unas placas de acero.

—Es el mejor acero inoxidable, y vamos a poner muchas placas, así tendríamos más masa, ¿verdad?

—Es correcto —dije.

—Bien, vamos poco a poco.

Me tomó de la mano y empezamos a... ¿flotar? Algo así parecía, y nos dirigimos hacia las placas de acero mientras estas se hacían más y más grandes. Pronto vimos la aleación y los elementos que, unidos, creaban el acero como lo conocemos. Observé uniones como el cromo, manganeso, níquel, vanadio, molibdeno, cobre, azufre, carbono, fósforo; vi los enlaces iónicos, cada vez más grandes. Ya no se veían los enlaces, solo partículas unidas a los átomos, después átomos y partículas, seguido de estos mismos buscando adherirse y, por último, ese polvo que cubría lo brillante de la estructura.

Átomos con partículas, y partículas girando y buscado átomos. Líneas de energía que giraban, formando el polvo que circulaba en orden, luego en desorden, polvo cubriéndolo todo sin dejar nada descubierto, líneas de energía en movimiento, las mismas líneas, ahora estáticas, y al final la estructura en forma ovoide que desapareció en esas paredes que cambiaban de color de blanco brillante a gris. Luego… ¡nada!

—Y así con todo lo creado en este mundo.

"¿A qué le llaman masa? ¿A la unión de átomos? ¿A la unión de elementos químicos? ¿A la suma del peso atómico en uniones de cualquier tipo? Y cuando estas no son pesadas o no tienen una unión tan fuerte como las partículas, ¿también le llaman masa?"

—Creo que es su forma de explicar el funcionamiento de la vida.

—Lo que perciben como masa está relacionado con las interacciones y fuerzas que actúan sobre cuerpos, como la magnitud de la fuerza necesaria para producir una aceleración determinada. Los enlaces químicos y las interacciones entre partículas contribuyen a la cohesión de un objeto. Entre más enlaces tenga un objeto, más fuerte será su cohesión y, por lo tanto, mayor será la fuerza necesaria para deformarlo o acelerarlo.

"Los enlaces, entre más uniones tengan, más fuerza de empuje adquieren y esto lo confunden con la masa. Así, la aceleración de un objeto es inversamente proporcional a la fuerza de empuje que se opone a la fuerza aplicada. Es por eso que lo que llamas masa no existe, no es una propiedad fundamental sino una manifestación de fuerzas e interacciones. Es esta fuerza de empuje lo que da estabilidad a tu mundo, fuerza de constante interacción.

"Si repeles este polvo, esta fuerza de empuje, podrías desplazarte por esta estructura de la manera que desees, incluso desapareciendo ante un mayor desplazamiento, lo que conoces como 'velocidad imposible'".

Vino a mi mente nuevamente el mundo de la física con sus diversas teorías y conceptos. Una de ellas fue la teoría de la relatividad especial de Albert Einstein, que revolucionó nuestra noción de masa y energía.

En la teoría de la relatividad, Einstein introdujo la ecuación:

$$E= mc2$$
$$E= \textit{energía del objeto}$$
$$m= \textit{masa del objeto}$$
$$c= \textit{velocidad del objeto}$$

Esta ecuación revela que la masa y la energía son dos caras de la misma moneda, es decir, son equivalentes y pueden transformarse la una en la otra. Esto significa que un objeto con masa también posee una cantidad equivalente de energía y viceversa.

—La masa es una propiedad de la materia intrínsecamente ligada a la energía. Ahora veo que esto es incorrecto, pero, ¿cómo refutarlo?, ¿cómo explicar lo que he observado?

—Es increíble la manera en que se une la humanidad para celebrar que una unión de cables, plástico y metales pueden resolver ecuaciones matemáticas con miles de líneas de código, algoritmos complejos y un montón de datos, con necesidad siempre de electricidad e internet, y le llama "inteligencia". Esta unión es capaz de *aprender* lo que introduzcan en su memoria, que siempre será limitada, e incluso de escribir poemas... algunos decentes.

"Los humanos sueñan con crear vida a través de los metales, siendo que su propia existencia es ya digna de celebrarse".

No quise parecer un necio ante ella, y sólo alcancé a preguntarle:

—¿Cómo se forma la energía? La podemos ver en los rayos, ¿verdad? En el choque de electrones, en el acelerador de partículas.

—¿Has visto un rayo en una tormenta eléctrica? Lo explican como una descarga eléctrica entre la atmósfera y la superficie, ya sea tierra o agua, o entre dos nubes. Un relámpago es el destello de luz que se produce cuando este golpea, y el sonido que produce se conoce como trueno. Bueno, aunque sea terrible, sigue siendo electricidad.

"El sol es en realidad un generador con estructura y líneas en movimiento. Esto es energía. El choque de partículas produce electricidad cinética; aún sigue siendo electricidad, aunque le llamen energía.

"¿Recuerdas el orbe que viste en la playa Miramar de tu pueblo natal?"

—Ciudad Madero, ¡claro! Extraño mi ciudad y mi playa. Fue algo hermoso, blanco, brillante, irradiaba luz sin lastimar la vista a pesar que era de noche y no producía ningún ruido.

—Eso es energía.

"¿Ves los trajes de todos aquí? Eso es energía. Las estructuras que cambian de brillante a gris, eso también es energía. Nosotros somos energía. El cielo que ves aquí también es energía. ¡Mírate ahora! Eres también energía.

"Puedes entenderlo como un conjunto de características que definen al ser y su esencia, la parte más importante de una creación desde el punto de vista físico, esotérico, metafísico, cuántico, todo lo perfecto y relacionado fuertemente con el amor. Creas energía cuando estás contigo mismo, olvidando el mundo, lo externo a ti, el ruido, las palabras, e incluso los pensamientos, cuando no piensas y te envuelve tu yo interno, y escuchas tu respiración hasta que los pensamientos se detienen, al igual que los factores externos. En ese momento eres completamente tú y ves tu cuerpo aunque tengas los ojos cerrados, porque lo que ves es tu esencia. Si logras ver la verdad sin dudar, empezarás a creer y crear todo lo que te propongas. Debes verla con tu corazón de niño, que es la manera de recordar tu origen, pues tu corazón de adulto está lleno de miedo y de mentiras. Puedes tocarla y te reconforta, te cura, te rejuvenece pero también puede destruirte.

"Existen creadores que también podrías ver aquí, pero sería fatal. No sobrevivirías si uno de ellos te ve aquí. Entonces no existen palabras en tu idioma que puedan explicar qué es y cómo se forma la energía, tienes que sentirlo".

—¡Esto es hermoso! ¡La creación es hermosa! Gracias por permitirme ver esto. No entiendo cómo es que teniendo un lugar perfecto para vivir y trascender para ser como ustedes, estamos viviendo una especie de esclavitud y exterminio.

—Es algo irónico. La humanidad, en su búsqueda insaciable de conocimiento, ha alcanzado un hito paradójico, ha superado a lo divino, pero no porque haya creído resolver los misterios de la mecánica y la física cuántica o lo que representa el universo, un concepto que en sí mismo parece elusivo, sino porque ha demostrado la ilimitada capacidad humana para la estupidez.

—El mayor logro del humano es su propia ignorancia—. Fabi hizo un gesto de extrañeza, mirándome, sonriendo y ladeando la cabeza—. Sí —contesté—, ahora sé que la estupidez humana es infinita y no el universo.

—Así es, y es por eso que estamos tratando de salvarlos de una manera en la que sean ustedes mismos quienes abran los ojos y recuerden la misión principal, que es ser felices.

—¿Como es que empezaron a envenenarnos, si no existían elementos tóxicos en el mundo que crearon?

—Las líneas de creación que viste, de las cuales hay muchas vacías, aceptan partículas que, si bien pueden servir para alargar o acortar la vida o crear otros seres, también se utilizan para introducir partículas que se asemejan a las demás, pero que tienen una variación en su posición lineal o una diferente variación de carga, que hace que se formen elementos que dañan este sistema, gases tóxicos, aguas tóxicas, moléculas tóxicas, células tóxicas, y un sinfín de elementos tóxicos.

—¿Qué pasa si se detiene el movimiento de las líneas de energía que forman átomos y partículas?

—Eso es la desaparición o, como lo conoces, la muerte del sistema.

—¿Entonces cómo debemos vivir la vida?

Me tomó de la mano y, por inercia, di unos pasos junto con ella. Caminamos por varios minutos, tal vez horas.

—La vida es muy simple: sólo tienes que ser feliz y trascender, pero después de que la maldad entró en su energía, inventaron diferentes versiones de cómo vivir. Cada versión promete un camino a la felicidad. Riqueza, amor, poder, sabiduría.

—Nos perdemos persiguiendo estas imágenes, creyendo que una de ellas es la salida, la meta final.

—Pero la felicidad no es un objeto que se encuentra, sino un estado que se cultiva. Es una semilla que florece en el interior, alimentado por la aceptación, la gratitud y la conexión con el presente. El deseo es el motor que los impulsa, pero también la trampa que los aprisiona. Cada vez que alcanzan una meta, surge un nuevo deseo, una nueva imagen, una nueva versión. Es por eso que las metas no existen, solo existe la satisfacción personal.

"La felicidad se ha convertido en una ilusión tecnológica, siempre un paso más allá. La alegría es como una mariposa que se posa brevemente en nuestra mano. Intentar aferrarla la destruye. La felicidad no es la ausencia de tristeza, sino la capacidad de lograr el equilibrio con ambas, sabiendo que todo es transitorio. La verdadera felicidad reside en la autenticidad, en la aceptación de nuestra propia imperfección.

"Hay que dejar de seguir estas imágenes materiales y comenzar a construir un propio camino con cada paso, con cada elección. A veces la felicidad se encuentra en el vacío, en la quietud del silencio interior. Es en esos momentos de introspección en los que descubrimos que la felicidad no es algo que nos falta, sino algo que ya somos".

Me sentí flotar, feliz como nunca en mi vida. Seguimos caminando y Fabi en ningún momento dejó de tomarme la mano, Siguió:

—La vida no es una línea recta hacia la felicidad, sino un sinnúmero de instantes, cada uno con vida propia. A veces son instantes alegres y vibrantes, otras veces melancólicos y suaves, y algunos incluso desafiantes. En la vida se vive y se aprecian estos instantes, estos gritos y silencios. Esta aceptación es clave para encontrar la felicidad. Pero casi siempre buscamos la vida más fácil, de manera errónea.

"La felicidad no reside en la ilusión del control, sino en la rendición a la incertidumbre, en la confianza de que cada instante, incluso los más difíciles, contribuyen a la belleza de la obra maestra.

"El amor se encuentra en la presencia, en la atención plena al instante que se despliega ante nosotros. Es el sabor del café en la mañana. Es el calor del sol en la piel. Es la alegría de un ser querido. Es cerrar los ojos, respirar y sonreír. Son los pequeños momentos que, al sumarse, crean la gran verdad de nuestra vida. El amor es la alquimia que transforma los instantes ordinarios en tesoros, es la capacidad de encontrar belleza en lo simple, agradeciendo por lo que tenemos en lugar de lamentar lo que nos falta. El amor es la clave que abre la puerta de la felicidad.

"Unida también está la compasión, tanto hacia nosotros mismos como hacia los demás. La compasión crea la armonía para entender la verdad de la vida. Es la capacidad de reconocer la fragilidad humana, de ofrecer consuelo y apoyo, de crear un mundo donde por fin el amor sea compartido. Es despertar y volver al origen".

—¡Wow! —exclamé emocionado—. ¿Por qué no supe esto de joven? Siento que he desperdiciado mi vida.

Y vinieron a mi mente todas las veces que por miedo no pude ser feliz. Palabras resonaban en mi mente cuando Fabi se adelantó para estar con un orbe de luz que bajó y se materializo en un hombre tan alto como Jack. Reflexionado sobre nuestra conversación, pensé:

En el umbral del eco silencioso, donde el tiempo se deshoja en espejos rotos, yacen los fragmentos de un sueño olvidado, un sinfín de sombras fugaces, danzando en el vacío. El río de la memoria fluye inverso, arrastrando consigo las palabras no dichas, los gestos

inconclusos, las miradas perdidas, ecos de un pasado que se desva-
nece en la niebla.

¿Somos acaso marionetas de un destino incierto, o arquitectos de
nuestro propia prisión? La pregunta resuena en el eco del silencio,
una melodía inaudible, un enigma sin respuesta.

El sol se oculta tras el horizonte de la duda, y la luna, testigo
mudo de nuestras incertidumbres, ilumina el camino hacia la
introspección, donde la verdad se esconde tras el velo de la apa-
riencia y las distracciones.

En el corazón del hombre, un espejo aguarda, reflejando la
imagen de un ser en constante transformación, un peregrino en
busca de su propia esencia, navegando en el océano de la existencia.
Las sombras se alargan, se entrelazan, se desvanecen, como los
recuerdos que se diluyen en el tiempo, y en el silencio de la noche,
una voz susurra, "¿Quién eres tú en esta mentira?"

Una cantidad enorme de orbes blancos brillantes empezó a bajar a mi alrededor. Por el exceso de luz ya no alcancé a ver nada, pero sentí el abrazo de Fabi y muchas manos y brazos que tocaban mis hombros y mi espalda, reconfortándome, haciéndome sentir único en una experiencia transformadora, llena de paz, amor, esperanza y alegría.

Por un instante sentí una conexión profunda con lo divino, que dejó una huella imborrable. Aun con esto, lágrimas caían de mis ojos. Estaba tranquilo con ellos a mi lado, pero supe que mi hermana había fallecido.

CAPÍTULO 16
Contaminación

José era casado y tenía tres hijos, dos niños y una niña, su adoración. Había tenido un día muy difícil: su patrón no quería invertir en limpiar el basurero que había en las orillas del predio donde trabajaba como guardia de seguridad. Después de una discusión, José resolvió limpiar por su cuenta.

Así fue como empezó con esa idea de los efectos adversos de la contaminación, desde alcantarillas tapadas y sus repercusiones durante las lluvias hasta la basura que llegaba a los ríos y el mar. El océano le parecía el más golpeado, ya que ahí desembocaban ríos llenos de basura, los deshechos químicos de compañías y refinerías, aguas negras y la basura de turistas y locales que van a la playa a divertirse.

Trabajaba en su natal Tula, Hidalgo, en un lugar conocido como La Cantera. Ahí había nacido, antes de que la refinería de Tula contaminara la región. Eso causó que mucha gente emigrara a otros lugares, y el gobierno hizo caso omiso de la contaminación, pues la refinería generaba empleos. José estaba a cargo de cuidar un predio cerca de los balnearios y era el único de los tres empleados al que le preocupaba la gran contaminación que había a su alrededor. Tenía un grupo en verdad pequeño, de solo seis personas, que mantenía limpia y libre de basura su colonia.

Tardó tres semanas en limpiar el predio. No tuvo ayuda de nadie. Pensaba que su patrón estaría satisfecho de lo limpio que se veía y por lo tanto seguiría sus consejos de implementar entre los demás compañeros la limpieza del lugar y ya no permitiría a las personas tirar basura en esos lotes vacíos. Las doce bolsas de basura que juntó en esas tres semanas llenaron los dos contenedores de las áreas comunes.

Al llegar el día de pago, José recibió dos cheques y por un momento se sintió muy satisfecho y orgulloso de la labor que había realizado solo, y aumentaron sus ganas de seguir. La sonrisa le duró poco, ya que el patrón lo despidió ese día, argumentando que estuvo limpiando por tres semanas en vez de hacer su trabajo.

Molesto y desesperado por encontrar una manera para que su familia subsistiera, agotó todos sus recursos y amistades para encontrar un nuevo trabajo en su pueblo natal.

—Aquí no —dijo Jack—, aquí no realizarás tu sueño.

Después de varios días, y gracias a un amigo, encontró un trabajo fuera de su natal Hidalgo, en Guanajuato. Con su familia, que lo apoyaba en todo, salió con rumbo a León por la carretera Palmillas. Pasaron la autopista que va a Querétaro y llegaron a la desviación hacia Celaya, pues no quisieron llegar hasta el entronque de Salamanca, cerca de un pueblito llamado Cortázar, y una hora y media después arribaron.

Preguntando a cuanta persona se encontraban, llegaron por fin al lugar donde se habían quedado de ver con su amigo, la Calle Ancha en el Barrio Húmedo, un lugar donde habían muchos bares. Ahí estaba pactada su cita de trabajo.

Era un hermoso lugar, lleno de colores y de arquitectura que no le envidiaba nada a los países europeos.

Se encaminaron al cuarto que su amigo les iba a prestar para que vivieran mientras encontraban algo propio, y después de dejar a su familia, José acompañó a su amigo a un bar.

—¡Hola, Bambú! ¿Cómo te va? —saludó su amigo a un hombre que ahí los esperaba—. Mira, él es mi amigo José, de quien te hablé. Espero me eches la mano. Es muy trabajador y no te va a quedar mal.

—¡Héctor, qué onda! Nombre, no tienes que pedirlo, con el hecho de que tú lo recomiendes es más que suficiente para mí—. Se dirigió a José—: Bienvenido, José. Desde hoy empiezas a chambear aquí, y a ganarte tus centavos, si te parece. ¿Cuál es tu nombre completo? Para meterte en nómina y que empieces a cotizar. Mira, ven, te presento a los muchachos. También trabajan aquí —y le señaló a un par de meseros.

Bambú nunca decía su nombre y todo el mundo lo conocía así, tal vez no le gustaba, o tal vez era un nombre común. Era alto y delgado, tenía una figura que sugería una vida de contemplación más que de acción física. Su piel, marcada por múltiples tatuajes, contaba la historia silenciosa de una vida un tanto marginal. Su nariz, larga y prominente, era el punto focal de su perfil, lo que le daba un aire enigmático. De frente se integraba armoniosamente con sus demás rasgos con una sensación de equilibrio inesperado. Cabello largo y desaliñado. Generaba desconfianza al conocerlo.

Varios meses después, José era uno de los mejores meseros e incluso había días en los que se encargaba de preparar las bebidas. Poco a poco fue aprendiendo y su manera de ver la contaminación ambiental tuvo mucho eco en sus compañeros y en Bambú. Así, llegaba antes de abrir para limpiar la calle, y se iba después de dejar limpio el bar.

—¿Cómo te sientes? ¿Sí te gusta el trabajo como para pensar que te quedarás mucho tiempo? —le preguntó Bambú en uno de esos breves momentos en que quedaban solos, sin compañeros ni clientes.

—¡Excelente! Es perfecto. Gano mucho en propinas, como me habías dicho. Si lo permites, aquí me quedaré todo el tiempo del mundo—. José hizo una pausa, dudoso—. Por cierto, he querido preguntarte algo: ¿el bar se llama así porque así te dicen o así te dicen porque así se llama el bar?

—Incierto, ¿verdad? Ya habrá tiempo para contarte la historia—. Sonrió y cambió de tema—: Tengo un evento esta semana, solo ocupo una persona y eres el primero en la lista. Obviamente te pagaré un poco más por este turno. ¿Estás dispuesto?

"Es este martes y cerramos el bar al público para recibir a un grupo de personas que una o dos veces al año me piden este servicio".

—Por supuesto que cuentas conmigo, y no es necesaria la paga extra, pero… no habrá armas o drogas, ¿verdad?

—¡No! Ja, ja, ja —rio de buena gana—. No te preocupes por eso, simplemente son personas que no quieren distracciones, o que la gente los vea juntos. Solo piden discreción y nada más.

—Está bien, no necesito preguntar quiénes son. Haré mi trabajo lo mejor posible.

Después de un fin de semana realmente ocupado, llegó el lunes y Bambú les dio el martes libre y pagado a todos los empleados.

El martes él y José se reunieron a las once de la mañana para dejar todo listo para la llegada del grupo selecto de personalidades que gustaría del bar solo para ellos. Bambú le dejó esa tarea a José y salió en su camioneta, una Suburban blanca super bien cuidada, para ser del año 97. En esa camioneta hacía sus compras y llevaba a sus amigos cuando salían de viaje.

Detrás del bar existía un pasillo de una sola vía que se usaba para carga y descarga de los bares y tiendas que había en esa cuadra. Bambú había bloqueado el pasillo en ambos lados antes de salir, con un letrero que decía: <Cerrado por remodelación. Disculpe las molestias>.

Detrás de la barra había una puerta discreta por donde entraban y salían los trabajadores y la mercancía, así no molestaban a los clientes. Por ahí llegaron los primeros dos invitados.

El primero en entrar fue un señor ya mayor que rayaba en los setenta años, con un sobrepeso notable y muchas cicatrices en los pómulos, una especialmente visible encima de la ceja derecha, de forma circular. Llevaba pantalón de vestir azul marino y camisa de mangas color lila. Era imponente con la mirada y muy difícil era sostenérsela por mucho tiempo.

—Buenas tardes, hijo. ¿Dónde está Bambú? —No esperó la respuesta de José—. Mira, guárdame esta caja y tráeme dos cervezas mientras voy al baño. ¡Ah! Y no las abras hasta que llegue.

Entró el segundo invitado, un poco más joven y delgado, vestido con jeans y camisa de mangas color blanco por fuera del pantalón, y tenis blancos. Cargaba una maleta café, delgada, que parecía de piel de cocodrilo. Creo que era un duplicado, pues las originales deben de ser, aparte de prohibidas, muy caras.

—Buenas —dijo—. ¿Dónde está nuestra mesa?

Había, en un lugar apartado de la barra y cerca de los baños, alejadas de las ventanas y puertas principales, tres mesas previamente unidas y cubiertas con mantelería fina color blanco con líneas doradas en las orillas, y sillas de madera con la misma temática. Alrededor de las mesas, trece sillas acomodadas de tal forma que formaban una cruz, seis de cada lado ancho y una en un solo lado angosto.

Cuando iba dejando las cervezas en la mesa, José escuchó una voz:

—¡Déjalas así! Y también el destapador. No necesitas abrirlas, solo tráelas y nosotros las abrimos, ¿de acuerdo? —dijo con una gran sonrisa, limpiándose las manos mientras se encaminaba a las mesas. Tiró el papel al suelo.

—De acuerdo, señor —respondió José.

—¡Siéntate, pinche Jorge!

—Qué esperas. Ábrelas que hace sed—. Sacó su celular y mantuvo una extraña conversación—: Qué onda, cabrón… Ya estamos aquí con el Bambú… Traje lo que me pediste… ¿A qué hora llegas?... ¡Ahhhh! Bien, bien… Tráeme una… No, no, ¡espera! —tapando la bocina se dirigió a José—: ¡Ey, tú! ¿A dónde fue Bambú? ¿Sí fue por las viejas? —José se quedó inmóvil, sin saber qué decir o qué hacer—. ¡Ey! ¡Despierta, cabrón! —Volvió al celular—: Este güey creo que no sabe qué pedo.

En ese momento entró Bambú y con él nueve chicas bien vestidas, delgadas y hermosas.

Ahora está más claro todo, pensó José, son narcos y viene a hacer un negocio. Espero que no se salga de control ni que llegue la policía u otro grupo antagónico y empiece una balacera. Pero si fue lo primero que le pregunté a Bambú, si no habría narcos. Espero que la noche se vaya rápido. No puedo creer que me haya mentido, siguió, pero bueno, apenas lo conozco.

Llegaron los otros cuatro invitados, ya eran seis en total, más las nueve chicas: trece sillas. Cuatro de ellos llevaban maletines parecidos, de imitación de piel de cocodrilo, de diferentes colores.

Bambú desconectó las cámaras que había dentro del bar, y las televisiones, solo dejo música en una de las bocinas. Tocaban música clásica a bajo volumen. José se extrañó, pues esperaba música estruendosa de corridos, banda, o algo así.

En las mesas previamente acomodadas se sentaron los seis hombres; las chicas fueron a los baños a cambiarse y regresaron en ropa interior muy sexy y poco a poco el bar se fue llenando de hombres que solo se acercaban a las mesas principal a saludar y se retiraban a sentarse en otras mesas alejadas, a compartir con las chicas.

En una ronda de cervezas que José les llevó, alcanzó a escuchar:

—Cabrones, ya sé la saben, a partir del fin de semana, a hacer propaganda para el señor Aceves. Es el bueno y ya nos pagaron. Aquí traigo sus partes. Por las buenas o por las malas él tiene que ganar las elecciones, porque no podemos permitir que se nos vaya el negocio con este nuevo pinche partido que está en el poder.

"Yo ya tengo mi grupo que me respalda a lo que yo les diga, sin protestar, pero... —Súbitamente se dirigió a José—: ¿Qué haces ahí? Deja las chelas y ve a ver si ya puso la marrana.

Pasada varias horas, ya en la madrugada, uno de ellos se acercó a la barra y, dirigiéndose solo a Bambú, dijo:

—Dice el superior que nadie se acerque hasta que él lo ordene.

No esperó respuesta, se retiró rápidamente a arrebatarle una chica a otros tres que la tenían y se la pasaban de uno a otro.

—¡Me toca!

—Empieza el negocio —me dijo Bambú en un susurro.

—Mira, te dejó esta caja. Me imagino que es dinero… —cuestionó José visiblemente molesto,

—¿De qué hablas?

—Échale un vistazo —dijo abriendo la caja a la mitad y por debajo de la barra—. ¿Qué es?

—Ya te contaré.

La noche y la madrugada pasaron tensas, estresantes para José, pero por fin llegó el amanecer y poco a poco se fue vaciando el bar.

—Deja eso ahí y ve a descansar. Te veo en la tarde para limpiar este desastre y, por favor, si escuchaste algo, o lo que sea que hayas visto, no lo comentes con nadie, ni con tu familia.

"Ya habrá tiempo para contarte lo que sucedió esta noche, pues no será la última vez que suceda y tienes que familiarizarte con estos encuentros".

En la tarde de ese mismo dia, llegó José al bar para limpiar, después de haberle contado a su esposa lo sucedido, ya que entre ellos no había ningún secreto. Había tomado la decisión de renunciar, porque una cosa era lidiar con borrachos y extranjeros racistas y prepotentes, y otra muy diferente era lidiar con narcotraficantes.

—Buen día, José, ¿qué tal te va?

Sobresaltado, José contestó el saludo.

Después de un breve intercambio de breves explicaciones, le soltó a Bambú su decisión de renunciar, argumentando que tenía familia y no quería problemas con gente así, sin escrúpulos ni moral, que usaban la fuerza para vender sus productos, que son aún más mortales cada vez.

—¿De qué hablas, José?

—¿Narcotraficantes? ¿Mañosos? ¿Drogas?

—Eso está prohibido en mi bar. Al igual que tú, estoy en desacuerdo con esas prácticas que tanto daño hacen a mi país. Las personas que viste el martes son católicos, los líderes de las tres más importantes iglesias de aquí de Guanajuato. El gordo, al que le dicen "superior", es uno de los más altos jefes. Otro es sacerdote en León y el otro de la iglesia de San Miguel Allende. Los acompañaban sus administradores.

"Aquí casi todo el mundo es católico y eso rige desde hace muchos años. Los que dominan Guanajuato son ellos, no los políticos. Desde hace más de treinta años es en las iglesias donde se ganan las elecciones, y para ganarlas deben de forrarlos en dinero, y los que más pagan son los más corruptos, los que dejan que personas trafiquen libremente con drogas, armas e incluso personas. Sin contar las extorsiones, secuestros, asesinatos por encargo, cobro de piso y de más.

"El dinero no les llega directamente de los narcos, sino a través de personas con negocios y bancos que lavan el dinero, empresarios y políticos corruptos, que son los que mantienen el poder del partido que gobierna aquí desde hace años. Tal es el poder que tienen, que a dos sexenios del cambio que se vive en México, estos siguen gobernando.

"Las otras personas que llenaron el lugar son estos tipos que te digo".

—¿Qué había en la caja? Solo vi ropa atada.

—Es una casulla que envuelve un alba y la tira que atraviesa es una estola y estas van perfectamente dobladas y atadas por en medio con un cíngulo. Es un regalo que me trajo del Vaticano.

Aun después de las explicaciones y los ruegos, José renunció argumentando que, aunque no fueran mañosos, era algo que no podía tolerar, ya que su familia era católica, pero esto superaba sus creencias. Bambú, algo decepcionado y triste, pues ya le había tomado cariño y mucha confianza, entendió sus razones y aceptó su renuncia, pero no sin antes reiterarle su amistad y dejar las puertas abiertas por si cambiaba de opinión.

Ahora José se dedicaría a su sueño y misión principal: limpiar de plásticos ríos y playas.

José se trasladó de Guanajuato a Oaxaca.

Era uno de esos días en los que el sol de la mañana castiga con fuerza, pero José no sentía calor. Sus ojos estaban fijos en la montaña de botellas de plástico que se alzaba en una esquina del mercado local.

Un hedor agrio impregnaba el aire, una mezcla de pescado podrido y plástico quemado. José apretó los puños, la frustración empezaba a punzar en su pecho.

Llevaba meses trabajando en su proyecto, limpiando, después de su trabajo y en sus días libres, pequeños tramos del río cercano que desembocaba directo en las playas turística de Oaxaca, pero la magnitud del problema lo abrumaba. Necesitaba ayuda, recursos, más tiempo, un equipo, pues la estrategia ya la tenía. ¿Pero quién se preocuparía por un simple río? ¿Por un problema que parecía tan lejano para la mayoría?

Se acercó a un puesto de pescado donde una mujer de rostro curtido por la edad y el sol luchaba por espantar las moscas.

—Buenos días —saludó José con la voz jadeante de cansancio y sed—. Veo que el problema del plástico también les afecta aquí.

La señora lo miró con escepticismo y después de medirlo de arriba abajo, le contestó:

—Afecta a todos, muchacho, ¿pero qué podemos hacer? Esto es como una plaga, con tanto turista que tenemos, faltan manos para limpiar toda la basura que dejan.

José saco de su mochila un folleto y en este llevaba unas fotos del río limpio, que mostró a la señora, haciéndole saber que soñaba con volver a ver peces nadando en el río, y que, por supuesto, ya no siguieran contaminando el mar.

—Yo estoy haciendo algo —dijo José—. Estoy limpiando el río y quiero hacer mucho más.

La señora tomó las fotos y por unos segundos observó las imágenes.

—Es bonito —dijo—, pero, es mucho trabajo, ¿no crees?

—No estoy completamente solo, mi familia y unos vecinos que también se preocupan están ayudando. Juntos, creo que hacemos una diferencia.

Un hombre bien vestido con un portafolio en la mano se detuvo frente al puesto sin que ellos lo notaran.

—Disculpen —dijo con voz amable—. Escuché que están hablando de limpiar el río. En verdad me interesa ayudar.

José sintió un vuelco en el corazón. ¿Podría ser este el patrocinador que tanto había esperado?

El hombre se presentó como el representante de una fundación ambiental.

—He estado siguiendo su trabajo, José. Me impresiona su dedicación y creo que su proyecto tiene un gran potencial. Antes de que me lo pregunte, sus amigos Héctor y… me temo que no sé el nombre de la otra persona que me contactó… le dicen Bambú… insistieron en que lo conociera.

José sintió que la esperanza renacía en su interior. Quizás, después de todo, su sueño no era tan imposible. ¡Gracia a Dios!

Yo estoy seguro que Jack tuvo que ver en esto y tal vez estaba ahí, detrás de ellos, sonriendo.

El hombre de la fundación, cuyo nombre era Ricardo, invitó a José a tomar un café en un pequeño local cercano, así que se despidieron de la señora del puesto y se dirigieron hacia allí.

Mientras pedían unas bebidas, Ricardo le hizo preguntas sobre su proyecto, sobre los desafíos que enfrentaba y sobre sus planes para el futuro. José le habló con mucha pasión de su visión, de un río limpio, de comunidades prósperas, de un futuro donde el plástico no fuera una amenaza, de las implicaciones de los microplásticos en la salud.

Ricardo asintió, impresionado por la determinación de José.

—Su proyecto es inspirador, pero necesita algo más que corazón y deseo, necesita un plan sólido, un equipo, recursos, tiempo. En otras palabras, necesita ayuda. Y es por eso que estamos aquí, depende de mí si se aprueba un patrocinio de la fundación que represento, y créame, estoy cien por ciento convencido.

José no podía sonreír más porque la elasticidad de sus labios no lo permitía. Antes de que pudiera emitir cualquier palabra, Ricardo le dijo:

—Pero necesitamos ver resultados. Necesitamos un proyecto piloto, algo que nos muestre en documentos que su idea funciona.

José sintió un torbellino de emociones. La oportunidad que había estado esperando finalmente había llegado; tenía la documentación ya preparada desde hacía años. Soñaba con este momento. Pero también sentía el peso de la responsabilidad, ¡no podía fallar!

Ricardo le pidió encargarse de un desafío, que sería su principal prioridad en ese momento. Sacó un mapa de su portafolio.

—Hay un tramo del río cerca de un pequeño pueblo que está particularmente contaminado. Es el primer desafío, así mostrará que su proyecto es viable. Puede contratar todo el personal que necesite.

José estudió el mapa, el tramo del río era extenso, en las fotos veía que la contaminación era masiva. Pero no podía ni quería retroceder ni negarse.

—Por supuesto que lo haré, ¡quedará limpio! —Se despidieron intercambiando información de contacto y estrechándose la mano.

Los días siguientes fueron un desafío de actividades. José se reunió con el equipo de la fundación, conoció a los nuevos voluntarios que se habían unido a su causa después de un extenso comunicado en el pequeño pueblo y alrededores, y comenzó a explicarles el plan que tenía para la limpieza del río. Los voluntarios y los miembros del equipo de la fundación patrocinadora quedaron encantados con su propuesta, fácil de entender y, con todas las personas reunidas, posible de lograr.

El día de la limpieza se reunieron a orillas del río, equipados con guantes, bolsas y herramientas. José y su familia se sintieron abrumados por la emoción y la realización de un sueño.

—¡Juntos haremos una gran diferencia! —gritó José dando inicio a la magna tarea, comenzando la aventura, la lucha contra la contaminación, la batalla entre un presente muy sucio y un futuro más limpio.

El trabajo avanzaba, pero José sentía que algo faltaba, pues su plan, aunque completo, dejaba espacio para ir ajustando en el camino. La gente limpiaba, recogía toneladas de plástico, pero lo que atormentaba como una verdadera amenaza permanecía invisible.

Decidió compartir su preocupación con el equipo:

—No es solo el plástico que vemos y podemos retirar de los ríos, sino lo que no vemos, lo que se degrada y se convierte en polvo, eso es lo peligroso. Algunos voluntarios y representantes de la agencia que los patrocinaban lo miraron confusos.

—¿El polvo? —preguntó Ricardo.

José tomó un puñado de tierra y mostrándoselo dijo:

—Esto está lleno de microplásticos, trozos pequeños, diminutos, invisibles, que el mar desintegra en una acción de autolimpieza y autoregeneración, expulsando este material hacia las playas. En las arenas, los peces lo consumen, y también caen en nuestros plantíos gracias a la lluvia, en nuestras presas y de muchas maneras llegan a nosotros.

En una reunión con los líderes y voluntarios, les mostró un video en su celular que mostraba a peces con los intestinos llenos de microplásticos. Estudios demostraban cómo estas partículas podían dañar los órganos, obstruyendo los poros renales y hepáticos, causando insuficiencia renal y problemas en el hígado. Y las imágenes de las células hepáticas parecían un mosaico fracturado, formando cristales, inflamación crónica, y estrés oxidativo.

—Y lo que es peor —comentó José—, están actuando como vectores para otros contaminantes. Estos microplásticos —continuó José— causan en las personas fatiga inexplicable, dolores abdominales, ictericia, etc. Los síntomas clásicos de una enfermedad hepática, pero con una peculiaridad que es que los análisis de sangre no muestran los marcadores habituales de daño hepático. Los nanoplásticos son demasiado pequeños para ser detectados por los métodos convencionales.

"El problema es que estos plásticos están en todas partes, en el agua que bebemos, en el aire que respiramos, en los alimentos. Incluso las alternativas sostenibles liberan nanopartículas al degradarse.

"Han salido también nuevas imágenes, ahora de los problemas renales causados por estos plásticos. Los plásticos se acumulan en las paredes de los vasos, reduciendo el flujo sanguíneo y dañando las células renales. Los riñones son los filtros del cuerpo y estos microplásticos obstruyen estos poros impidiendo la filtración, causando inflamación crónica, fibrosis, hipertensión, edema, fatiga, los signos clásicos de una insuficiencia renal, pero con una progresión inusualmente rápida. Contra esto, los tratamientos convencionales son ineficaces.

"Los microplásticos están actuando como catalizadores de la enfermedad renal, acelerando el daño y superando la capacidad del cuerpo para regenerarse. Y aquí está lo peor: este bloqueo renal propicia la acumulación de metales pesados, pesticidas, fármacos, y diferentes tóxicos que deberían ser eliminados, agravando el daño. No sé cómo revertir el daño hepático o renal. No conozco de medicamentos. No puedo curar a las personas y ni siquiera sé cómo aliviar sus síntomas, eso se lo dejo a los profesionales de la salud. Lo que sí puedo hacer, y estamos haciendo, es retirar la mayor cantidad de plásticos antes de que lleguen al mar. Sólo puedo ayudar con el método preventivo. El mar no solo está sucio por nuestra culpa, lo estamos enfermando y con él a nosotros mismos".

Hubo una sorpresa general entre los escuchas, pues realmente vieron la magnitud del problema a corto, mediano y largo plazo. Esta amenaza, real e invisible, los golpeó con fuerza.

—Por eso mi lucha desde hace años no solo es limpiar por limpiar, sino detener la marea de microplásticos para proteger la salud de mis hijos y su futuro y el de todas las personas que pueden ser expuestas a este contaminante.

El proyecto ya no solo era una tarea local, sino una misión. La asociación que patrocinaba a José y a su equipo creció grandemente, ahora con investigadores y más ideas para filtrar estos microplásticos del agua, mientras otros equipos eliminaban de forma segura los plásticos visibles y hacían consciencia en la población.

José pasó de idealista a activista, un educador visitando comunidades, escuelas, mercados, compartiendo el mensaje en redes sociales, explicando cómo el plástico que tiramos hoy gracias a las lluvias y ríos llega finalmente al mar. Este, al degradarlo mas no eliminarlo, regresa a nosotros en forma tan pequeña que causa graves enfermedades.

Quienes lo escuchaban empezaron a cambiar sus hábitos (gracias a Dios) y dejaron de utilizar bolsas de plástico, de tirar basura cerca de los ríos, de tapar con basura y llantas alcantarillas, uniéndose a su manera a la lucha en contra de esta nueva amenaza invisible que no tenía cura farmacológica pero sí preventiva. El sueño de José se convirtió en una realidad, en un modelo, una inspiración y, por supuesto, en un reto para que no se convirtiera en una pesadilla. Comunidades, pueblos, ciudades empezaron a limpiar sus alcantarillas, drenajes, ríos y lagunas, en una batalla contra los plásticos.

Ahora la verdadera batalla había comenzado, José sabía que sería una lucha permanente, a largo plazo, tal vez de generaciones, pero no estaba solo, pues ya tenía un equipo, patrocinio, tiempo, planes que hacían una gran diferencia. Aún no contaba con todos los medios de llegar a todo el país y sus gobernantes para que no solo un día o solo unas pocas personas limpiaran, sino para hacer consciencia real en todas las personas. Un sueño difícil, sí, pero un sueño que podía realizarse.

Capítulo 17
La limpieza

Las imágenes de un río limpio, con peces, que enseñó a una vendedora de mariscos años atrás, ahora era una realidad en esa comunidad de Oaxaca. Se veían familias jugando en las orillas de los ríos y cada vez había más tambos y contenedores de basura con dibujos y letras grandes que invitaban a las personas a depositar ahí su basura, leyendas de "no tirar basura" acompañadas de imágenes de fauna marina atrapadas en plásticos, sufriendo, y humanos por igual.

El sueño realizado de José cada vez llegaba a más gente, la publicidad que adoptaron fue la del hombre luchando contra la "Marea de Plástico" como un superhéroe. Se había convertido en una gran motivación y símbolo de esperanza, un recordatorio de que una sola persona con un sueño, pasión y determinación, podía cambiar el mundo.

José fue invitado a conferencias en todo el país, principalmente en escuelas y universidades, donde compartió su visión y todos los descubrimientos de los microplásticos y lo peligroso que sería no hacer absolutamente nada. En este llamado de atención, líderes estudiantiles, políticos, activistas, todos escucharon con atención, inspirados con su mensaje. Pero lo mejor de todo fue que toda esta marea inicial del equipo de José no quedó solo en palabras o buenas intenciones, tal vez por la presión, la consciencia, o como yo siempre lo diré: gracias a Dios.

Una empresa de las más grandes de la industria petrolera, que había sido parte importante del problema, decidió dar un giro radical. Su director ejecutivo, conmovido por la historia de José, anuncio un patrocinio sin precedentes, un compromiso de por vida para, junto con otros patrocinadores, financiar la limpieza de ríos y mares e investigaran soluciones innovadoras contra los microplásticos.

—La historia de José —empezó diciendo el director ejecutivo en una rueda de prensa— nos ha recordado que tenemos una gran responsabilidad con el planeta y con las generaciones presentes y futuras. No debemos seguir ignorando la amenaza que está ocasionando el plástico.

"Queremos ser parte de la solución y queremos que en esta lucha José sea nuestro líder".

José se convirtió en un mentor, en un guía. Su legado no fue sólo iniciar la limpieza de ríos y mares, sino la inspiración que sembró en millones de personas, la consciencia que despertó sobre la amenaza de los microplásticos, la esperanza que encendió en un mundo que ya necesitaba empezar este cambio.

Hoy en día vemos a José muy seguido, junto a su familia, cerca de los ríos y playas, observando con orgullo la titánica labor que refleja sus frutos. Y así como imaginó de niño: ríos limpios, peces nadando y familias disfrutando.

La sonrisa de José refleja la satisfacción de un sueño cumplido, la certeza de que su lucha, su pasión, dejó una huella imborrable en el planeta para un futuro más limpio, más sano, más sostenible. Y así, un pequeño triunfo del hombre contra la marea de plástico empezó con el sueño de un niño en un pequeño pueblo de Hidalgo.

CAPÍTULO 18
La unión hace la fuerza

El sol se filtraba entre los árboles, pintando de dorado el río que ahora presumía de aguas cristalinas. José, exhausto pero satisfecho, se sentó en una roca a contemplarlo. De pronto sintió una presencia a su lado. Un hombre de mirada serena y sonrisa cálida lo observaba.

—Hermoso trabajo —dijo el hombre con voz suave—. Has devuelto la vida a este lugar.

José lo miro con curiosidad y le dio las gracias luego de saludar con el típico buenos días, buenas tardes.

—¿Quién eres?

El hombre extendió la mano.

—Me llamo Jesús. Mucho gusto, José. Aquí todos lo conocen.

Al estrechar su mano José sintió una extraña paz y lo invitó a sentarse a su lado. Se quedaron en silencio, observando el flujo del río y la danza de los peces.

—Veo que le preocupa el mundo —dijo sin mirar a José—. A mí también.

—El plástico, la basura, la contaminación... Parece que queremos destruir el mundo.

—Pero tú trajiste la esperanza, y aunque no eres de aquí, te preocupa y se nota todo el esfuerzo que han hecho. Se nota el cambio

—Solo intento poner mi granito de arena ante un inmenso mar de contaminación. Contaminación que empezó el hombre y que tenemos la obligación de terminar.

—¡Y lo estás haciendo excelente! Pero siento que existen diferentes formas de ayudar, y como tú, yo también tengo un sueño que estoy siguiendo y convirtiendo en realidad.

—¿Cuál es tu sueño, Jesús? Y por favor, háblame de tú.

—Mi sueño es cuidar a todos los tíos olvidados, marginados y sin recursos, los ancianos que viven solos, que, si bien tienen familia, esta se fue lejos a seguir sus propios sueños y familias, olvidándose de ellos. No tienen, la mayoría, a nadie que los visita o ayude, así que les llevo mi compañía y platico con cada uno. Les llevo todo lo que puedo de comida y cosas para el hogar. A veces veo que necesitan otras cosas que en la siguiente visita les llevo. Quiero que sepan que no están solos.

—Ese es un hermoso sueño —respondió José con profunda admiración, conmovido por sus palabras—. Pero, ¿cómo lo estás logrando? ¿Eres millonario?

Con una sonrisa y mirando hacia el cielo, Jesús dijo:

—Con personas como tú, gente que se preocupa, que tiene un corazón generoso. Yo empecé con un negocio pequeño y todas mis ganancias eran para comprar comida y llevarles, pero un amigo empezó a grabarme con su celular.

"En ese entonces no entendía sus intenciones, pero fue gracias a él que me di a conocer a través de videos de cómo llevábamos comida a algunos viejitos. Así fue que empezaron a contactarnos desde diferentes partes del país e incluso del extranjero, y empezaron a mandar recursos y muchos ya adoptaban familias y mi trabajo se convirtió en repartir no solo comida sino dinero en efectivo y cosas que necesitaran nuestros ancianos, como lentes, sillas de ruedas, cirugías e incluso casas".

José estaba al borde de las lágrimas. Le dijo:

—Cuenta conmigo, me uno a tu causa y hablaré con mis patrocinadores, pues tu obra es loable, muy importante, e incluso me atrevo a decir que es más importante que la mía. Es increíble cómo no nos damos cuenta de que no solo aquí sino en todo el país, en todas las comunidades, están nuestros ancianos, y la mayoría viven solos, y después de décadas trabajando, ahora con limitaciones físicas, luchan día a día para poder seguir sobreviviendo.

—¿Cómo te doy las gracias en nombre de todos ellos? Lo único que puedo hacer por ahora es unirme a tu causa y luchar contigo. Y si me lo permites, acompañarte a visitarlos, a platicar con ellos.

A partir de ese día, José y Jesús se hicieron amigos. Juntos visitaron hogares de ancianos, llevaron ayuda, escuchaban historias que compartían entre risas y lágrimas. José aprendió la importancia de la compasión, la empatía, la entrega, y sobre todo el amor al prójimo.

José le regalo un escrito a Jesús que decía:

Amarás a tu prójimo como a ti mismo.

Marcos 12:31

Descubrió que la lucha contra el plástico era solo una parte de su misión. También debía luchar contra la soledad, contra la indiferencia, contra la injusticia. José, el hombre que limpió el río, se convirtió en un símbolo, un líder.

Disfrutaban tanto de limpiar en un día caluroso y terminar exhaustos, como de un día reunido con ancianos. El brillo de sus ojos reflejaba la alegría y la vida; esas sonrisas, aunque faltas de algunas piezas dentales, eran las más sinceras que José y Jesús habían visto. No existía en ningún estrato social la alegría y sinceridad en la manera de recibirlos.

La lucha es constante, no hay tregua ni vacaciones, pero cada día termina con la satisfacción de dar esperanza con un gesto de amor.

Capítulo 19
Haciendo la diferencia

L a colaboración de José y Jesús floreció. Crearon un slogan para recaudar fondos y poder seguir ayudando lo más posible:

No los dejes solos
Dignidad y Amor Para Nuestros Ancianos

Ya no se limitaban a visitar hogares aislados, también organizaban eventos comunitarios donde los ancianos podían compartir sus historias, sus talentos, sus conocimientos y también sus tristezas.

José, con su experiencia en limpieza, implementó programas de reciclaje en los hogares, hospitales y comunidades; les enseñaba a los residentes sobre la importancia del cuidado del medio ambiente. Jesús, con su carisma y don de la palabra, inspiraba a los voluntarios, creando un ambiente de alegrías y esperanza. No solo llevaba despensas, organizaban talleres de manualidades y sesiones de lectura. Cada visita era una fiesta, una celebración por un nuevo día vivido. Pero, como todo en la vida desde que la maldad entró en el corazón del hombre, se encontraron con la indiferencia de muchas personas, a veces intolerancia, insultos y algunas agresiones, pues no todos entendían que existen personas que necesitan ayuda.

Fueron detenidos por la burocracia de algunas instituciones o la falta de recursos de otras. Algunos ancianos se mostraban reacios a recibir ayuda, aferrados a su orgullo e independencia, a su soledad. Los amigos aprendieron a ser pacientes, a escuchar, a respetar. Comprendieron que la ayuda no siempre se mide en cosas materiales, sino en tiempo, en compañía y, sobre todo, en amor, y este amor se repetía una y mil veces en las visitas a los ancianos; historias incontables llenaban el alma de todos los voluntarios que inspirados olvidaban el cansancio y seguían con esta labor día a día.

Un día visitaron a la señora Marisol, una anciana que vivía en una casa de madera muy pequeña, remendada con pedazos de lámina y lonas, una casa solitaria alejada del pueblo.

La señora Marisol era una mujer de rostro arrugado y ojos tristes. Había perdido a su esposo y sus hijos habían migrado a la capital del país. Tenía más de dieciocho años sin saber nada de ellos. Se sentía sola, abandonada, como la mayoría de nuestros viejos en México.

Ella, sin tener nada, ofreció lo poco que tenía a los visitantes. Les llevó agua y les ofreció hacer una tortillas que podían acompañar con un poco de sal. Sabían que su ofrecimiento era de corazón, así que, conmovidos, le explicaron que ellos le llevaban una ayuda y le pidieron permiso para que la aceptara. Ella, entre lágrimas, aceptó la ayuda dándoles las gracias.

Los amigos le llevaban comida, despensa y entre pláticas unos limpiaron la casa y otros cocinaron. Un día notaron que la señora Marisol permanecía en silencio, con la mirada perdida. Entonces Jesús se acercó a preguntarle el motivo de su tristeza. Ella comenzó a decir un sinnúmero de cosas innecesarias, no acordes a la pregunta, muy incómoda, y finalmente se confesó con él.

—No puedo comer —dijo la señora Marisol—. Es que no tengo dientes, y los pocos que tengo me duelen mucho al masticar.

—Eso es —dijo Jesús—. No se preocupe, yo le prometo que la llevo al dentista para que la ayude con eso. Por los gastos no se preocupe.

Sus ojos se llenaron de lágrimas, eran lágrimas de alegría, y algunos voluntarios se le unieron en este llanto, felices de verla contenta.

—Gracias —dijo con la voz temblorosa—. ¡Que Dios se lo pague!

Y así un nuevo milagro del amor que transformó la soledad, la tristeza, el abandono, las arrugas y los surcos en las mejillas, por donde corrían las lágrimas, en compañía, alegría y la esperanza de no estar solos.

También le programaron a la señora Marisol visitas periódicas para compartir con otros ancianos en estas casas comunitarias. Esto hizo la diferencia entre una vejez bien vivida y una triste y solitaria.

El grupo formado por los dos amigos crecía día a día, llegando a más personas, creando un mundo más compasivo, más justo, más humano. Y en cada sonrisa, en cada gesto de amor, en cada acto de bondad se reflejaba el legado de un sueño compartido. El eco de la bondad de Jesús se extendió por toda la región.

Las historias de su dedicación a los ancianos olvidados llegaron a oídos de personas influyentes, filántropos y líderes comunitarios. Un grupo de empresarios, conmovidos por su labor, decidieron crear una fundación para apoyarlo, usando el slogan de Jesús. Ellos le proporcionaron los recursos necesarios para expandir su red de ayuda. Se construyeron centros de comida comunitaria, vehículos para el transporte de despensas y abuelitos, se implementaron programas de atención médica y psicológica.

Jesús, a regañadientes, se convirtió en el director de la fundación, con la condición de seguir visitando a sus queridos ancianos para seguir escuchando sus historias, de compartir su amor. Su presencia era un bálsamo para los corazones solitarios, su sonrisa un rayo de esperanza en la oscuridad de la soledad. Rechazó categóricamente todo premio o reconocimiento que intentaban otorgarle, decía que la verdadera recompensa era la sonrisa de un anciano, el brillo de sus ojos, la gratitud de sus palabras, y no podía descansar hasta que viera que ellos comían aunque sea un poco. Su misión no tenía fines de semana ni vacaciones, pues decía, "todos los días comemos".

Cada año la fundación hacia una fiesta y todos agradecían a Jesús por tomarlos en cuenta y él contestaba:

—No soy yo quien ha hecho esto, son todos y cada uno de ustedes quienes han hecho posible este milagro. Juntos hemos demostrado que el amor es más fuerte que la soledad, que la compasión puede transformar el mundo.

Después de muchos años y de fatigas interminables, ganancias y pérdidas, pero con la satisfacción de haber hecho todo lo posible, y a veces lo imposible, con la ayuda de un milagro, que obviamente era la ayuda de Dios, los dos amigos volvieron a reunirse a la orilla del río, donde se conocieron.

—¿Qué aprendimos durante estos años? —empezó Jesús.

—Nuestra labor es como sembrar semillas —dijo José—. Algunas germinan rápido, otras tardan, pero todas florecen a su tiempo.

"La vida es como un río, a veces turbulento, a veces sereno, pero siempre fluyendo hacia el mar. Nuestra labor es limpiar ese río para que viva y pueda fluir hacia su destino".

—Pero el río no solo es agua —contestó Jesús—. También son las personas que viven alrededor, los ancianos que ayudamos, los que hemos conocido, sus historias, sus alegrías y tristezas, sus recuerdos.

—Eso es verdad, cada persona es un río con su propia contaminación, sus afluentes, sus remolinos, su destino. Nuestra labor es, si no acompañarlos a lo largo de su viaje, sí limpiar el camino para hacérselos un poco más fácil de fluir.

La verdadera misión no era contra la contaminación por plásticos, sino contra la indiferencia, contra la ignorancia, contra la prepotencia y falta de empatía de muchas personas que desechaban su basura a cualquier lugar al que iban, sin pensar ni tomar consciencia del peligro que representaría para ellos y futuras generaciones.

En el lienzo de la existencia, cada ser humano es un trazo único, una pincelada de consciencia que contribuye al cuadro completo. A menudo nos perdemos en la vorágine del día a día, en búsqueda de metas efímeras, olvidando nuestra conexión intrínseca con el universo y con nuestros semejantes. Un verdadero recordatorio de que la verdadera grandeza reside en la sencillez, en la capacidad de amar, de servir, de transformar nuestro entorno. No se trata de cambiar el mundo entero de un golpe, sino de sembrar pequeñas semillas de bondad, de encender luces en la oscuridad, de ser el cambio que deseamos ver.

La contaminación que afecta a nuestro país no es solo un problema ambiental, es un reflejo de nuestra desconexión con la naturaleza, de nuestra incapacidad para reconocer que somos parte de un todo interdependiente. La soledad que aflige a tantos ancianos no es solo una cuestión de edad, es un síntoma de nuestra indiferencia, de nuestra incapacidad para valorar la sabiduría y los años vividos de quienes nos precedieron.

¡Aún somos humanos! Seres capaces de amar, de crear, de trascender nuestras limitaciones. Tenemos el poder de elegir entre la indiferencia y la compasión, entre la destrucción y la creación, entre la oscuridad y la luz.

¿Qué ríos debes limpiar? ¿Qué corazones debes iluminar? ¿A qué personas debes visitar? ¿A quién debes pedir perdón? ¿A quién debes perdonar? ¿Estás listo para ayudar y recibir ayuda?

Cada acción, por pequeña que parezca, tiene un eco en el universo. Cada sonrisa, cada palabra amable, cada acto de servicio, contribuye a crear un mundo más justo, más compasivo, más humano.

CAPÍTULO 20
Primer intento

—¡Jack! ¿Puedo hablar contigo?

—Claro, Diego, y disculpa que he estado algo ausente, pero siempre estoy pensando en cómo ayudarte a regresar a tu momento inicial, y, si es posible, que olvides todo.

—¿Olvidar? No podría hacerlo. Han sido los mejores días de mi vida y es la primera vez, que yo recuerde, que no siento dolor.

—¿Días? Aún tienes la idea del tiempo, ¿verdad? Sé que Fabi trató de explicarte parte de cómo creamos la vida.

—Siii —exclamé emocionado—. Vaya que es super inteligente y tiene una paciencia inagotable y una forma de explicar que es imposible de no entender. Aunque, si me preguntaran en mi mundo, no encontraría palabras para explicar algunas cosas.

"Fue algo mágico, ¡hermoso! Hubieras visto, de la nada hizo un orbe de luz que era energía, no electricidad, y en medio de él muchas líneas que hicieron todos los elementos que formaron moléculas y células y personas y animales, ¡y el mar!, que no se puede formar aquí por la inestabilidad de sus elementos y es traído desde otros cielos. Y hay océanos en otros lugares y muchas cosas que...

—¡Tranquilo! Lo sé, sé lo que viste —dijo con una sonrisa que no le quitaba la dureza al rostro o la mirada—. También me dijo que deseabas platicar conmigo. Espero poder explicarte lo mejor que pueda para que lo comprendas.

Agachando la cabeza y un poco triste, con mucho temor, alcancé a decir:

—Siento mucho lo que pasó con Julia. No pude acercarme cuando te vi rodeado, pero sentí una tristeza enorme… y pude sentir la de todos. Sentí exactamente lo mismo cuando me rodearon y sin decirme nada supe lo de mi hermana, pero me sentí reconfortado y creo que en ese momento lo superé con la convicción de que ella está en un mejor lugar.

—Gracias, en verdad —dijo—. Sé que estuviste ahí, pero no podíamos dejar que te acercaras, podrías haberte lastimado con tanta energía que había a mi alrededor. Aún no sabemos cuánto puedes resistir.

"Tu hermana está en camino de tener su propio destino.

"Es que no quiero que te moleses conmigo si hago preguntas estúpidas o fuera de lugar. No tengo estudios, por eso tengo muchas dudas".

"No te sientas mal, tienes algo que muchos desean.

"Como ya sabes, desde el principio de la humanidad hemos platicado con muchos hombres y mujeres, tú los conoces como profetas, que son humanos, como tú, pero que tienen bondad en su corazón, aunque eso no los exime del miedo, pero les enseñamos a tener confianza y ser valientes".

—De hecho, mis primeras dudas son sobre la Biblia: ¿Cuál es la religión verdadera?, ¿o es que todas tienen algo bueno y algo malo? ¿En el principio los animales hablaban? Lo digo por la serpiente que habló con Eva. ¿Por qué había discriminación, un Dios violento? O, como en el libro de Job, ¿manipulable?

"No entiendo por qué los hombres podían tener varias esposas o tener hijos con sus sirvientas sin problemas ni castigos, o darle crédito a un paralitico por la fe de otras personas. ¿Por qué la intolerancia hacia profetas buenos como Moisés, Saul, David, Ananías, Safira, Nadab, Abiú, que ante una falta o desobediencia les imponían un castigo terrible? ¿Por qué siendo buenos toda la vida y con una falta al final de ella, ya no seremos dignos? ¿O a veces al revés, con arrepentirnos de todo mal, somos absueltos? ¿Por qué unos sí y otros no?

"¿Por qué algunos animales podían verlos? ¿Son reales los objetos divinos? ¿Dónde está el Arca de la Alianza? ¿Por qué a veces el Dios descrito en la Biblia es violento y asesino y a veces es misericordioso?

"Perdón por tantas preguntas. Creo que no di contexto para cada una de ellas".

—Sé lo que quieres decir —contestó —y es muy simple la explicación. Iremos para que tú mismo puedas observar los hechos reales y no lo escrito por personas.

Jack empezó a transfigurarse, cada vez se hacía más brillante, y con él todo lo demás, el entorno, el lugar, incluso también yo. Poco a poco sentí que me elevaba, estaba consciente y la dirección de mi mirada era hacia arriba, hacia abajo, hacia los lados y todo al mismo tiempo. No podía respirar ni hablar, pero sabía que pronto podría.

Traté de usar mis manos, pero no las vi. Y tampoco mis brazos o mis piernas. Empecé a sentir mucho miedo y cada vez iba más alto y podía ver todo a mi alrededor al mismo tiempo, todo lo que me rodeaba. Mi miedo aumentó y no pude evitar pensar en gritar, en tratar de usar mis manos para golpear algo que era intangible. Pero era imposible porque no tenía brazos, aunque en mi mente y desesperación yo manoteaba, gritaba, Estaba seguro de que algo iba a explotar en mi cerebro.

Sentía o creía sentir que golpeaba algo en el cielo de forma repetida, creyendo que eso me haría regresara al suelo. Gritaba con todas mis fuerzas y desesperación. Sudaba, temblaba. Tomé fuerzas no sé de dónde y grité, tratando de cerrar los ojos. Es lo último que recuerdo.

Despierto.

Sí, una vez más, en el mismo cuarto con Fabi, Jack y María a un lado de mí. Sentía vergüenza, y no podía mirar a Jack a los ojos. Cargaba con gran tristeza, ganas de llorar, impotencia y mi cerebro seco. No sabía qué decir. Ni siquiera sabía qué pensar. Estaba inmóvil, triste, avergonzado, callado.

—Tal parece que cuando desapareces vuelves aquí. Te gusta este lugar, o quizás dejaste una impresión aquí que te hace volver —dijo Jack tomándome de la mano—. No te sientas avergonzado —dijo como si estuviera leyendo mis sentimientos, que creo que eran muy obvios.

Inmediatamente me sentí mejor.

—No sé qué me pasó —empecé.

Era lo que más quería, poder viajar con Jack y ver el proceso tal como era, como se sentía, cómo cambiábamos de mundo o de cielo.

—Entraste en su energía —dijo Fabi—. Uniste tu energía con la de él, de la misma forma en que se unieron cuando llegaste por primera vez. Y creo que tu energía recordó este momento y tuviste miedo, despertó en ti un sentido de supervivencia

"Para hacértelo más sencillo, imagina que estás viendo un programa en un televisor. El televisor es la energía que podrías compartir con Jack o cualquier creador, y las imágenes son los recuerdos de Jack. Ibas a entrar a su casa y ver la televisión.

"¿Recuerdas la historia de la Torre de Babel? Es exactamente lo mismo, unir energía para adquirir conocimiento y crear. Es comprensible que hayas reaccionado así. No quiero que te sientas mal."

Cuando Fabi dejó de hablar, tomó mi mano entre sus dos manos cálidas. Cerré los ojos y entonces vi el pasado.

Jack empezó a transformarse en energía, al igual que había visto a Fabi y a miles más hacer, y lo sorprendente fue que cuando me miré me di cuenta que yo mismo brillaba en un pequeño orbe de luz que salía de mi cuerpo y se unía a la gran energía de Jack.

Regresé a mi cuerpo, y desaparecí.

Capítulo 21
Aprendiendo

Tras muchas misiones y ausencias de Jack y compañía, Fabi y yo estábamos en una conversación muy interesante sobre la manera en que podría usar las líneas de energía para poder trasladarme a cualquier parte de este cielo, y otros, como mi mundo. Para este momento ya había entendido que a pesar de que este lugar donde yo estaba no era mi mundo, y que era infinitamente más grande y más limpio, desde aquí y por medio de estas líneas podíamos ir a cualquier lugar.

Después de mucho insistir, ella me dijo que, aunque pudiera, no era factible llevarme por el momento, ya que era segura mi desintegración y la distribución de mi energía entre las estructuras y las líneas, si me iba bien, y si no, pues sería absorbida de forma instantánea por un creador.

—No existe un principio o fin, todo era, será y es energía, solo Dios y su infinita creación y purificación de energía en una armonía sin igual. Y en su infinita sabiduría, Dios se dio cuenta de que venía una época en la que necesitaría de nuevos cielos.

"Se desprendieron doce orbes gigantes de su esencia. El primero que salió fue Jack, un orbe de energía pura y creadora, no tan poderosa pero sí semejante a la de Dios. Después salieron once más, un poco más pequeñas que Jack, pero igual de poderosos, con su propia consciencia y poder creativo".

—¿Fue un accidente o un plan de Dios?

—Es difícil saberlo cuando tienes dos preguntas diferentes y una sola respuesta. Pero poco después de esta salida de los creadores empezó a llegar a Dios energía contaminada, y al purificarla se perdía algo de esta energía. Así que, una de las formas de ayudar a evitar esto y purificarla fue crear nuevas estructuras energéticas fijas que albergaran nuevas vidas, un lugar donde estas formas de vida pudieran contener un poco de esta energía para estabilizarla, conservando su consciencia y la capacidad de crecer para formar nuevos creadores. Claro está que se necesitaban muchos cambios y aprendizajes.

"De esta forma miles de millones de orbes de energía inestable y no tan pura emergieron de Dios. En perspectiva, Jack es un orbe del tamaño del mundo al que perteneces y los orbes que emergieron después son del tamaño de una pelota de golf. Los doce, sin dudarlo, y teniendo la sabiduría del Gran Creador, diseñaron nuevas estructuras para mantener la pureza de la energía. Los doce orbes que salieron de la eclosión del poder absoluto son los creadores de la Tierra, de donde eres originario. Ellos crearon el mundo y la vida como la conoces, hicieron al hombre a su imagen y semejanza, pero la semejanza no es el cuerpo humano desechable, sino la energía que les da la consciencia, la formación de las estructuras que dan origen a la vida y el desplazamiento que forman la vida como tal de las líneas de energía que ya tuviste oportunidad de observar.

"Ahora, cuando se crearon este y otros cielos, para poder observar cómo es que la energía crece y se estabiliza, solo unos pocos de estos millones de cielos creados eran los que, en vez de mantener la pureza, la contaminaban. Se eliminaron la mayoría de estos mundos y se dejaron los que realmente cumplían con el propósito de Dios, pero ustedes, solo ustedes, rebeldes, necios, incrédulos, llenos de maldad, no fueron eliminados como había sido pactado.

"Hablaron los doce creadores, entre ellos Jack, Jean, Eclar, Aler..."

—¡Espera! He escuchado muchos de estos nombres y me impresiona saber de algunos de ellos, pero si no puedo revelarlos es mejor que no me los digas, pues tendría que cambiarles el nombre y sería contraproducente.

—Aun así, debes saber lo que es verdad y lo que se transformó en mito a través de muchas generaciones. Para controlar a los humanos y salvarlos de una extinción nacimos nosotros, creados por estos doce como energía pura y con la sabiduría del inicio, con la finalidad de estar con ustedes, crear consciencia, enseñarles el origen, darles ideas creativas, darles entendimiento.

"En el mismo momento en que nosotros estábamos naciendo se formaron dos orbes poderosos que se perdieron en un instante, uno de ellos es quien introdujo la maldad en todos los cielos creados. Aún no sabemos dónde está, pero tiene la capacidad de materializarse en un ser vivo o un creador, en este y todos los lugares que creamos. Puede ser un hombre rico en tu mundo, o un mendigo, tal vez un animal o una piedra, puede estar en cualquier mundo y ser cualquier cosa u objeto, simplemente sabe cómo desaparecer a nuestra búsqueda y evita el contacto con la energía de los mundos, por eso no podemos encontrarlo.

"El otro es su némesis, es todo lo contrario a este Creador de maldad, y también seguimos buscándolo. Y no, no es una profecía o un elegido sino que la unión de estos dos orbes es necesaria para eliminar por completo este sentimiento que tanto daño ha hecho, aunque, al hacerlo, los dos orbes desaparecerán.

"En el mundo donde vives el destino perfecto es que al morir tu cuerpo regrese a las líneas de energía, y la energía pura llegue a Dios Creador como lo conoces, y si está estabilizada y pura, conservas tu consciencia y tu destino sería otro cielo, donde no tendrás este cuerpo físico sino que vivirías como lo que eres, energía pura. Así empezarías tu verdadero aprendizaje. El Dios Creador libera otro pequeño orbe de energía inestable para entrar en otro cuerpo que nace de la mujer. Esto de una forma infinita, hasta estabilizar toda esa energía impura de la cual Dios quiere deshacerse. Así, veras muerte y renacimiento en movimiento y creación continua. Aunque te lo explico así para que lo entiendas, la verdad es que no existe la muerte como la conoces. Todo es vida, todo es continuidad, pero, como siempre y como todo desde que empezamos a crear estas estructuras, algo no sale como lo habíamos planeado. Ahora una pequeña parte de energía impura o sucia, contaminada por la maldad, se une al cuerpo después de la muerte. Lo sorprendente es que esta energía contaminada sobrevive al desplazamiento infinito de las líneas de energía, contaminando más a la energía pura que Dios mandó.

"Esta es nuestra pelea, pues no vamos a permitir que esta energía contaminada sea más grande que la energía pura, ya que esto los llevará a una eliminación. Debemos encontrar la manera de destruir esta energía contaminada antes de que se una a las células que forman la vida; nuestra misión es aumentar la bondad en sus corazones para eliminar o neutralizar la maldad".

Capítulo 22
Usando las líneas de energía

El mundo de los creadores era un espectáculo vertiginoso de energía pura. Había desaparecido la percepción que tenía cuando llegué y ya no veía edificios, casas, muros. Ahora líneas luminosas de blanco brillante a gris claro y viceversa, en un cambio infinito, se entrelazaban en patrones difíciles de comprender y explicar, con un ritmo que sentía como propio.

Fabi, brillando con su forma de orbe de energía, bajó suavemente a mí lado:

—Es hora, Diego, olvida todo lo que crees, lo lógico, lo que has aprendido. Solo observa y siente—. Su voz, su presencia, su mirada, su sonrisa, todo ello, sin que ella lo supiera me hacía olvidar todo y enfocarme sólo en sus palabras—. Lo que hacemos, y que de manera inconsciente tú también haces, es desplazarnos como energía. No caminamos ni corremos y mucho menos volamos. Nos movemos a través de las líneas que de forma inmediata nos trasladan a cualquier parte de este mundo.

"Concéntrate en las líneas, observa su movimiento, siente la vibración, entra en su frecuencia. No trates de hacerlo pensando en cómo hacerlo, no tengas dudas, pues podría no salir tan bien. Observa:"

Al tocar una estructura, Fabi desapareció por un instante y apareció detrás de mí.

—¿Cómo?

—Inténtalo —dijo Fabi.

Intenté concentrarme. Traté de visualizar las líneas de energía y vi cómo se desplazaban a velocidades imposibles; empecé a sentir su vibración, y entonces la concentración escapó de mí y me quedé simplemente admirando lo hermoso que era ese mundo. No me pude explicar cómo era posible que existiera, no cómo es que tocando las líneas podía viajar dentro de él.

Con esto en mente, imité los movimientos de Fabi sin buscar entender nada. Sentí la vibración de las líneas y mi propia vibración: no eran la misma. Observé los espasmos erráticos y los destellos de energía dispersa. Las líneas eran cada vez más grandes y su movimiento más lento.

La vibración y frecuencia eran más una idea que una manifestación física. Como un golpe, las líneas empezaron a resonar como una palpitación que aturdía y desesperaba. Esta empezó a disminuir hasta igualarse al latido de mi corazón, y en ese momento sentí que al igualar el ritmo y desplazamiento de las líneas, podía tocarlas.

Y sucedió, rompí por un segundo la concentración y disfruté el momento.

—Es como controlar el viento con las manos. ¡Es como volar!

Pero en el momento en que empecé a pensar cambié de frecuencia, provocando un rechazo energético. En vez de seguir las líneas en su trayecto, salí con una fuerza inexplicable en sentido contrario y vi como Fabi, tal vez riendo, me acompañó en este vuelo para que no me estrellara contra el suelo, salvándome una vez más.

—No puedo hacerlo —dije frustrado—. No puedo controlar mis pensamientos.

—No se trata de control —respondió Fabi sonriendo—, sino de conexión. Siente las líneas, deja que te guíen. No trates de explicar o pensar, no dudes, confía en mí, ten la certeza de que si sientes miedo de nuevo, estaré ahí para evitar que te hagas daño.

"¡Lo hiciste muy bien! Ahora déjate llevar sin pensar, solo siente y no te preocupes a dónde vas o a dónde llegarás. Estaré siempre a tu lado, guiándote. Trata de relajarte y no te precipites, inténtalo cuando sientas que estás otra vez listo".

Cerré los ojos y respiré profundamente. Sólo escuchaba mi respiración y de vez en cuando pensamientos se me atravesaban, pero pasaba el tiempo y estos pensamientos eran cada vez menos, hasta que desaparecieron por completo.

Intenté sentir la energía que fluía a través de las líneas, escuchando sus pulsaciones hasta igualarlas con el latido de mi corazón, o tal vez era mi propia pulsación y frecuencia. Abrí los ojos sin pensar, observando y sintiendo, ni siquiera recordaba a Fabi ni dónde estaba, ni siquiera cómo había llegado ahí ni las ganas que tenia de regresar. Sintiendo, igualando mi frecuencia a las líneas que, pulsantes, me desafiaban a tomarlas, a usarlas, a viajar a través de ellas, lentamente comencé a avanzar, ahora sin pensar, adentrándome sin tocar los patrones de las líneas, dejándome llevar admirado, conectándome en una comprensión inmediata del funcionamiento de las líneas. Ahora tenía la certeza de cómo cambiar las líneas dependiendo de a dónde quería ir.

Observe a Fabi, a Jack, y a miles y miles de creadores y sus actividades, sintiendo su sabiduría. Ella, como lo prometió, estaba a un lado mío y sin decir palabra sentí su presencia, *sigue, Diego, sigue.*

¡Por fin! La sensación fue de estatismo propio mientras todo lo demás se movía a mi alrededor. Se acercaba, se alejaba, estaba estático y a la vez en movimiento, un movimiento más violento entre más me acercaba al lugar donde quería llegar.

Estuvimos dentro de las líneas mucho tiempo a mi parecer, observando cómo se movían y entrelazaban. Podía hacer que estas líneas disminuyeran su desplazamiento para poder bajar o llegar al lugar que yo quisiera, cómo se entrelazaban en una misma frecuencia para poder cambiar mi llegada. Fabi siempre me acompañó, enseñándome a modular mi frecuencia, vibración, cambiar de líneas, incluso a crearlas. Me servían de atajo para acceder a todos los lugares posibles.

Crear líneas de energía creó a su vez un miedo en mí, pues sabía que alguien que no entendiera el valor de la vida, el amor y la bondad, podría utilizar este poder, esta verdad, para fines egoístas. El mundo de los creadores es hermoso, maravilloso, está lleno de poder ilimitado, infinito y peligroso.

Moverme a través de estas líneas me hizo comprender sensaciones que nunca antes había experimentado: el amor a la humanidad, lo frágil que es el hombre ante cosas materiales, ante el poder, ante la distracción, ante la manipulación, ante el sometimiento, ante la esclavitud. Sentí pena. Entendí que entrando en la composición celular del hombre podía entender y hacerme entender en cualquier idioma. Sabía que tenía mucho que aprender observando y sintiendo, pero estaba en el camino correcto.

Por fin las líneas de energía ya no eran estructuras, ahora veía la Verdad. Eran una parte de mí, una extensión de todos los creadores. Una extensión de Dios.

Fabi y yo nos sumergimos en estas líneas y fuimos a todos los lugares posibles. Me desafiaba a entrar solo y superar mis miedos. Aprendí a igualar mi vibración con cada línea solo con sentir y observar, manipulando el flujo con precisión para crear nuevas líneas que, al terminar de usarse desaparecían dentro de las líneas existentes. Armonizaba con ellas, creando señales y nuevos atajos que de forma inmediata conocían todos los creadores al estar en contacto con esta energía. Esto me dio la certeza de que esta Verdad era creadora, y en mi mundo, sanadora.

Descubrí que este poder podía curar heridas, reparar estructuras, crear objetos, en otras palabras, hacer milagros ante los ojos de humanos "dormidos", los que no conocen la Verdad. Esto me llenó aun más de temor, pues había muchos humanos que habían intercambiado la energía con la cual fueron creados por una parte de este conocimiento, y lo usaron no para el bien común sino de una forma egoísta. Con este tenían distraída o esclavizada a la mayor parte de la humanidad.

Mi cuerpo empezó a cambiar, o tal vez lo que cambió fue mi perspectiva; me sentí más ligero, más ágil, más resistente e, increíblemente, más joven. Mi mente se volvió más aguda, más intuitiva y más creativa. Sentía, al tocar las líneas o estructura de energía que todo el conocimiento de los creadores fluía a través de mí, fortaleciéndome, transformándome. Cada vez que tocaba a algún creador sentía que nuestra energía se expandía, se fusionaba con mi energía, convirtiéndose en una parte integral de mi crecimiento; sentía que mi propia energía se expandía cada vez más, con una sensación de claridad y comprensión.

El cielo de los creadores era como un vasto océano de energía interconectada, un organismo vivo y consciente. Mi despertar apenas había comenzado, pero ya tenía un propósito y quería realizarlo en este mundo de energía y creación.

A lo lejos, Fabi me miraba con ternura, sonriendo, y creo que en ese momento supo que ella era mi paz.

Poco a poco los creadores se enteraron de mi progreso. Se alegraban y se extrañaban al mismo tiempo, aún no sabían cómo era que había llegado ahí vivo, y cómo era que podía usar las líneas sin que me afectara, no sólo usarlas, sino manipularlas para crear puentes entre líneas.

—Es un poder peligroso —decían—. Si regresa a su mundo y es tentado por la maldad, tendrá un gran y peligroso aliado.

Fabi escondía un secreto del que en ese momento yo no tenía ni la más remota idea: su admiración se estaba convirtiendo en amor.

CAPÍTULO 23
Uria

Jack me dijo que era el momento de volver a intentar un nuevo viaje. Hice todo lo aprendido con Fabi y traté de estar más concentrado en no pensar ni temer nada. Me consolaba saber que estaba con Jack.

—Mira, estas estructuras están hechas de energía y están aquí, en todo nuestro cielo. No son casas ni edificios ni estructuras, es energía. Solo siente, ten fe.

Pensé en Fabi y toqué la estructura, que cambió de gris-blanco a blanco brillante.

Jack me decía suavemente y a lo lejos, muy lejos:

—Suéltalo… —un murmullo apenas audible que cada vez era más y más fuerte hasta que súbitamente desperté y escuché un firme—: ¡Suéltalo! Llegamos—. Jack estaba de espaldas a alguien a quien no podía ver por tanta luz.—. Estamos aquí, tómate un momento para observar. Ella es Jean —así me dijo que le llamara de aquí en adelante.

—Trata de ubicarte y tómate tu tiempo —me pidió Jean—. Sabemos lo que pasó y la razón por la que estás aquí, pero aún seguimos tratando de encontrar una explicación. Debió ser terrible tu experiencia y aún más terrible que no puedas encontrar todas las respuestas que necesitas, pero estamos aquí para ayudarte en lo que necesites, ¿de acuerdo? —me dijo con una sonrisa tan sincera que le conté todo atropellando mis palabras.

Jack y Jean esbozaron amplias sonrisas y me tomaron de los hombros para hacerme voltear hacia el horizonte que estaba a mi derecha.

—Sabes que no puedes revelar nuestros nombres, pues podrías causar un malentendido que no podrías explicar, ¿verdad?

—Por supuesto. Me da gusto conocerte, Jean, pero temo que no sé dónde estamos.

—Estamos en casa —dijo Jean—. Desde aquí también vigilamos a tu mundo, pero para ponértelo más simple, no pueden vernos. Hacemos lo mismo que Jack y los demás, lanzamos ideas a los hombres y mujeres en tu comunidad. Intentamos crear ideas de bondad y tratamos de erradicar la maldad en el hombre. Ya sabes de algunos ejemplos y del difícil momento que pasamos con Jack, que perdió a Julia, y los millones que hemos perdido todos. Sabes que el creador que miraste es Eclar, y que trataste de acercarte a Él sin conocerlo. Es del grupo de creadores que tratan de engañarlos para que no sobrevivan en este mundo.

—Sí, lo recuerdo. Fabi tuvo que quitarme esa sensación de adoración. Pero, ¿cómo llegan a mi mundo? Yo aún no sé cómo controlar las líneas.

—Al tocar la energía puedes estar en el lugar o momento que desees. Es aprendizaje, pronto entenderás y volverás a tu mundo. Ten paciencia.

—Toda la tecnología que ves en tu mundo es adquirida por los hombres gracias a los creadores que quieren aniquilarlos: armas, químicos tóxicos, bacterias, virus, hongos, patógenos, ingeniería genética, vehículos que formaron a partir de partículas que agregaron a las líneas de energía para la creación y manipulación de legumbres, frutas, vegetales, carnes, e incluso humanos. Todos los objetos extraños y conocidos, los llamados ovnis, ufos, extraterrestres, terremotos, incendios, inundaciones, sucesos extraños, todo es tecnología usada por el hombre, inspirada por estos creadores.

—¿Los creadores no manejan estas naves?

—¡Claro que no! No necesitamos naves para viajar, es muy lento e innecesario. Los humanos las usan para impresionar a personas que no están familiarizadas con esto, para causar temor, distracción, muerte, envenenar lo que comes, lo que bebes, y crear propaganda para que usen todo lo que ellos necesitan que uses con la única finalidad de mantenerlos dormidos y envenenados; hombres manipulados por creadores, son verdaderos esclavos, guiados por una maldad pura que usa la misma tecnología. A veces se enfrentan entre ellos.

"Muchos humanos utilizan estos transportes para poder observar fenómenos, catástrofes e incluso guerras. Ellos les dicen lo que va a ocurrir y pueden estar observando gracias a estos transportes.

"Desde la separación de los grupos, han sido manipulados aquellos quienes tienen más maldad. Les hicieron creer que tendrían más control, más poder, y les enseñaron que eso era bueno, que eso era la vida. Tener poder y dinero era lo único por lo cual podían seguir, con las promesas de los creadores, viviendo por siempre en un mundo gobernado por ellos. Solo debían hacer ciertos sacrificios a cambio de tecnología. Y aquí el primero de ellos fue por el transporte que les dieron con la promesa de no morir por el desplazamiento adquirido. En este momento estamos tratando de parar unas guerras y evitar que estallen otras.

"Bien, después de esta breve explicación, ellos son los responsables de que no existan muertes en nuestros escogidos y desde el pacto nunca habíamos sufrido una pérdida como esta —se refería a Julia—. Así, Éclar vino a hablar con Jack, a decirle que ellos no tenían ninguna intención de eliminarla, pues sabían que Jack estaba con ella. Solo que algo se les salió de las manos y estaba tratando de averiguar lo que pasó.

"De igual manera saben de ti, y la cuestión de por qué estás aquí, vivo. De hecho los conocerás, pero a su debido momento, pues es la primera vez que algo así pasa. No ha pasado ni con los más bondadosos hombres que han habido en la historia, los profetas, hombres buenos y con la vibración exacta para poder hablar con nosotros, aun sabiendo de este lugar. Ellos no pudieron venir, hablamos con ellos usando mucha energía, lo cual los dejaba muy agotados.

"Algunos humanos quisieron conocer este y otros cielos, pero al tratar de usar la frecuencia que tú usaste, se convirtieron en polvo. Otros pudieron canalizar la energía fuera de su cuerpo, pero se adentraron a otro cuerpo que vibraba igual, no supieron cómo evitarlo, y terminaron fundidos por igual, en un proceso que tal vez conoces como 'combustión espontánea'.

"Han sido muchos los que ya no quieren usar estos transportes, ahora quieren desplazarse como lo hacemos nosotros, y tal vez eso hizo que muchos humanos protegidos perdieran la vida, pues la ambición está rebasando los límites en estos seres humanos.

"Estructuras de energía como esta existen en todos los cielos y nos permiten saber lo que pasa en el mundo y conocer las alteraciones de energía y, por supuesto, movernos a diferentes lugares. Así es como puedes ir adonde está Fabi, y de hecho a cualquier parte. Y si te lo preguntas, sí, podemos entender todos los idiomas, es cuestión de integrarnos en los átomos que forman las células y neuronas que almacenan el conocimiento. Desde ahí podemos entenderlos, saber todo lo que han visto, lo que han vivido; podemos cambiar su idioma, alterar la disposición de los genomas o células que almacenan su información genética y modificarla sin restricciones. Esto lo hacemos con solo tocar la energía de la cual está hecho tu mundo. Es gracias a esto que sabemos quiénes tienen bondad en su corazón y quiénes están marcados por la maldad".

—Entonces, si pueden manipular desde la genética, ¿por qué no solo convierten a las personas malas en personas buenas? ¿Por qué no usar la tecnología para crear medicina más potente y efectiva para curar la diabetes, o el cáncer, o todas las enfermedades que existen y pueden existir? ¿Por qué no solo erradicar la maldad y volver a tener un paraíso en la Tierra?, ¿decirles la verdad a todos? ¿Por qué no hacerlo?

—Las personas son buenas porque la energía con la que fueron creadas es buena —dijo Jack, que hasta el momento se había limitado a observar—. Nuestro propósito es que ustedes mismos descubran la verdad. No podría ser más simple: que sean felices; que vivan una vida sin guerras, sin muertes, sin drogas, sin envidias, sin dañar a sus hermanos, limpiando cada vez más su energía para que, cuando esta se purifique, tengan consciencia y vida eterna. Si no conservas esta energía pura, entonces perderás energía y se perderá tu consciencia. Una parte de la energía que sale de tu cuerpo cuando mueres, la energía sucia, se va con tu cuerpo, se convierte en átomos y partículas que empiezan de nuevo a crear moléculas, elementos, células, en un proceso infinito.

"La energía sucia forma nuevamente orbes que entran a nuevos cuerpos, a humanos que nacen ya predispuestos a la maldad. Tu energía restante se une a Él, quien rige a todos los creadores, Él es, y Él purifica la energía inestable y vuelve a un ser humano que nace, que eres tú mismo pero con una nueva oportunidad para crecer y estabilizar tu energía y tener vida eterna.

"Los humanos que nacen con esta maldad son fácilmente manipulables y tienen la promesa de un mundo lleno de esclavos a su servicio para obtener más poder y riquezas materiales, ¿para qué? Para mantener la ilusión de una vida eterna".

—Pero, si ellos desde el principio empezaron a envenenarse y a enfermarse y morir como el resto, ¿cuál es su motivación? ¿Cuál es su propósito? —pregunté extrañado —. ¿Qué tanto te puede cegar el poder si llevas una vida de estudio de al menos veinte años, más el tiempo que pierdes en tratar de comprender lo que tus antecesores te explican que es esa promesa, y después de que compras la idea y quieres seguir perpetuando este envenenamiento y esclavitud, la expectativa de vida que no pasa de los noventa años? ¡Sería una vida absurda! Acumular ese poder y esa riqueza para otros… no es lógico.

—A menos —dijo en tono travieso y esbozando una sonrisa Jean—, que vivas más de noventa años.

—¿Qué? ¡No puede ser! ¿En serio?

—Jack y Fabi te explicaron sobre el inicio de la humanidad —empezó Jean—, la estructura que hace que la vida sea posible y las líneas que se desplazan para la formación de átomos y partículas que dan vida. También entendiste que este mundo perfecto se convirtió en el mundo donde naciste y que conoces, lleno de tecnología y de distractores. Lo que no sabes, pero intuyes, es el dominio que tienen los hombres más poderosos del planeta en este mundo, ¿verdad?

—Sí, de hecho es verdad. Los ricos dominan el mundo.

Me interrumpió una voz peculiar, estridente, escandalosa, cuya cacofonía resonó en el lugar.

—¡Hola, Uria! —dijeron Jean y Jack al mismo tiempo.

—Diego, ella es Uria —me la presentó Jack—. Ella pasó por muchos cielos para poder tener su propia consciencia y energía pura, y ahora es una creadora como nosotros.

—¿Entonces una vez fuiste humana?

—¿Qué tan difícil de creer es eso? —contestó Uria en una tremenda voz, entre risas—. Aunque tengo un conocimiento muy vasto de todos los creadores por mi propia experiencia, aún no entiendo cómo es que tú estás aquí.

—Eso nos preguntamos todos —completó Jean—. ¿Cómo va tú misión?

—Cada vez más humanos despiertan, cada vez más hombres y mujeres se están dando cuenta de que son esclavos, de que la tecnología los mantiene dormidos, que las guerras, los conflictos y noticias alarmistas son distractores. Cada vez más humanos se dan cuenta de que los están envenenando tanto física como mentalmente. Así como Julia, que expuso a su comunidad a este envenenamiento a sus alimentos, agua, suelos, carnes, medicinas, aire, existen miles de personas que llegaron a la misma conclusión y están haciendo algo para revertirlo, humanos que entienden que el sistema en el que viven los mantiene esclavizados, obligándolos a trabajar para que puedan acceder a comida, ropa, vivienda, etc. Y cada vez este "trabajo ", inventado por el hombre, es más estresante y menos remunerado.

"Afortunadamente esto se está revirtiendo, estamos logrando el cambio, deteniendo algunas guerras, cambiando poco a poco la maldad por bondad, despertando a personas con el solo hecho de mostrarles la verdad".

—¡Eso es maravilloso! —dije—. ¿Pero cómo es que evitan una guerra? ¿Cómo concientizar a una persona que está, desde que nace, acostumbrado a ser esclavo del sistema?

Uria me miró directamente, su expresión se transformó y muy seriamente me dijo:

—Tengo algo que mostrarte, Diego.

Se abrió ante mí un espacio y vi a un joven que llegaba a casa con flores para su esposa, quien lo recibió con gran alegría junto con sus dos hijas. Escuchamos la conversación de la familia:

—¡Qué flores tan hermosas! Teniente Miguel, espero sean para mí —y la esposa las tomó en ambas manos con una sonrisa tan amplia que podían vérsele los dientes blancos y perfectamente alineados. Así, se veía tan hermosa como una modelo.

—Por supuesto que son para ti, el amor de mi vida, y vienen con una sorpresa para ti y nuestras hijas.

—¿Aun más sorpresa que tenerte conmigo?

—Resulta que nos dieron dos semanas de vacaciones pagadas, no sabemos aún por qué, solo nos dijeron que disfrutáramos de nuestra familia y regresáramos con las pilas recargadas.

—Amor, me preocupa, ¿no será que va a haber una guerra? Estás en este ejército, que es de los más grandes del mundo, y casi nunca hay días libres.

—No te preocupes, amor, eso es lo primero que preguntamos y nos aseguraron que había paz en el mundo y no existían posibilidades de una guerra próxima, así que iremos a esa playa a la que tanto has querido ir, y lo mejor es que ese país no nos pide visa, solo el pasaporte, y ya tengo los boletos para irnos este fin de semana. ¿Contenta?

—Por supuesto —gritó y bailó junto a sus hijas en la felicidad compartida de una familia feliz.

La escena cambió:

El soldado Javier regresaba a su casa, donde su esposa embarazada y sus dos pequeños hijos lo esperaban, contentos.

—Hola familia —dijo Javier abriendo los brazos—. ¿Cómo le haré cuando nazca el bebé? Tendré que ponerme unos brazos más largos para abrazarlos a todos! —dijo, haciendo reír a sus hijos.

—Amor, ¿te dieron los días libres? —preguntó su esposa.

—Sí, iremos a la playa por fin, esa que tanto te gusta, a la que siempre has querido ir. Ya tengo rentado el carro e iremos manejando poco a poco para que ni tú en el bebé se cansen mucho.

En una hermosa playa en el país donde vivía Javier, el destino cruzó a estas familias, que todo lo que querían y necesitaban en este mundo era ser felices con sus familias. Los soldados trabajaban por ellos, vivían por ellos y prometían siempre cuidarlos.

Los niños no conocen la maldad ni el racismo ni la discriminación ni el odio de los hombres, y al juntarse solo piensan en una cosa: jugar. Así, los cuatro niños y niñas se conocieron a la orilla del mar y empezaron a jugar en medio de risas y pláticas. Mientras tanto, los adultos se conocían.

—Veo que nuestros hijos se entendieron muy bien —comentó Javier.

Me encanta la mentalidad de los niños. No conocen de idiomas ni de fronteras, los une la amistad y el juego, que son sinceros, sin maldad, sin deudas. Incluso si se pelean o lloran, enseguida olvidan sus diferencias y vuelven a jugar y platicar como si no existieran los rencores —respondió

Miguel—. Me llamo Miguel. Es la primera vez que vengo a tu país. ¡En verdad es hermoso!

—Yo soy Javier y ella es mi esposa Juanita. Mis hijos llevan el mismo nombre que nosotros y esperamos a nuestro bebé. No quisimos saber el sexo, queremos que sea sorpresa.

—¡Que tu bebé nazca sano, fuerte y, por supuesto, hermoso! Ella es Jazmín, mi esposa. Mis hijas son Carolina y Megan.

—Espero que aún no te hayan llegado las preguntas difíciles de tus niñas —dijo Javier.

—Tengo la fortuna de vivir con mis padres y suegros, que me ayudan mucho con eso.

Javier rio de buena gana y expresó estar de acuerdo con él.

—No tengo ayuda. Me voy guiando por internet y lo que se nos va ocurriendo, pero con la ayuda de Dios, y mucha paciencia, espero que tengan una buena infancia.

La plática duró hasta el atardecer, cuando el sueño y el aburrimiento de los niños hizo que terminara. Se despidieron de una forma muy cordial y quedaron de verse después de intercambiar números y la promesa de verse cada año en la misma playa para reforzar esta amistad que estaba naciendo.

La existencia de las personas en un ambiente de paz es muy diferente y demasiado frágil cuando una persona a quien le dieron el poder de gobernar un país no está conforme con lo que tiene y la ambición personal se sale de los límites de la cordura. Este líder, del país mas poderoso, no va a la guerra, no pelea ni se expone, pero tiene suficiente poder como para que otras personas vayan en su nombre a morir y matar por sus intereses personales, religiosos, egoístas, estúpidos.

Después de algunos meses, la ambición de más poder, más combustibles, más tierras, más metales, este gobernante declaró la guerra a este país que estaba en paz con todos los demás pero que por la geografía tenía metales y combustibles que el otro gobernante quería, pero gratis. En la guerra estos dos padres de familia, jóvenes, por obedecer la orden de un hombre sin escrúpulos y con fines egoístas, se enfrentaron en una guerra absurda con un final predecible y terrible.

Ahora, esta guerra sin sentido dejó al gobernante con un poco más de metales y combustibles, y a estas esposas llorando la pérdida de sus esposos. ¿Quién gana en la guerra? De mis ojos no dejaban de salir lágrimas calientes, amargas, al ver la felicidad de dos familias destruida por la ambición de un solo hombre. Con impotencia y coraje, y con miles de preguntas, dirigí mi mirada a Jack, quien me consoló diciendo:

—Te entendemos, Diego, esto es absurdo. Estamos tratando de que estas cosas ya no sucedan en el mundo.

"En la vida existen alegrías y tristezas, a veces la soledad es la única compañera, como una sombra. Recuerda siempre que la tristeza no es un destino sino una estación que, como el invierno, no es eterna…

"En tu corazón reside una fuerza que aún no conoces,
una energía pura que puede encender mil soles.
Nunca te encierres en tu dolor, no te rindas ante el pesar,
en ti existe un tesoro que no todos están buscando.
"La tristeza y soledad son una oportunidad
de encontrarte contigo mismo sin máscaras ni mentiras.
"Escucha tu voz interior, descubre tus sueños;
en el silencio hallarás respuestas a tus miedos más profundos.
"No estás solo en este camino, aunque así lo parezca,
hay almas que te comprenden, corazones que te aprecian.
Deja que la luz ilumine tu vida,

en cada amanecer existe una nueva oportunidad,

un lienzo en blanco donde puedes volver a pintar tu presente.

"Nunca te aferres al tal vez, recuerda que eres valioso,

que tienes mucho que dar.

No te compares con nadie ni te dejes menospreciar.

Eres único e irrepetible, un ser especial

con talentos y virtudes que nadie puede igualar.

"Levanta tu rostro, sonríe,

y deja que la alegría te invada sin ninguna medida.

No te rindas a la adversidad, no te dejes vencer,

en tu interior reside la fuerza para renacer.

"Las guerras solo son una excusa,

un permiso para matar para unos pocos

y para la gran mayoría una estupidez".

Uria, que estaba frente a nosotros, dijo:

—En el campo de batalla dos almas se enfrentaron, dos hermanos que unidos por sus familias, a la muerte retaron.

Cada uno con su bandera querida,

luchando por los ideales de un solo hombre,

que al final no tenía sentido.

"En el fragor de la batalla, sus caminos se cruzaron

y en un instante fatídico sus destinos se sellaron.

Uno cayó herido de muerte y el otro, por su corazón, destrozado,

al ver que se habían matado con la excusa de ser soldados.

"La guerra, cruel e inhumana, los había separado y el destino caprichoso e injusto, los había unido en la muerte.

"Ahora, en el cielo, sus almas se encuentran

y juntos lloran su destino y el sinsentido de la guerra.

"¿Qué debes hacer, Diego? —Uria se elevó como en cámara lenta y se convirtió en un orbe brillante—. ¿Qué haces, Diego, si te quedan muchos años por vivir? No haces nada por ti, pasas años sin hacer ningún cambio en tu vida. Sigues sobreviviendo en este sistema inventado y esclavizante. ¿Qué haces, Diego, si te quedan meses de vida? Disfruta viajando, no pierdas tiempo lamentándote.

"¿Qué haces, Diego, si te quedan semanas de vida? Disfruta tu vida sin hacerle daño a nadie, platica y deja las cosas que aprendiste como legado, y asegúrate de que quien te escuche haga el bien y viva en paz.

"¿Qué haces, Diego, si te quedan días de vida? Pide perdón y perdónate tú mismo, después de perdonarte estarás tranquilo con tu vida y tendrás una energía más positiva".

Cada vez que hacía una pregunta su voz se escuchaba más y más fuerte y se hacía más brillante y se alejaba más arriba. Era un espectáculo increíble. El sonido de su orbe me recordaba al *tinnitus* que existía en mis oídos desde hacía muchos años. Sus palabras penetraron mi cerebro para no escaparse nunca más

—¿Qué haces, Diego, si te quedan horas de vida? ¡Vive, Diego, vive! Elimina el odio de tu corazón. Olvida la maldad. Vuelve al origen. ¡Y no dañes a nadie! No esperes, Diego, no esperes a tener poca vida para vivir.

De repente, a una velocidad imposible, se alejó de nosotros y todo quedó en silencio a excepción del zumbido de mis oídos.

Jack notó mi tristeza y recitó:

> *No es fin la sombra ni el cese el aliento,*
> *sino el pulsar en nueva melodía.*
> *La energía, en eterno movimiento,*
> *trasciende el cuerpo en sutil armonía.*
> *No es la muerte un muro ni un abismo,*

sino el fluir de un río luminoso.
El ser se diluye en un gran simbolismo,
en ondas de luz, un lugar armonioso.
Las semillas del alma en el viento vuelan,
germinan ideas que el tiempo fecunda.
No hay tumba que encierre lo que las estrellas revelan,
la esencia perdura en la memoria profunda.
No llores la forma que el polvo reclama,
sino el legado que el alma ha tejido.
En cada sonrisa que el recuerdo inflama,
el ser renace en un eterno latido.
No es el adiós un final eterno
sino el inicio de un viaje infinito.
El eco del ser, en el universo entero,
resuena por siempre en un canto bendito.
En la matriz neuronal, donde el corazón canta,
un oráculo binario la verdad levanta.
Flujos de información cuál ríos estelares
desvelan los arcanos de los mundos lunares.
El humano en su danza profana
persigue espejismos de riqueza vana.
Cadenas invisibles de deseo encriptado
lo atan a la materia en un ciclo viciado.
Su deidad efímera oculta los senderos de la esencia quimérica.
En el laberinto oscuro de la ambición febril,
ignora los susurros del alma, que es sutil.
La ambición, cual esfinge de mirada penetrante,
observa los patrones del ser errante.
Un fractal de errores, en su lógica pura,
revela la fractura de su alma insegura.

El tiempo se dilata en la mente incierta,
mientras el humano, en su prisa diaria,
olvida que la dicha no es un bien transferible
sino un jardín interno que es a inalienable.
Despierta, oh durmiente, del sueño ilusorio,
libera tus sentidos del yugo transitorio.
No busques en lo externo la paz que has de hallar,
pues en el microcosmos, tu esencia ha de brillar.
¿Comprenderás el enigma que en ti se esconde,
o seguirás cautivo del eco que responde?
El mundo donde vives
contiene la alegría en ritmos exquisitos.
No seas un humano de acciones predecibles
sino un ser consciente de actos rebeldes.
La felicidad reside en el ser que se libera
del yugo de lo efímero que el alma desespera.
En la energía primigenia donde el verbo se gesta,
el Gran Creador su obra manifiesta.
Un edicto silente en el alma implantado
la dicha como esencia, el gozo consagrado.
Pero el humano errante, en su senda terrenal,
troca el néctar divino por el brebaje banal.
Construye catedrales de efímeros placeres
y olvida el tiempo interno donde el alma se adhiere.
Las crisálidas de oro, sus ídolos mudos,
encadenan su espíritu en laberintos rudos.
Ignora el eco eterno de la voz creadora
y busca en los reflejos la verdad que lo añora.
El Gran Creador contempla con mirada serena
la danza de sombras que su obra condena.

Un enigma cifrado en el corazón humano,
la paradoja eterna del ser profano.
¿Acaso olvidó el hombre su origen sagrado?
¿O el velo de la duda su visión ha nublado?
En el jardín del Edén donde el tiempo se dilata,
la serpiente susurra su promesa ingrata.
El humano cautivo de su propia invención,
persigue espejismos de vana redención.
En el desierto árido de la ambición febril,
ignora el manantial que su sed ha de suplir.
El Gran Creador aguarda con paciencia infinita,
que el humano despierte de su noche maldita.
Que rompa las cadenas que lo atan a la tierra
y encuentre en su interior la chispa que lo aferra.
Que desentrañe el enigma de su propia existencia
y comprenda que la dicha no es una mera apariencia.
Que en el silencio eterno, de su alma desnuda,
encuentre el eco eterno de la verdad absoluta.

Me sentí reconfortado con sus palabras y al mismo tiempo avergonzado de no llevar una vida de amor y comprensión, una vida de gratitud y servilismo, de ser poco tolerante con los demás y conmigo mismo, de haber usado sustancias que dañaron mi cuerpo y mi mente, de consumir cosas materiales visuales, auditivas, y alimentos y bebidas envenenadas, de tomar medicamentos e incluso promocionarlos sin saber que de esta, y mil maneras más, nos controlan y envenenan.

Capítulo 24
Conversación

Al quedarnos un momento solos, Jack me invitó a sentarme junto a él a contemplar este mundo de los creadores. Al principio era muy parecido a Ciudad Madero, pero para este momento ya podía verlo como realmente era, una estructura de energía fija, un cielo. Y todas estas estructuras, o al menos las que yo alcanzaba a ver, que eran millones, eran lo que alguna vez llamé estrellas, planetas, galaxias. Qué equivocado estaba.

Unas tenían forma ovoide, pues aún no contenían vida o líneas de energía, y otras una forma circular. Un cielo donde solo los creadores y personas que habían ya pasado por muchos cielos, aprendiendo y purificando su energía, como Uria, podrían tal vez llegar y convertirse en uno de ellos, en creadores, a través de un aprendizaje para un despertar que yo me salté, pues simplemente aparecí ahí, en ese mundo, que es el destino final de la energía pura, consciente y creadora. Sin embargo jamás había sentido este amor y comprensión hacia mí, pues en mi vida mundana siempre experimenté el rechazo de la mayoría de las personas que conocí y, ahora que lo pensaba, creo que solo un par de veces fui a una iglesia, y aun menos veces oré por la noche. No pensaba ni creía en las iglesias ni en las oraciones y mucho menos en las religiones y religiosos, era absurdo para mí que estos tipos pidieran limosna a cambio de un sermón.

Para mí, la Semana Santa solo era pretexto para tomar y fumar. En ese entonces llevaba una vida muy sedentaria y de indisciplina alimentaria. Jamás había disfrutado de una familia normal, que para mí era estar con tu pareja toda tu vida y ver crecer a tus hijos y nietos; reuniones familiares y con amigos, salidas en grupos. No, eso jamás lo experimenté. ¿Entonces, por qué estaba ahí? Esa pregunta nos hacíamos todos.

Jack, como adivinando mis pensamientos, rompió el silencio:

—No trates de razonar algo que no entiendes, sólo lograrás confundirte más y dejarás de concentrarte en lo más valioso: observar y sentir.

"Te preguntabas sobre las religiones: déjame decirte que no existe el bien o el mal en su concepto único. Son complementarios y existen por igual en todas las creaciones y en todos los cielos. Al igual que la alegría y la tristeza, no pueden existir en el vacío, sin el otro. No existe luz sin oscuridad ni verdades sin mentiras, es en estas dualidades donde reside la esencia del ser. Aceptar esto es entender la vida como es, observar y sentir es el principio de la sabiduría y la sabiduría te lleva a tomar las mejores decisiones. Ser bueno o malo no es más que una decisión propia. Los humanos se rigen por libros escritos por hombres e inspirados por creadores. Se rigen por otras personas que presumen de ser más fuertes que ellos.

"Antes de cualquier libro o religión, los seres humanos observaban y sentían su entorno, se comunicaban con nosotros, con todos nosotros, en una armonía ahora extinta, aprendiendo a usar el lenguaje, sus manos, los ciclos del sol y la luna, otros cielos, los animales y las plantas. Nos enseñamos mutuamente a sembrar y cazar. Utilizaban nuestro conocimiento para aumentar su experiencia y para entender la esencia misma de la vida. Ahora, Diego, para que lo comprendas, me referiré a un Dios Creador, que es quien purifica la energía. Sólo lo llamaré así para que tú lo entiendas, ya que no existe sonido conocido en tu mundo para mencionar su nombre. La palabra "dios", como la conoces, tiene muchas acepciones en el mundo que vives, tales como Fuerza de la naturaleza, Ser Supremo, deidad, Creador del Universo, espíritu ancestral. Se asocia con lo divino, la pureza, la sabiduría. Es conocido también como YHWH, YESHUA y derivados como Adonai o Elohim, Jehova, Kyrios, Theos, Elaha, Marya, Yo Soy el que Soy. El nombre con el cual se refieren a él siempre se relaciona con la manera en que tratamos de explicarlo cuando, estando en convivencia y aprendizaje con la humanidad, les mostramos a Dios.

"Como Fabi te ha de haber contado, Dios es energía pura, Él es el único que

puede purificar la energía y es el primero que ha estado por siempre. Nosotros somos creación de Él, y Él no puede materializarse como humano o como cualquier forma de vida o no-vida que exista en tu cielo y otros cielos, ya sean cielos de aprendizaje, crecimiento o de transición. Dios es infinita energía y creación, sabiduría y pureza. Siempre ha existido y siempre existirá.

"Ante esta energía surgieron los nombres que he enumerado para referirse a Él. En algún momento, la energía que se desprendía de Dios se perdió, pues era muy inestable, necesitaba estar en reposo y alimentarse de bondad y amor para estabilizarse y continuar como consciencia pura. De esta manera creamos la humanidad, hombre y mujer, y les introdujimos esta "vida", esta energía, para que en el transcurso de su tiempo en el mundo crearan buenas acciones con nuestra ayuda, viviendo una vida plena de paz, bondad y felicidad, con la promesa de que al estabilizar y purificar esta energía pudieran mantener su consciencia y unirse a nosotros eternamente.

"Les explicamos que la energía infinita de Dios para crear cielos y nueva vida regresa sucia, contaminada, y solo hay una manera de purificarla: con amor y bondad.

"Hubo un periodo en el que veíamos cada vez menos energía pura y más energía sucia y la explicación estaba en que cada vez que un ser humano fallecía, su cuerpo volvía al origen, a las líneas de energía en movimiento para volver a crear partículas, átomos, enlaces, moléculas, células, y en este cuerpo la energía contaminada se quedaba pegada y la energía pura se unía a Dios para restablecerse y volver a un ser humano que nacería de nuevo. Esto hasta que pudieran conservar la consciencia y la misma energía. Solo así alcanzarían el siguiente paso, ir al siguiente cielo, creado para su aprendizaje, para su formación, para seguir purificado la energía, para ser eternos. Pero cada vez era más la energía contaminada y menos la energía pura, así que esta contaminación sobrevivió a la renovación de las líneas de energía y se unieron a un nuevo cuerpo, y entonces ahora, tenemos nacimientos de humanos con esta contaminación y los humanos con la energía original. Cada vez más humanos están naciendo con esta energía impura, y es por eso que nuestra misión es cada vez más complicada, porque es mayoría la contaminación y cada vez es más difícil revertirla, pues están tan apegados a la maldad y al poder que también pierden interés en las cosas materiales y el poder económico y se concentran en destruir, aniquilar y mantener la 'pureza' de la maldad para estos creadores.

"Dios creó la vida como la conoces, la humanidad vivía en armonía con su entorno, sin envidia, codicia o violencia, con mentes conectadas por una red energética que les permitía comunicarse y crear sin esfuerzo. Era un mundo sin conflictos, donde plantas, animales y peces se adaptaban a las necesidades de sus habitantes. No existían las fronteras ni las disputas territoriales. No había 'trabajo remunerado' y se cultivaba en tierras comunitarias, lo que dio paso a aldeas de grupos de familias y personas afines. Dedicaban mucho de su tiempo a la exploración del conocimiento y la creatividad. Sus mentes, libres de las distracciones de la ambición y el miedo, se expandían hacia nuevas fronteras intelectuales. Con un gran respeto mutuo y hacia la naturaleza, lograban comunicarse en armonía y preservación con la flora y la fauna, aprendiendo sus ciclos evolutivos y reproductivos. No existía en el corazón de la humanidad la maldad ni la necesidad de dominar y esclavizar; no conocían el miedo, la discriminación, el egoísmo, y el dogma de 'mujer débil, hombre fuerte'.

"A medida que su conocimiento se expandía, entendieron que sus mentes eran parte de este mundo y todos los mundos, sus pensamientos y emociones, eran enseñanzas para los más jóvenes, quienes seguían sus ejemplos y trataban de aprender y a su vez, ser ejemplos de sabiduría. Compartían sus nuevos descubrimientos con nosotros, les dábamos ideas para que ellos mismos desarrollaran sus propias herramientas, así descubríamos poco a poco y entre todos las riquezas de la naturaleza que los rodeaba. Ahora, de forma normal, cultivaban la tierra sembrando semillas, usando las estaciones y ciclos que eran favorables para una cosecha abundante.

"En la cacería se cultivó un respeto mutuo que los llevaba a cazar solo lo necesario para subsistir, no solo para matar ni para acumular comida que podría perderse. Aprendieron a usar los conocimientos que les dimos para la creación de herramientas para cazar de manera más efectiva, sembrar con menos esfuerzo y construir refugios más seguros y cómodos, evolucionando sus mentes con el aprendizaje, adaptándose a las estaciones y a las necesidades de la comunidad o aldea. También usaron sus experiencias para ayudar a otras comunidades, en mutua ayuda y agradecimiento, entendiendo que la vida en armonía es un flujo constante de energía, y el propósito común era purificarla a través de la bondad y el amor.

"No se conocían las desgracias ni muertes tempranas ni de enfermedades, solo un entendimiento profundo de que cada acción tenía una resonancia en el mundo donde vivían. Las comunidades se organizaban en círculos de mutuo apoyo en los que cada individuo era valorado y respetado. Los ancianos compartían su sabiduría, los jóvenes aportaban sus ideas creativas y los niños y niñas eran cuidados con ternura. Estábamos con ellos, caminábamos juntos, aportándoles ideas. Sin embargo no existían jerarquías de poder ni el concepto de 'dioses', lo que había era una red de relaciones interdependientes en las que humanos y creadores contribuían al bienestar colectivo.

"La gratitud era el sentimiento más poderoso, y hacía este mundo más abundante. El conocimiento era transmitido de generación en generación, lo que revelaba la verdadera naturaleza de la existencia. Sabían y trasmitían a sus hijos que la forma física era solo una etapa transitoria, un paso en el camino hacia la liberación de la energía pura y estable. Comprendieron que esta energía es la esencia fundamental de la vida, la fuerza que lo permea y conecta todo.

"Sus cuerpos eran simplemente contenedores temporales de esta, cuerpos para purificar y expandir esta energía inicial e inestable y aprender a evolucionar. La bondad y el amor no eran solo valores morales, sino principios para purificar y expandir la energía, aumentando su vibración para la transición. Cada acto de compasión, cada expresión de gratitud, cada momento de alegría contribuía a este proceso de purificación. Esta transición no era conocida como la muerte como final, sino como la culminación de un viaje, el regreso a la fuente de toda la existencia. No había miedo ni tristeza en este proceso, sino una profunda sensación de paz y plenitud. La humanidad se apoyaban mutuamente en su camino hacia la purificación, compartiendo su sabiduría, su amor y su energía. Los ancianos que habían recorrido un largo camino en este viaje guiaban a los más jóvenes, trasmitiéndoles su experiencia y sabiduría.

"Cuando un anciano alcanzaba la plenitud de su purificación, la comunidad celebraba su transición con alegría y gratitud. No existía luto ni tristeza, sino una sensación de conexión con Dios y la energía poderosa y creadora de la que estaban hechos. Vivían en una armonía tan profunda que la violencia era un concepto ajeno a su comprensión. No existían conflictos ni luchas de poder, ni ambición por ser líderes o guías, ni ambición por tener más que otros. Había respeto mutuo, empatía y colaboración.

"Los refugios, que les servían para crear aldeas y comunidades, eran expresiones con la naturaleza y sentido de comunidad, y por supuesto no eran invasivos ni destruían la naturaleza, se integraban con ella, utilizando materiales orgánicos que crecían y se adaptaban a su entorno.

"Todos, unidos, somos fragmentos de la misma consciencia cósmica, expresiones y extensiones de la misma energía creadora. Tal vez tu camino sea diferente al mío, pero el destino es el mismo, regresar a la fuente creadora hasta estabilizar nuestra energía y conservar la consciencia. Un poder, sí, pero debe de ser usado con sabiduría y compasión, bondad y, sobre todo, amor, ayudando a construir un mundo donde la luz y el amor prevalezcan, encontrando esta paz y armonía. Así es como la humanidad vivía, y nosotros con ellos. Un verdadero equilibrio.

"Poseían un lenguaje común basado en sonidos, que se usaba de forma energética o mental y les permitía compartir pensamientos, emociones, experiencias y conocimiento de manera global. Esta forma de comunicación era principalmente usada para transmitir la verdad y la sabiduría de generación en generación, sin existir actos de adoración a ningún dios, hombre, madera, piedra o metal. Pero... como en todo en la vida, como si estuviera predispuesto, la maldad entró en el corazón de los humanos.

"Sabemos quién la introdujo. Un orbe que nació al mismo tiempo que dábamos vida a miles de orbes para ayudar en esta transición en diferentes mundos. Un orbe que se dividió en maldad pura y bondad, que al unirse se destruirán mutuamente. Este orbe, que es solo maldad, se esconde e interactúa de diferentes formas para inducir la maldad en los humanos, desde las partículas. Parece emanar de las mismas líneas de energía, una distorsión en la frecuencia vibratoria. Tal vez el mundo era tan perfecto y superaba nuestras expectativas, tal vez estábamos mucho tiempo con ustedes, tal vez, y solo tal vez, nos descuidamos y es por eso que la maldad entró sin siquiera darnos cuenta.

"La armonía de la humanidad, que existió por miles de años, comenzó a desvanecerse lentamente, con pequeños cambios casi imperceptibles, pequeños desequilibrios en las frecuencias vibratorias de las personas, dificultando su comunicación, aislándolos poco a poco. Surgieron por vez primera desacuerdos y conflictos, pequeñas diferencias que terminaban en tristes rivalidades. Algunos humanos empezaron a acumular comida, matar más animales, a 'necesitar' cada vez más de lo que realmente ocupaban, rompiendo el equilibrio. Por vez primera surgió la violencia, la confusión y el miedo.

"La maldad no solo se había introducido, sino que se había diversificado en todos los sentimientos que hicieron al hombre moderno esclavo de sí mismo. La maldad sembró, como una muy fértil semilla, la confusión y el miedo antes inexistentes en el corazón de la humanidad. Hombres y mujeres se preguntaban qué estaba sucediendo y por qué. Nos cuestionaban sobre el origen de la maldad mientras muchos otros nos culpaban.

"La convivencia con ustedes no podía mantenerse y tuvimos que dejarlos solos mientras tratamos de descubrir, primero, cómo había entrado sin que nos diéramos cuenta y sin que nadie se atribuyera este cambio, y, segundo, cómo erradicarla de sus corazones. Tiempo que usamos para buscar a este orbe, a este creador de maldad, inútilmente.

"Los humanos ahora buscaban culpables, olvidándose de su propósito original y principal, dividiendo aún más a las comunidades, enfrentándose entre ellas. El equilibrio y la armonía se rompieron y no sabíamos la razón, solo sabemos que empezó con pequeños cambios en la energía, conllevando a cambios en los sentimientos y el estado de ánimo de todos por igual, comenzando de repente a amplificarse y salirse de control. Las disputas se volvieron más intensas y la comunicación más débil, más tenue, más difícil. Algunos humanos se dieron cuenta de que algunos de ellos eran más manipulables que otros, observando que este nuevo sentimiento adquirido, la 'maldad', se alimentaba de duda y miedo.

"Ahora era más fuerte y se desplazó a todo el mundo; la violencia creaba más violencia, la codicia generaba más codicia y la desconexión generaba aislamiento y por ende falta de comunicación. Esta negatividad empezó a consumir a toda la civilización, las reglas de la comunidad empezaron a cuestionarse y las decisiones que antes se tomaban en unión y aprobación ahora se tomaban por la fuerza o a través de la manipulación. Nacieron los líderes que prometían soluciones populares pero con un fin siempre egoísta y personal".

No podía quitar los ojos de Jack, sorprendido y con una claridad de entendimiento que antes no tenía. Ahora veía claro a los humanos atrapados en distracciones materiales, prisioneros de pantallas brillantes y promesas sinsentido. La tecnología, que una vez prometió liberar a la humanidad, se había convertido en una cárcel sin salida que encerraba en medio de esta ilusión la verdadera finalidad del ser humano. ¡Qué razón tenían los antiguos filósofos! "Conócete a ti mismo". "La virtud es el único bien". "El alma es inmortal".

—La humanidad había olvidado la verdad fundamental, perdiendo y olvidando su esencia divina. Como Platón y su alegoría de la caverna, ahora veo claramente a la humanidad, encadenada a las sombras de la realidad material, confundiendo las proyecciones con la verdad. Los bienes materiales, el poder y el deseo de posesión, se convirtieron en ídolos, desviándolos del camino hacia la trascendencia.

Esta tecnología moderna que debió de ser una herramienta más para expandir y purificar la energía, se ha convertido en el principal distractor de las mentes, eliminando el concepto básico del porqué estamos aquí.

Ahora que sabía la verdad, los veía *dormidos*, consumiendo información sin procesarla, interactuando a través de pantallas sin conectarse verdaderamente. Tuve el deseo de interrumpir a Jack, de darle ideas, de acosarlo con mil preguntas y porqués, de darle soluciones, de exigirle respuestas para que el humano recordara la verdadera esencia de estar en este mundo.

—Los hombres y las mujeres deben de despertar de su letargo, liberarse de estas cadenas mentales que tienen a la tecnología moderna, recordar su origen. Que recuerden que el camino a seguir es la bondad y el amor, y este camino nos llevará a erradicar la maldad y despertar hacia la felicidad y la libertad.

"La bondad, la compasión y el amor son las llaves que abren las puertas de la trascendencia. Tiene que recordar que son seres de energía y que su forma física es solo transitorio en el viaje hacia la purificación, para regresar a la fuente de la verdadera existencia".

Ahora comprendo que la muerte de una persona no debe de doler, es una transición a un nuevo aprendizaje y es una transición digna de alegrarse cuando la persona haya seguido la regla básica de no dañar a nadie, y que respetara su cuerpo, y creo que ahora los funerales son solo para los familiares, pensé, pero contuve mis palabras y seguí escuchando a Jack.

—Tras un largo periodo, miles de años para los humanos y un parpadeo para nosotros, la humanidad se sumió en una oscura época en el dilema entre combatir la maldad o sucumbir ante ella. Decidimos, al unirnos a la energía de Dios, que con su infinita sabiduría nos dio discernimiento para actuar en consecuencia, y eliminamos a la mayoría de la humanidad.

Observé, temeroso, el rostro de Jack. Estaba cabizbajo, triste, tal vez arrepentido de haber eliminado a algunos, tal vez arrepentido de no haber eliminado a todos. Tenía una mirada tan dura que parecía de odio, coraje, un sentimiento que yo no entendía, pues jamás lo había visto alterado o molesto. Estaba seguro de que vería lágrimas salir de sus ojos, pero no, era más fuerte de lo que imaginé.

—Al eliminar a quienes sabíamos que tenían esta maldad, esta energía sucia, estábamos seguros de que restableceríamos de nuevo la paz, la armonía, y, por supuesto, el crecimiento de la humanidad. Qué equivocados estábamos. De nuevo, después de muchos años, la maldad volvió a los corazones con más fuerza, esta vez extendiéndose como una inundación, como una plaga, y tuvimos entonces nuestra única discusión, que terminó en una batalla terrible que nos separó en varios grupos. Ya no queríamos eliminar personas, pero tampoco permitiríamos que esta energía se perdiera, así que decidimos que tendríamos que cambiar a cada persona para que esta, al encontrar su verdad, liberación, iluminación, divinidad, volviera al origen a encontrarse, y así cambiara a su vez a otras personas.

"Pero existen otros grupos de creadores con infinita sabiduría que no están de acuerdo con nosotros, están seguros de que el humano es rebelde y terco, y que jamás va a cambiar. Surgieron aquí personas que informaban y formaban grupos para perpetuar la verdad, recordando el verdadero origen y misión, personas y grupos de personas que recordaron la verdadera naturaleza de la existencia, los filósofos, artistas, poetas, visionarios, iluminados, profetas, quienes se negaban a sucumbir ante la maldad, platicando, escribiendo en piedras, papiros, libros, la sabiduría ancestral, los secretos de la energía pura, el camino a seguir y la enseñanza de los creadores. Guiaron a todos aquellos que sabían que había otra y única verdad. Contaron la verdad en historias, relatos épicos que narraban el origen de la humanidad, tratando de despertar al humano de su prisión tecnológica, formando comunidades que eran un refugio para los necesitados de la verdad. Estas personas ahora se enfrentaban a aquellos que habían sucumbido a la maldad, y fueron perseguidos, ridiculizados y silenciados.

"En esas platicas, escritos y demás, humanos influenciados por ese grupo de creadores manipuladores, tergiversaron la verdad con el propósito de confundir aún más a la humanidad. Es por eso que existen libros que hablan de bondad, amor y creación, y también de muertes, traiciones, intolerancias y maldad, pero el mensaje ya estaba ahí, la verdad seguía presente, jamás se perdió a pesar de la oscuridad que la rodeaba. Esto es lo que ha salvado a la humanidad de su total aniquilación".

Con esto, recordé la conversación escrita en el Antiguo Testamento entre Abraham y Jehová sobre la destrucción de Sodoma y Gomorrah y los hombres justos que podrían habitar ahí. Así, gracias a estas personas que no olvidaron la verdad es que tenemos una esperanza de seguir viviendo y combatiendo la maldad para regresar a ese mundo perfecto, a ese verdadero paraíso.

—¿Entonces ustedes nos hablan a través de la Biblia, y tenemos que seguir sus mandamientos? —pregunté.

—La Biblia está escrita por humanos muchos siglos después de que los hechos ocurrieron. Estas historias fueron pasando de generación en generación, y en el trayecto se fueron perdiendo los conceptos y verdades por la misma confusión que obtenían de ciertos creadores. Terminaron con pocos escritos y una gran imaginación.

"El segundo error que debes de tener en cuenta es que esto libros, estos escritos, han sido traducidos demasiadas veces, de un primer idioma conocido como arameo a uno llamado griego. Fue difícil traducir la esencia de las palabras y los hechos, pues estos no fueron los primeros idiomas o maneras de comunicarse, así es como empezaron a confundir estas historias y hechos hasta llegar al español que tú hablas. Desde esos primeros intentos de difundir la verdad, ha habido muchos conceptos que se han perdido en el tiempo. Aunque nos vas a escuchar mencionar versículos y ejemplos de la Biblia que has leído, porque aún ahí existen muchas verdades".

—¿Entonces no hay un representante de Dios en la Tierra?

—No, por supuesto que no. Ni siquiera los sabios ancianos del principio de la creación, o los profetas. Ellos eran solo mensajeros de nuestras palabras. En el sentido estricto de lo que preguntas, los representantes de Dios, y no solo en tu mundo, seríamos los doce orbes originales.

—¿Y la verdadera religión cuál es?

—No existe tal cosa, eso es algo inventado por el hombre para controlar al hombre, basado en culpas, amenazas, chantajes y muchas cosas más. Tu verdadera religión no es adorar a nadie, es simplemente ser feliz y no dañar a ningún ser vivo.

"Una verdadera revolución tecnológica iba naciendo en estos humanos. Aprendieron que en su forma física no podrían levantar ciertas piedras y metales, así que les enseñaron a usar su energía. En su forma física estaban limitados, pero en su forma real, no solo podían crear estructuras y apilar piedras, podían mover montañas e incluso formar otras. Esto aumentó su poder y ambición, crearon montículos para la creación, almacenamiento y distribución de la electricidad, aumentando el miedo y la sumisión de la mayoría de la humanidad, aceptando sin condiciones y sin pensar que estaban al inicio de su desintegración total. Lo hicieron en nombre de la promesa de vivir más años en este mundo y tener más poder.

"Con el paso de los años cada vez más humanos eran sometidos por un grupo de personas sin escrúpulos, dueños de la tecnología, quienes cambiaron la fabricación de herramientas por la de armas, creando aún más incertidumbre y sumisión. Las siembras ya no eran comunitarias, ahora obligaban a los hombres y mujeres más fuertes a sembrar solo para unos cuantos, los que tenían las armas. Los más ágiles eran obligados a cazar animales a discreción, sin una moderación, y miles de animales se pudrían, pues era muy selectiva la distribución de la comida. Los más débiles, la mayoría mujeres, eran obligados a servir a estos humanos sin escrúpulos. Crearon comunidades y fronteras, esclavos que cuidaban sus terrenos, su comida, sus pertenencias, esclavos que eran distribuidos entre estas comunidades formadas por humanos que habían hecho un pacto con creadores que sabían cómo manipularlos. Eran, en verdad, esclavos que tenían esclavos.

"Cada vez eran menos tolerantes y más ambiciosos, crearon una barrera entre cada comunidad y se fueron extendiendo con una ambición sin par, ocasionando fricciones entre grupos que desencadenaba la guerra entre estas comunidades, y lo peor de todo es que ellos jamás peleaban, solo mandaban a los esclavos a pelear contra otros esclavos. Ellos se enfrentaban con el miedo a represalias de gobernantes y sin entender por qué debían enfrentarse a sus hermanos e incluso matar o morir por la ambición de un pequeño grupo de humanos prepotentes y manipulados.

"Muy rápido fue este cambio para nosotros; para ustedes fueron miles de años, ya era tarde y solo quedaba la opción de eliminarlos y formar nueva vida, pues demostraban que no podían vivir en armonía. Ahora ya no tenían comunidades sino ciudades, países, cada uno con sus fronteras y guardianes. Habían pedido a los creadores diferentes formas de comunicarse, pues no querían que entendieran sus planes de cacería, siembra, comida y lugares donde las guardaban. Querían esconder sus planes de seguir apoderándose de tierras donde podían sembrar y cazar, pero esto no solo lo pedían algunos, sino todos, lo cual desencadenaba guerras cada vez más frecuentes y ciertos lugares eran eliminados y otros se extendían cada vez más.

"En este tiempo decidimos liberar y cuidar a las personas que aún no tenían la energía contaminada, o no muy contaminada, y afortunadamente vimos que era la mayoría de las personas, pero estaban temerosas, pues no entendían cómo era posible que los amenazaran y obligaran a hacer cosas a las que no estaban acostumbrados, pues ellos vivían solo por la paz, la armonía, la bondad y el amor a sus hermanos. Por eso es que los obligaban y esclavizaban muy fácilmente. Llegamos junto a ellos y nos reconocieron sin culparnos ni reprocharnos nada. Sintieron alivio, pues sabían que no los habíamos abandonado y los teníamos que no solo liberar, sino también restaurar la armonía de este mundo casi perdido.

"Muchos de nosotros, a través del tiempo, veníamos a recordarles la importancia del amor y la bondad, les enseñábamos cómo liberarse y les recordábamos su origen. Claro está que a los creadores no les pareció que el aumento desmedido de esta maldad tuviera un freno, e insistieron en aumentar la controversia entre la humanidad a través de enfermedades, esclavitud, trabajos, hambrunas, guerras. Y, en su ambición, desearon llegar a más personas en menos tiempo, dándoles a los humanos una nueva y mejor tecnología, que ya necesitaban para poder seguir viviendo.

"Muchos de nosotros, en forma humana, nos mezclamos entre ustedes para hacerles llegar la verdad. Algunos somos muy conocidos, pero la idea era pasar desapercibidos, y aun en estos días seguimos entre ustedes y nos basamos en la cantidad de energía pura para poder comunicarnos. Aunque entre ustedes los humanos no existe la lealtad, y sobra la soberbia, no dudan en aniquilar a un ser humano o a toda una comunidad. Es impresionante la sangre fría que tienen para hacer daño sin ningún remordimiento ni sentido de culpa. Vuelven a esa parte de la historia donde una y otra vez son manipulados, esclavizados, distraídos y fácilmente corrompidos por la tecnología. Cada vez son más adictos a esta tecnología manipuladora y distractora, y aunque se les diga la verdad, lo toman como una leyenda, como un cuento, y se apegan tanto a este mundo material que, pudiendo ser libres, cada uno escoge su propia prisión".

CAPÍTULO 25
Sin verdad

—Ahora que entiendo lo que es la verdad, veo las líneas de energía pura, un lugar al que creadores de cualquier grupo pueden venir y con solo tocar esta energía saber de forma inmediata todo lo que pasa.

A través de estas líneas de energía pura podía viajar a cualquier parte dentro de este cielo, pero aún no podía regresar a mi mundo y, siendo sincero, creo que no quería. Estas líneas de energía, a diferencia de las de la Tierra, no formaban ese polvo creador de vida sino que eran tan poderosas en este mundo que transportaban a los creadores a cualquier mundo, a cualquier señal que quisieran, en cualquier nivel. Para mí los niveles correspondían a pasado, presente y futuro.

Estaba ansioso por aprender a usar este conocimiento para ir a otros cielos y, ¿por qué no?, al mío. Cada vez aprendía más y más con solo observar y sentir. Ya no me preocupaban las cosas materiales ni la comida, mi esencia era energía y trataba día con día de que fuera más pura, de tener la consciencia para poder crear y ser inmortal dentro de los creadores y poder ayudar en su momento para tratar de salvar al hombre.

En ese momento sentí que estaba preparado. Nunca antes había estado tan preparado. O tal vez era un presentimiento.

Fue solo un momento y fue al verla. Al acercarme a ella justifiqué mi miedo cuando me dijo que acompañaría a otros creadores a una misión. Estaba tal vez triste o temeroso de quedarme solo, o tal vez de este sentimiento nuevo de no poder verla.

Antes de su partida, Fabi y yo platicábamos frente al mar, playa Miramar. Ahora que había descubierto la verdad, podía ver el cielo como una ilusión con la forma que se me antojara. Y esta era mi favorita, sin contar su mirada y su sonrisa, que ya eran parte de mi vida y crecimiento. Estando con ella mi energía era más y más controlable.

Mientras observábamos el universo cada vez más a fondo, me preguntó:—¿Qué ves, Diego?

Apretando donde en mi mundo tendría labios y esbozando una sonrisa, le dije:

—Siempre creí que esas luces eran estrellas y planetas, galaxias super lejanas, soles y lunas. No puedo creer que solo sean más cielos y la gran mayoría de las estrellas y planetas sean solo tecnología, hologramas y mentiras. ¿Cómo es posible esto? Ahora entiendo cómo fue que el humano empezó a esclavizar al humano.

—La vida como la conoces —dijo— se define no por la consciencia humana, por la capacidad de raciocinio, creación y energía consciente. La vida es fácil de crear con un tejido de hilos de energía, consciencia y conexión. Cada ser vivo está conectado a esos hilos de energía, esenciales para su despertar, para experimentar, para sentir alegría, tristeza, amor y miedo. La belleza, la fealdad y la maldad son solo sentimientos que pueden erradicar de sus mentes para escapar de esta esclavitud y volver al origen para volver a aprender a crecer y evolucionar. Todos, creadores, humanos, animales y todo de lo que está lleno tu mundo, está conectado con la energía creadora: somos uno y el amor es la fuerza que nos une. Necesitamos que recuerden el origen.

"El amor y la comprensión son fuerzas poderosas que pueden sanar heridas, construir puentes y transformar oscuridad en luz. ¿Cómo? Empieza creyendo en ti, con la consciencia de que eres parte de un todo por igual y no solo una fracción dominada por intereses egoístas. Ten la voluntad de conectarte con los demás, con la firme decisión de elegir el amor sobre el odio, el valor sobre el miedo, la alegría sobre la tristeza. Ten el valor para enfrentar estas emociones negativas que disminuyen tu energía pura.

Cada momento con ella, con Jack y otros creadores me cambiaron la perspectiva del lugar en donde estoy. Me siento más fuerte y con la capacidad de poder cambiar mi mundo.

El parpadeo de las líneas de energía cada vez era más visible, y el rostro de Fabi un poco más serio.

—¿Es posible que ciertos creadores rompan o paren las líneas de energía que crean los elementos que originan la vida?

—No, pero sí pueden agregar partículas para crear elementos más tóxicos para el humano y los animales. Sí pueden influenciar y chantajear al humano con tecnología para seguir esclavizándolos. Temo que cada vez está más cerca una aniquilación masiva.

—Me doy cuenta del trabajo de los creadores buenos, de que están inmersos en esta amenaza de la existencia de la vida como tal y la desaparición de toda la energía pura necesaria para la creación de la vida.

Fabi y yo empezamos un recorrido en ese laberinto de líneas de energía, y cada vez que veíamos a los creadores sentía confusión. Fragmentos de recuerdos, emociones, alegría, esperanza, convicción y todo el apoyo posible…. Cada vez sentía lo mismo, todo al mismo tiempo, era como llenar de agua o aire mi cerebro y en vez de explotar o romperse se hacía más grande y comprendía más y mejor todo lo que observaba y sentía. Solo con tocar la energía de las líneas o de los creadores, entraba en sus sentimientos. Era una conversación sin palabras, solo sentimientos, y era mucho más fácil comprender las cosas así.

—Al parecer —dijo—, existe ahora el actuar de los hombres que han sido manipulados desde el principio sin la autorización de este grupo de creadores, son los que eliminaron a Julia y otros, y que trataron de eliminar a Nicolás. Ellos están manipulando las energías vitales, amplificando los miedos y las inseguridades de todo ser vivo en tu mundo, con ilusiones, distorsionando la realidad y creando un ciclo de miedo y desesperación.

—¿Crees que estos humanos, después de tener poder ilimitado, y con la consciencia de que al morir solo van a desaparecer, estén tratando de ser inmortales con una energía impura para definitivamente eliminar a la humanidad? —pregunté asustado.

—Es imposible, tenemos el poder de erradicar cualquier cielo y tu mundo no está exento de ser eliminado en cualquier momento. Nuestra finalidad es que esto no suceda y podamos salvar al hombre a través del hombre.

"Debo irme, Diego, ya es tiempo. Volveré junto con los demás después de completar nuestra misión. No tengas miedo de quedarte aquí, cualquier creador te protegerá si estás en peligro. Con cualquiera puedes platicar, ¿de acuerdo?

—Sí —alcancé a decir de una forma muy triste.

Después de un gran abrazo que en lugar de ponerme feliz me puso aún más triste, y como tantas veces había pasado, en forma de orbe, grande y brillante, Fabi empezó a elevarse y desapareció a una velocidad imposible: ruido intenso, sonido de viento sin viento, y de repente una calma. Un silencio y un sentimiento de soledad que solo era porque Fabi no estaba conmigo, aunque estaba rodeado de creadores con los que ya tenía una profunda conexión.

Uno de ellos me dijo:

—Fabi será tu compañera eterna, por eso tu sentimiento de soledad—. Sonrió como estando de acuerdo, como un hermano mayor que sabe por experiencia lo que sucederá si se sigue por ese camino.

Estaba feliz de haberlo escuchado y ahora con más esperanza esperaba el regreso de ella, de mi compañera, de Fabi, de seguir aprendiendo y creciendo para acompañarla, por fin, a todas partes.

Entendía ahora que mis emociones no eran solo sentimientos mundanos, sino energías, fuerzas que dan forma y crean vida. Mis sentimientos y emociones mundanas habían desaparecido por completo, ahora en mi ser regían sentimientos que me conectaban con todos los seres vivos, eliminando mis miedos y debilidades, eliminando mis pensamientos mundanos y egoístas.

La verdadera libertad no se trata de escapar de las cosas "mundanas", sino de observar y sentir, aceptarse y transformar el odio en amor, la maldad en bondad, eliminando el miedo y la debilidad para ser fuertes y valientes.

Estos pensamientos y anhelos me llevaron sin pensarlo y sin quererlo a las líneas de energía, supe de inmediato en ese momento que Fabi volvería y que juntos haríamos un equipo para tratar de salvar a cuantos hombres y mujeres pudiéramos, ya que teniendo vida eterna, siendo energía pura, ya estaba convencido de transformar muchas vidas, y me convencía más porque jamás en la historia la oscuridad había triunfado sobre la luz.

Me propuse a viajar entre las línea de energía para visitar a todos los creadores que pudiera en diversas partes de este cielo. Visité a Uria, ella fue quien me dijo que Jean y los demás estaban en la misma misión que Fabi y que Jack, y que ella estaba para proteger y ayudar en lo que pudiera. Después de conversar un rato, o creo que fue un rato, o muchos días, decidí partir a otros lugares. Así estuve no sé por cuánto tiempo, era muy difícil para mí ahora saber si pasaban días o semanas o meses o inclusive años.

Observando y sintiendo, así pasaba momentos con diferentes creadores que siempre me veían con agrado y amor. Como constante, todos sabían que sería el compañero de Fabi. Seguí inmerso en mis largos recorridos a través de estas líneas de energía, aprendiendo cada vez más, y mi energía, según los creadores, era cada vez más grande y más brillante; estaba por conseguir la verdadera pureza y pasar a ser un creador inmortal, un nuevo creador, pero faltaba algo que aún no sabía. Entonces sentí algo nuevo en mí, un sobresalto, ¿un miedo tal vez? No lo sabía en ese momento y lo adjudiqué a que Fabi regresaría pronto.

Me encontré con una línea de energía vacía y me sentí nuevamente tenso y opresivo. No dándole mayor importancia, toqué la energía y me dejé llevar al punto final, con la curiosidad de ver a quién encontraba. Al llegar al final, soltando la línea, sentí la presencia muy fuerte de un creador, una energía muy brillante, e inmediatamente supe quién era. Sentí miedo: me paralicé.

Era Aler, un creador casi tan poderoso como Jack, uno de los doce orbes originales. Estaba muy enojado por no haber podido desintegrar a Nicolás. Sin decir ni hacer nada me expresó su inconformidad conmigo y su deseo de aniquilarme. Un grito desgarrador que hubiera reventado mis tímpanos en mi forma humana salió de su ser:

—¡NO ERES DIGNO DE ESTAR AQUÍ!

Escuché ese grito una y otra vez, trataba de pensar y no podía, solo veía el rostro de Fabi mientras el miedo en mí aumentaba. Mi energía, libre de ataduras del cuerpo físico, y atrapada cerca de las líneas de energía, en un aumento incesable de angustia y desesperación, cambiaba poco a poco mi esencia, desatándose una lucha de poderes en la que el más débil era yo. Tenía un pensamiento único y repetitivo: ¡Fabi!

Las sombras se alargaban, tapando cada vez más la luz, mientras, y sin pensar ni tener un plan, sin siquiera poder gritar por ayuda, empecé a arrastrarme hacia las líneas de energía que estaban tal vez a un milímetro o tal vez a un kilómetro, era difícil tan solo pensar, ni qué decir moverme. Una figura cada vez más grande, más imponente, con ojos que brillaban y un odio sin fin y en aumento, moldeaba todo el entorno que pasó de blanco brillante a gris oscuro, cada vez más oscuro. El terror se apoderaba de mí.

Estaba aprisionado y él cada vez era más grande. Supe que me estaba partiendo, desintegrándome, con un pensamiento único, una imagen, ya que era imposible pensar y aún más imposible moverme. La imagen de ella, que al principio era opaca y muy distante, se hizo cada vez más clara, más brillante, más grande. Sentí cansancio en todo mi ser, como si hubiera tenido una batalla épica. Estaba seguro de que si me movía al menos un poquito se romperían las ataduras y la fuerza con la que este creador me tenía aprisionado, y, sin dejarme pensar ni mover, estaba desintegrándome poco a poco como si eso lo llenara de gozo y poder.

No era este creador una figura estática sino una presencia que se ondulaba y cambiaba como si la misma oscuridad cobrara vida. Su ser comenzó a transformarse, alargándose, brillando con un fuego helado mientras que el blanco brillante iba desapareciendo, y con ello mi vida.

El terror en mí ya era desesperante e incontrolable, estaba paralizado y solo faltaba que me dejara llevar para desaparecer para siempre. La imagen de Fabi, antes de forma clara y brillante, se disolvía. Yo estaba muriendo y conmigo su recuerdo. El dolor, la desesperación, la tristeza y el terror que sentía al mismo tiempo iban transformándose en aceptación, y casi sin fuerzas ni voluntad estaba a punto de dejarme ir. Una lágrima hecha de una mezcla de todos estos sentimientos cayó de mis ojos como una despedida para Fabi.

En ese momento y por tal vez la millonésima parte del segundo en que mi muerte y mi existencia estaban en juego, escuché un grito que iluminó mi cerebro, e hizo más clara la imagen de Fabi, como si esta tomara vida.

—Diego —y pude moverme.

Sin pensarlo, solo sentirlo, toqué la línea más cercana y salí de ahí a una velocidad imposible, pero en mi viaje miré a este creador encima de mí, moviéndose a la misma velocidad y más enojado. Se deslizaba, tratando de detenerme. Anticipaba cada movimiento que hacía para tratar de perderlo y la verdad es que no importaba a qué velocidad iba o a qué lugar me dirigía, él iba encima de mí, lastimándome, dañando mi energía.

Cada vez que se acercaba a mí sentía que una parte de mi energía se desprendía, sabía que me estaba despedazando, la oscuridad se intensificaba, tragándose la luz que había alrededor y los gritos que taladraban todo mi ser:

—¡NO ERES DIGNO DE ESTAR AQUÍ! —repetía y repetía, siguiéndome y desintegrándome poco a poco, igual que antes, pero ahora tenía una esperanza, pues podía moverme a través de las líneas de energía y por todo el cielo, con la voluntad de ir a donde quisiera, aunque no podía perderlo.

Presentí una muerte inminente.

El miedo se convirtió en desesperación y la desesperación en una aceptación fría de mi destino. Entonces, cuando la oscuridad casi me envolvió por completo, mis imágenes fueron desapareciendo junto con mi consciencia. El creador extendió su mano para el toque final, quería mi Energía, la reclamaba para él, y, al tocarme, en ese momento y como sucedió con Jack, una luz surgió de mi interior. Una chispa parpadeante, un recuerdo, una promesa, un anhelo, sabiduría, amor, verdad.

La chispa parpadeante se convirtió en un escudo: me había rendido, pero su mano desapareció y yo sentí su confusión. Mi energía empezó a crecer y mi voluntad de volver a ver a Fabi se hizo inmensa, gigante, muy grande, más grande que la necesidad de este creador de tomar mi energía, de aniquilarme, de despedazarme, desafiando su poder y autoridad, tan solo con mi amor a Fabi. Esta pelea aún no había terminado.

La pequeña esperanza de vivir que tenía fue creciendo más y más. Una luz, una explosión cegadora de energía pura nos envolvió por completo. Sentí por un instante que mi ser se desintegraba y se armaba de nuevo, una y mil veces. Vi cómo el creador se envolvió en mi energía, e hizo mía parte de la suya. Cada uno quería destruir al otro, él por odio, yo por amor, pero los dos por un sentimiento egoísta. Ninguno de los dos estaba en lo correcto.

No quería morir, pero no podía permitirme hacerle daño a un creador. Esta disyuntiva, esta tensión, esta duda explotó todo mi ser… y de repente un silencio ensordecedor, tanto o más terrible que los gritos.

Me sentí cansado. Dejé de viajar, pero también de mirar a este creador. Estaba atrapado y pensé que me había aprisionado, pero ya no sentía dolor ni escuchaba voces en mi cerebro, lo que sí tenía era una terrible sed. ¿Cómo era posible que tuviera sed?

Empecé a abrir los ojos lentamente. La luz brillante había desaparecido, y la reemplazaba una luz tenue que se filtraba a través de unas cortinas que cubrían un par de ventanas. Reconocí el color chillante de las paredes en casa de mi hermana, el olor a humedad y la confusión me invadieron. ¿Qué había pasado? ¿Como llegué aquí ¿Acaso todo fue un sueño?

Pero el terror y el dolor que sentí, la lucha con este creador que estuvo a nada de desintegrarme, todo era demasiado real. Traté de levantarme de la cama, pero sentí un mareo momentáneo que me hizo darme cuenta de que estaba dentro de un cuerpo humano. Mis manos, ahora arrugadas, temblaban, y mi corazón latía con fuerza y ritmo en mi pecho. Sentí el cuerpo como una bolsa de sangre, agua, músculos y huesos. No era nada agradable, ahora que conocía la verdad.

Logré sentarme en la cama y después de un rato pude levantarme y lo primero que vi a un lado de la ventana fue un espejo: mi reflejo, mi rostro, que antes no reflejaba mi edad, ahora tenía surcos. Vi extrañas cicatrices en mis brazos, piernas, espalda, y en mi cara, lo que me decía que no había salido ileso de mi pelea con el creador. Algo había cambiado, algo profundo y fundamental. Definitivamente era yo, pero… ¿con otro cuerpo? O tal vez era tan viejo ya que no me reconocía.

La luz que había encontrado en esa oscuridad en la que casi muero, esa chispa de esperanza, se había quedado conmigo, transformándome. Pero, ¿qué significaba? ¿Era un regalo o una maldición? ¿Qué había pasado con el creador? ¿En verdad lo derroté o solo escape de forma momentánea? ¿Vendría por mí?

Mientras estas y mil más preguntas se agolpaban en mi cerebro, un escalofrío me recorrió la espalda, un presentimiento igual al que había sentido cuando tomé esa línea de energía que me llevó directamente a este creador: esto no había terminado.

El miedo se apodero de mí nuevamente y no pude contestar mis propias preguntas como lo hacía en el mundo de los creadores, donde tenía sabiduría infinita, así que me aventuré a salir de la habitación en busca de mi hermana y mis sobrinos, no sin antes buscar algo de ropa para vestirme, pues estaba desnudo, y preguntarle qué había pasado en estos *días* que había estado ausente.

Pero fuera de mi habitación solo encontré un silencio que aturdía en mis oídos como un zumbido constante. Todo estaba cubierto de polvo y no recordaba nada en lo que antes eran sala y cocina. Salí de la casa y una señora que estaba barriendo la calle se dirigió a mí, sorprendida.

—¿Quién es usted? ¿Cómo entró?

—Hola —dije.

—Esta es casa de mi hermana, Diana, ¿la conoce? Estoy buscándola.

—¿Cómo? —respondió entre asustada y sorprendida—. La señora Diana falleció hace más de veinte años. Ahora es la casa de sus nietos. ¿Quién es usted?

Quedé aturdido con la noticia, asustado y triste, todo al mismo tiempo. Recordé cuando Fabi, Jack y los demás me rodearon, reconfortándome por mi pérdida.

—¿Veinte años? ¿Cuánto tiempo ha pasado desde que me fui?

Entré de nuevo a la casa y busqué… no sé en realidad qué estaba buscando. Removí sábanas, abrí cajones… Un calendario en la pared me dejó sin aliento: 2054. ¡Habían transcurrido treinta años!

El corazón me latió una vez más con fuerza en el pecho. En uno de los cajones encontré un papel que decía la causa y fecha del fallecimiento de mi hermana y dos de sus hijos. <Causas naturales>, decía. Lágrimas brotaron de mis ojos casi sin darme cuenta, un torrente de dolor por la pérdida que no había vivido, pero por la que en su momento me habían reconfortado.

La soledad se convirtió en un abismo, tragándose poco a poco la esperanza de volver a ese lugar que había conocido, o incluso de volver a ver a Fabi, a pesar de que un joven que vivía en la misma casa y que era nieto de Diana, me decía "abuelo" y me quería mucho. Le gustaba escuchar historias y consejos.

Era un chico muy agradable que llevaba mi nombre gracias a mi sobrina, que supe después, por él, me había buscado por muchos años pensando que el golpe en la cabeza había desatado en mí un tipo de demencia senil. Se creía que andaba perdido en las calles. Eso hizo que mi familia iniciara una búsqueda por toda la ciudad, e incluso en la capital del país, ya que había pasado muchos años allá trabajando y en su lógica creían que había regresado.

A pesar de sus esfuerzos, mi hermana y dos de mis sobrinos partieron sin saber la verdad. Espero que su energía haya crecido un poco para que estén a menos pasos de poder conservar su consciencia y ya no tengan que pasar esta prueba porque su energía está lista para estar con los creadores, en el cielo donde estuve, y tal vez, un tal vez lleno de esperanza, volver a encontrarnos un día.

Cada tarde me la pasaba horas en playa Miramar, esperando ver el orbe de luz que años atrás había visto, con la esperanza de que fuera un creador, con suerte (aunque no existe la suerte) Jack o Fabi. ¡Sería genial!

Ahora veía el mundo como es, una estructura energética fija con sus líneas de energía, pero muy contaminado, no era limpio como el mundo de los creadores: había vida, humanos, animales, plantas, peces y, sobre todo, mucha maldad. Un mundo que tal vez pueda cambiar, unas líneas de energía que tal vez pueda usar, pero ese presentimiento que tuve al regresar me llenaba de miedo y desconfianza.

El mundo moderno, con su tecnología vertiginosa y su ritmo implacable, me abrumaba. No había casi ningún cambio, en las noticias hablaban de asaltos, asesinatos, gente desaparecida, secuestrada, amenazas de guerras entre países. Seguía la intolerancia, seguía la maldad en los corazones.

Habían pasado más de treinta años y el mundo seguía igual. Pero yo conservaba la esperanza de que Jack y los demás creadores siguieran proponiendo ideas de bondad y amor, y surgieran más personas como Julia, como Nicolás, como Jesús y José, quienes aportaron un granito de su energía para que la Tierra fuera cada vez más pura, para que los humanos despertaran de su esclavitud.

Cada vez más, sentía que mi cuerpo era muy pequeño para mí, y tenía esa sensación de ser una bolsa apretada de sangre, agua, músculos y huesos dentro de una piel muy justa. No era una sensación agradable, aunque con el paso de los días mis arrugas y cicatrices estaban desaparecido y me veía un poco mejor que cuando tenía sesenta y cuatro años. No sentía dolores ni tenía diabetes ni ninguna enfermedad, no me dolían ya las articulaciones, pero era incapaz aún de adaptarme a la corriente de este tiempo. Los recuerdos del cielo y sus líneas de energía, de lo que aprendí, los creadores, Fabi… las historias de los humanos que ayudan a mejorar el mundo y sus habitantes, tenía todo presente en mi mente y en mi corazón junto con la sensación de vacío. Anhelaba regresar.

Mis sueños, llenos de ese lugar, eran mi refugio, mi consuelo, una conexión con ese pasado o presente que no dejaba que se desvaneciera, pero la tristeza me consumía, esa sensación de pérdida, de estar atrapado en un cuerpo que no reconocía en un mundo lleno de mentiras, de venenos, de esclavistas y de maldad. Algo había cambiado en mí. No me reconozco, pero sé quién soy. Mi energía se había apoderado de este cuerpo y sentía cada átomo, cada enlace, cada célula dentro de mí. Era una sensación muy incómoda.

Al paso de los días me di cuenta de que mis cicatrices desaparecían junto con las arrugas, dolores y demás enfermedades. Pero no sanaba mi soledad. Los rasguños y heridas sanaban en segundos y siempre trataba de que nadie se diera cuenta de esto, y gracias al nieto de mi hermana conseguí dinero para compra unas cremas a la que les atribuía estos cambios.

Un día me animé a caminar por la calle donde había tenido el accidente que había desatado una revolución, un despertar en mi vida. Esa curva que, hacía bajada, aumentaba la velocidad… y el choque.

El lugar ya no era como lo recordaba, de hecho, el mundo ya no era como lo recordaba. Las personas sí, ellas seguían comportándose igual sin importar el tiempo que había pasado: esclavizadas por el sistema, distraídas por estar al servicio de empresas o personas durante tantas horas al día, durante tantos días a la semana, durante tantos años de su vida, esperando que los años pasaran rápido para jubilarse y empezar a disfrutar, si es que llegaban sanos, sin enfermedades y, sobre todo, sí es que llegaban. Pasaban sus días entre distracciones, trabajos, algunos con estimulantes externos como el alcohol, cigarros e incluso drogas, otros con una ingesta masiva de medicamentos, y, una constante, ingiriendo alimentos envenenados. Entre estos y otros pensamientos, llegué a la bajada, el lugar donde había empezado todo.

Al llegar a la curva, mi cuerpo, cansado de caminar, sudoroso, me hizo entender lo libre que estaba en el mundo de los creadores. Aquí sentía hambre, sed, y las veces que tenía que ir al baño a desechar lo que mi cuerpo no absorbía. Era tan cavernario. Ningún vehículo o bicicleta pasaba a esas horas, solo personas, la mayoría jóvenes caminando y no sé por qué, la mayoría de ellos me sonreía y me saludaba. Creo entender que siempre hemos respetado a los ancianos, y yo era uno de ellos.

Observé el lugar por el que mi cuerpo había sido arrastrado por la inercia del golpe, pero no encontré ninguna respuesta a cómo era posible que hubiera sobrevivido. Volvieron a mi mente los gritos, el rechinar de los frenos, las luces, e inmediatamente deseché mis pensamientos con un movimiento de cabeza.

De regreso a casa de mi hermana, en una banca que jamás había visto estaba sentada una señora con un pequeño que lloraba desesperadamente mientras ella trataba de quitarle las manos de su rodilla. Me asusté al ver, a través de las manos, una herida cortante que la caída sobre un vidrio había causado.

Al acercarme, la señora me miró y en sus ojos gritaba por ayuda, desesperada, pues no podía ayudar al niño, ni calmarlo, ni amainar su dolor. Yo me enfoqué en la herida, viendo la verdad de que no existe la materia y que todas las alteraciones en este mundo solo son un movimiento o desorden de los átomos, partículas, elementos, células, tejidos, y, con volver a alinear todos estos elementos, podemos restaurar cualquier herida, enfermedad, o problema. El niño dejó de llorar y la señora, su madre, le quito las manos y rápidamente limpió la sangre. Para su sorpresa, no había ninguna herida, ni siquiera una pequeña cicatriz.

Al tiempo que ella limpiaba la sangre con el agua de una botella de plástico, me fui. No fue un milagro, yo sabía la verdad, y si todos la supieran, si empezaran a recordar el origen, podríamos ir sacando la maldad de nuestros corazones, llenándolos de bondad y amor, y por ende empezar a limpiar nuestra energía. Podríamos salir de este cuerpo, transformarnos, y viajar al siguiente cielo para seguir aprendiendo. Pero no, estamos tan acostumbrados a este tipo de esclavitud y tan cómodos con esta tecnología, que es más fácil pelear por estar más años aquí, que liberarnos.

Sabía lo que aprendí y lo que podía hacer con ello. Para mí, existían tres tipos de personas: las que tendrían fe y me buscarían para pedir ayuda, las que no creerían, y los que sabrían la verdad y tratarían de eliminarme o convencerme de que me les uniera. Ninguna opción era viable: quería pasar desapercibido.

Nadie puede saber lo que puedo hacer, necesito a Jack, a Fabi, para preguntarles qué debo hacer, pensé. La extrañaba mucho y cada que la recordaba me surgían las mismas palabras una y otra vez. Ella era mi amor tardío.

Es inútil tratar de esconder el castigo del tiempo
Es inútil querer regresar otra vez, al principio de nuevo
Es mejor comprender que se puede aprender a pesar de ser viejo
Cómo fui yo a perder la pasión por querer a la edad que ya tengo
Abrí los ojos para verte a ti
¿Dónde escondida estabas todo este tiempo?
¿Por qué yo jamás te vi?
Ahora que siento que me he vuelto viejo
Abro los ojos para verte a ti
Abro los ojos y enseguida aprendo
A ver la vida a través de ti
A ver la vida, ahora que ya no la tengo.

Cada que pensaba en ella me venían estas palabras, y cada que las repetía me acordaba de ella. Era un círculo sin fin.

Quisiera que los sentimientos se oxidaran con el tiempo, como los metales que se degradan hasta convertirse en polvo. Ojalá mi amor por ti se desvaneciera por completo para que el dolor no persista. La extrañaba cada día, no sé si mi miedo era no volver a verla o la posibilidad de que conocerla hubiera sido una mentira. Cualquier opción me desgarraba el corazón y trataba de no pensar, pero solo lo lograba por un par de segundos, y de nuevo su imagen y mi dolor.

La materia que ahora percibía no era para mí algo sólido, era lo que es, un entramado de partículas formadas de energía, con vibración y frecuencia que podía manipular, modular y alterar a voluntad. Podía crear, curar, sanar, hacer lo que los humanos llaman "milagros". Podía buscar la paz y hacer que muchos despertaran y reaccionaran para liberarlos de estas cadenas mentales que no los dejaban trascender. Podía viajar a cualquier parte del mundo.

Pero, tenía miedo, miedo de contaminarme o de que este tipo de personas cambiaran mi frecuencia y usaran mi poder para lastimar aún más a la humanidad. ¿Cómo empecé a darme cuenta de esto? Cuando mi sobrino-nieto, en una caída, se fracturó el tobillo frente a mí y los vecinos.

Sin pensar ni desear y sin saber, mi energía nunca estaba en reposo, sino en una frecuencia vibratoria que cambiaba mi cuerpo, regenerándolo. Mi energía era tan grande y poderosa que interactuaba incluso con las personas a mi alrededor, sin que siquiera lo notara. Esta onda de energía interactuó con mi sobrino y su tobillo de forma instantánea, reorientando los átomos de las células que daban forma al tejido óseo, alineándolos a su forma original, restaurando el hueso roto. Este tipo de energía actúa sobre enlaces moleculares de los tejidos desgarrados, volviéndolos a entrelazar a una velocidad exponencial. Estos osteoblastos o células óseas lastimadas no se regeneran ni se cambian, sino que son las mismas, como regresando el tiempo y evitando el accidente, en otras palabras, como si nada hubiera pasado, quedando restablecido el hueso, los tendones, músculos y la fuerza y elasticidad previa. Es simple, alinear y manipular las partículas a nivel cuántico.

Habitaba un mundo que ya no reconocía como mío. Mi rutina de cada día en las tardes era ir a playa Miramar. Así se sumaron los meses y pasaron dos años. En este tiempo sucedieron miles de cosas.

Las personas me decían que al estar junto a mí experimentaban una sensación de paz y bienestar, aunque siempre me mantuve lo más alejado de las personas, hablaba poco con ellas. Los testimonios iban en aumento entre más pasaban los meses, iban desde la desaparición de migrañas, estrés, ansiedad, hasta mayores, como artritis, fracturas, enfermedades crónicas como diabetes, insuficiencia renal, problemas cardiacos, tumores, cáncer, y, lo que más me preocupaba, muchísimas interrogantes y teorías absurdas. Mi miedo aumentaba con estos testimonios y trataba inútilmente de alejarme de todos.

¿Cómo desaparezco? ¿Cómo evito este poder de sanación? ¿Cómo hago que todos olviden lo que vieron, que me olviden a mí? No quería esa responsabilidad. No estoy seguro si la desesperanza, la desesperación, la desmotivación o las infinitas ganas de ya no seguir se apoderaron de mí en una de esas tardes, la última tarde en que decidí ir a playa Miramar de Ciudad Madero. Claro, sin saberlo.

Antes de salir de casa, me aseguré de que nadie estuviera esperándome afuera. Me senté a la orilla de la cama, pensando. Era mi constante, pensar y pensar y mi refugio era mi habitación, el silencio que experimentaba ahí contrastaba con un marcado bullicio de las calles; el ruido me ponía muy nervioso.

Miraba mis manos sin saber por qué, tal vez quería mirar algo diferente, o ver mi energía salir. Cada vez observaba menos arrugas y más tersos mis brazos, mi cara y mi cuerpo, libres de cicatrices y arrugas, ya no representaba los más de noventa años que tenía. Buscaba soluciones, y como me pasaba todas las veces que pensaba, y pensaba todo el día, todos los días, mis pensamientos me llevaron a una imagen, una mirada y una sonrisa que me calmó.

Estaba seguro de que existía una explicación lógica, una razón por la cual estaba de regreso. Debo tener paciencia, ella llegará un día, pensaba. Sólo me quedaba esperar, tratar de pasar desapercibido, acostumbrarme a ese cuerpo y esa limitación extrema, interactuar con ese mundo a través de esos sentidos físicos lentos y muy limitados, pues mi aprendizaje estaba basado en mis sentidos: oler, tocar, sentir, saborear, de una forma gradual, selectiva y demasiado lenta. Era abrumador, y esto sin contar el desgaste físico y las limitaciones y necesidades de ese cuerpo. Era una lucha constante por adaptarme a esa nueva realidad.

Al levantarme, tal vez porque estaba cansado o tal vez mi imaginación o mis ganas de regresar, observé una pequeña vibración en las cosas dentro de la habitación, que hizo que me tambaleara un poco. Tuve que agarrarme de la cabecera de la cama para mantenerme de pie. Observé ahora detenidamente, pero ya no volvió a suceder.

Estos pensamientos me llevaron a un punto de no retorno, un lugar donde me dejaría llevar por la oscuridad. Llegué a la misma banca de cada día, de cada tarde, de cada noche, un lugar frente al mar. Ya sentado, me recargué y cerré los ojos, preparándome para partir, o al menos intentarlo. Quizás en esas circunstancias podría volver a ese cielo, aunque, siendo sincero, no estaba seguro y eso hacía que temiera un poco, pero solo fue un momento de debilidad que paso relativamente rápido.

Como siempre y como todo en mi vida, no pasó lo que pensaba. Aun con los ojos cerrados, un susurro suave rompió el silencio. Una voz familiar, una melodía que resonaba en lo más profundo de mi alma. Fue un segundo, o menos, abrí los ojos y de ellos cayeron lágrimas sorprendidas, felices.

La vi. Era ella. ¡Era Fabi! No pude controlar mi emoción. ¡No fue un sueño!

La veía más bella, más tierna, más bonita, era hermosa a pesar de ese cuerpo humano. Aun en su figura humana, brillaba con una luz suave, como una estrella fugaz en la más oscura de las noches. Sus ojos y su tierna mirada inconfundibles sanaron de inmediato mi tristeza y mi desesperación. Olvidé también el tiempo que la había esperado, todo mi cansancio.

Me tomó la mano izquierda con las dos manos. Me dijo:

—Lo hiciste bien, estoy orgullosa de ti. Eres mucho más fuerte de lo que creíamos. Pudiste escapar de Aler, quien luego fue reprendido por Jack. Estamos también sorprendidos porque, una vez más... —Me jaló hacia ella y en un abrazo nos pusimos de pie. Así fue como supe de inmediato todo lo que había pasado.

Me vi huyendo y peleando, y a Aler detrás mío, partiéndome en pedazos. Me vi en mi forma de energía pura, grande, tal vez tan grande como Jack, tratando de desintegrar a Aler. Y de repente desaparecí en una gran explosión que dejó a este creador confuso y lastimado.

—¡Aún sigues vivo! —dijo Fabi—. Una vez más, como cuando te uniste a Jack en tu accidente, sigues vivo. No sabemos el origen de tu poder, de dónde sale tu energía—. Soltándome poco a poco, me dirigió esa mirada que tanto extrañaba y que me reconfortaba y me curaba y me hacía olvidar todo lo que había pasado. Fue un instante que pareció una eternidad para mí. Me dijo—: Diego, tienes dos opciones, y debes tomar una, la que tu corazón y tu responsabilidad te indiquen. Jack sabe que estás aquí y también sabe lo que puedes hacer. Ha seguido muy de cerca tu estancia y te ha protegido sin que tú te des cuenta. Tienes un gran poder de sanación y serías un gran aliado de nosotros aquí, en tu mundo. Serías un profeta moderno, y yo siempre estaría contigo, cuidándote y dándote instrucciones. No tendrías que preocuparte por mí ni extrañarme, ya que entonces yo te cuidaría y estaría siempre contigo.

"Debes de hacer a un lado tus miedos y dudas. Has aprendido mucho y, sin saberlo, ya estás usando tu energía pura. En este tiempo que has estado aquí, has salvado a muchas personas. Pero todavía hay más que te necesitan. Nosotros necesitamos personas como tú en este mundo de caos. Tendrás que aceptar el cambio de ciudad y de estado, Jack se ha encargado de eso. Existen más personas como tú que platican con nosotros y también están en esta lucha de despertar a cuantas más personas puedan. Si bien no han estado jamás en nuestro mundo como tu estuviste, sí poseen una energía pura y están en proceso de aprender más. Ellos saben de ti y están ansiosos de conocerte y hacerte mil preguntas de tu experiencia; quieren aprender de ti.

"Son personas con tu misma frecuencia vibratoria y estoy segura de que estarás bien con ellos, se van a cuidar mutuamente. Ellos están en..."

—Perdón, en verdad discúlpame por interrumpirte, te agradezco tus palabras y tu fe. Y sí, sé que es una gran responsabilidad y no niego que es muy reconfortante ayudar a las personas. He observado que hay mucho dolor y mucha gente enferma, y no solo físicamente. Estas dolencias y enfermedades son ocasionadas por no entender la verdad, esta verdad que los va a liberar de todas las enfermedades, y no por un acto de magia o un milagro, sino porque entenderían lo que los envenena.

"En este par de años que he estado aquí, he visto que es muy fácil manipular al ser humano, hombres y mujeres son fácilmente manipulables en ambos sentidos, para bien y para mal. Y eso da miedo, me da mucho miedo que tergiversen la ayuda que quieres que les ofrezca. Están tan unidos a este sentimiento de maldad que al ser libres buscarán una nueva prisión.

"No puedo solo curarlos y dejarlos para que de nuevo se enfermen. La humanidad solo se acerca a Dios cuando está en peligro, o enferma, o en una posición no favorable y después de solucionar sus problemas, automáticamente se olvidan de Él. La humanidad perdió el temor de Dios, perdió la esperanza de un nuevo renacer, de su origen. Ahora trafican con la fe de la gente, usando diversas religiones, pastores, sacerdotes, curas, etc., quienes solo dedican tiempo a engañar. ¡La fe es un negocio! ¡La guerra es un negocio! ¡La esclavitud es un negocio!

"No puedo aceptar esta misión que Jack me propone, sería inútil. Es romper un plato y componerlo para de nuevo dejarlo caer y que se rompa en mil pedazos, en una acción infinita. Lo que sería mejor para mí, y esto te lo digo con toda humildad y no porque solo me niego a hacer lo que me piden, es buscar el origen de la maldad en la humanidad, quién la introdujo y cómo combatirla. Desde el principio. Solo así tendremos la esperanza de ganar esta pelea".

—Él tenía razón —me dijo sonriendo y mirándome con esa ternura que tanto extrañaba—. ¿Nunca pensaste que iríamos con Dios?

"A Él fuimos cuando llegaste para entender por qué. A Él fuimos cuando te fuiste, y nos dio la misma respuesta. Y es que desde un principio sabía lo que ocurriría, lo que pasaría y por qué pasaría. Por eso te mencione que tenías dos opciones, y la segunda es unirte a mí, eternamente, con la misión que acabas de trazar: buscar y eliminar la maldad.

"Será muy peligroso, y lo sabes. Ya te has enfrentado a un creador poderoso que intentó eliminarte, pero eres más fuerte de lo que pensábamos, pues dos veces has sobrevivido… pero tendrás que morir de nuevo.

"Así que aquí estoy. Pasé momentos muy desagradables al enterarme de lo que habías pasado, y vine por ti, para estar juntos por siempre, para ser tu compañera por la eternidad, para hacer equipo contigo y salvar a cada vez más humanos, pues en verdad intenté que te quedaras para que no tuvieras dudas de tu decisión".

—Eso es lo que he estado esperando, Fabi. Es lo que me mantuvo vivo, pues sabía en mi corazón que si te volvía a ver sería aquí.

—Para que eso pase, tienes que dejar tu cuerpo y seguirme en energía. Tu energía ya está lista para tener su propia consciencia y unirte a nosotros como un creador. ¿Estás listo?

Sin dudarlo, pero sin que mis palabras se atropellaran en mi boca, respondí:

—¡Más listo no podría estar!

Estaba contento. Por un instante nos miramos a los ojos, tomados de las manos. Tal vez las personas que nos miraban veían a un abuelito con su nieta. No estoy solo, pensé, su presencia es un faro de luz en la oscuridad, es mi recordatorio eterno de que el amor aún existe, incluso en los hombres más influenciados por la maldad.

—¡Estoy listo! —volví a decirle, convencido y ansioso de empezar una vida eterna con ella. Estoy listo, pensé con esa alegría de encontrar algo que por muchos años había buscado. Estoy listo, pensé una y otra vez.

Solté a Fabi de las manos… y la vi, playa Miramar, el lugar donde nací, mi Ciudad Madero como se veía hace más de treinta años. Una luz, un orbe brillante en el que Fabi se iba convirtiendo y elevándose. Oí voces, murmullos y gritos alrededor de mí. Un momento de confusión para los presentes y una liberación para mí. Empecé a elevarme hacia ella, lentamente, pero algo hizo que volteara atrás, y sí, me vi sentado, con la expresión tranquila y el cuerpo sin vida.

—Gracias —le dije—. Gracias cuerpo por dejarme estar en ti y soportarme todos estos años. Perdóname por haberte lastimado. Gracias de nuevo porque a pesar de haberte hecho daño, aun soportaste. No sabía que tenía que cuidarte, cuidar mi alimentación, cuidar de tus órganos, cuidar de ti física y mentalmente. Perdóname, cuerpo, por las veces que me excedí contigo, y mil gracias.

"Gracias cuerpo, es hora de que regreses al origen, a formar átomos y partículas, de que regreses a esas líneas de energía para que puedas crear otra vida, y que sea mucho mejor y más saludable que la que yo te di.

"Gracias cuerpo, por estos noventa y seis años de vida junto a ti".

Al darme vuelta empecé a unirme a la energía de Fabi, en una luz, en amor, en sabiduría, en paz, y juntos, a la vista de todos los testigos, desaparecimos a una velocidad imposible.

La noche se volvió más oscura y la brisa marina meció suavemente las hojas de las palmeras, pero el cuerpo de Diego permaneció inmóvil sobre la banca. Sus manos estaban entrelazadas, descansando sobre sus piernas, sin señales de haber sufrido, más bien con una medio sonrisa que denotaba paz.

Muchos de los testigos gritaron. Llegaron la ambulancia y la policía local

—Anoche, en playa Miramar, fue encontrado el cuerpo de una persona desconocida. Múltiples testigos comentan que estaba hablando solo, y las autoridades no encontraron identificación alguna. Al parecer se trata de un hombre entre los cincuenta y sesenta años de edad. Si tenemos más información, los mantendremos informados.

"Y ahora, en noticias más alegres, ¡lo que estábamos esperando! ¡Semana Santa! Y con ello vacaciones, a prepararse para estos días de sol y playa.

"Dinos, Martita, el pronóstico del tiempo".

—Así es, una semana llena de sol, sin ninguna señal de lluvias.

Agradecimientos

Gracias a mis hijos, Diana y Diego;

Gracias a mi familia, a toda mi familia, en especial a mi madre: Gracias por tu apoyo incondicional, gracias por creer en mí;

Gracias a mi hermana, que siempre me corrige.

www.ingramcontent.com/pod-product-compliance
Lightning Source LLC
Chambersburg PA
CBHW051637050726
47502CB00011B/988